外送

笭菁——著

都市傳說 第二部 4

『聽說你收到異世界貨幣喔？』

delicious

都市傳說 第二部4：外送

（※本故事內容純屬虛構，如有雷同，純屬巧合。）

楔子

兩台一模一樣的摩托車同時在紅燈前停了下來。

「我等等要直走喔！」左邊那台騎士說著。

右邊騎士正狐疑的看著龍頭前的導航，「我……我應該是向右啦！是說這個地址我怎麼好陌生？」

「哪條啊？」左邊的才想問，卻發現燈號在倒數了，「啊啊，要綠燈了喔！要比誰先回去嗎？」

「比個屁啦！我都不一定可以找得到地址耶！」右邊的騎士嘟囔著，「不要趕啊，騎車小心！」

不趕？這根本說廢話，半小時內沒送達這餐免費耶！還要扣他們時薪，誰不衝啦！

綠燈一亮，兩台摩托車往相反的方向分開，右邊的騎士跟著導航右轉後，再繼續直行，他自認對這帶算熟，但還沒聽過這奇怪的地址與路名，而且就在……

嗯？

減速靠邊，怎麼導航消失了？「搞什麼啊！不是在……迴轉？咦？我過頭了嗎？」

男孩回頭，導航眞的顯示他必須迴轉，所以他只好調轉龍頭，找個適合的位子迴轉。

迴轉後導航重新計算路程，但沒有十秒鐘，再度顯現迴轉。

「搞屁啊！最好我又過頭了！」男孩氣急敗壞，不過幾公尺的路，他哪有可能過頭啊！

可惡！再一次，他時速騎十，就不信……咦？

右手邊一條窄小的防火巷浮現，讓男孩錯愕了好幾秒……所以是這裡嗎？他嘗試著在附近找任何路標，連巷口牆上都沒貼，也沒立上什麼牌子，低頭看導航也沒顯示要轉，只看見自己的藍點原地閃爍。

好啦！先轉進去看看好了！不對再繞出來！

頭一扭，男孩騎進了窄小的巷子裡，小到只能容納一台摩托車通過而已，幸好他平衡感一流，要不然車子早就擦撞得亂七八糟了。

雖然他是外送專員，但車子是自己的好嗎！只有背後的餐箱是公司附的，車子刮花還是算自己頭上啊！

窄小的巷子大概有十公尺那麼長，緊接著眼前豁然開朗——一大片驚人的社區，而且高樓處處，還密密麻麻到令人起雞皮疙瘩！

他混這帶這麼久，還從來不知道有這種地方啊！

這麼多高樓，又擠得如此密不透風，不該會不知道啊……男孩掀開安全帽的鏡面仰頭看著，這樓到底多高啊，簡直直上雲霄，完全看不見樓頂了！

對啊，這麼一說他才發現，這裡空氣也太糟了，簡直是霧霾城市，伸手往前能見度是有的，但放眼望去便是白霧茫茫一片，建築物若隱若現，彷彿電影裡深山的隱居地。

男孩停在路上，兩旁都有停車，但仔細瞧，連車牌他都覺得陌生，不像是日常的車牌模式啊！

「專心先把東西送到再說！」男孩留意到時間剩下十分鐘而已，他得在半小時內把披薩送達。

再次確認顧客留下的地址，陌生的巷弄、陌生的號碼，正常的地址會長這樣嗎？這根本就是……

「五一巷一弄，ABC社區？這什麼東西啊！」他左右張望，決定先找社區的管理員問比較快！

右手邊很快就有第一棟社區的警衛亭，緊閉的鐵門無法讓他靠近，但至少他

可以隔著鐵門喊著。

「抱歉！我外送的！」他扯開嗓子大喊，「我想問ＡＢＣ社區在哪裡？」

警衛亭幾乎是密閉的，看不見裡面的人，那小小的窗戶驀地打開，一隻手伸了出來，指向了後方。

「往下走嗎？謝謝！」男孩禮貌的道謝，向後退下那五階的台階時，意外的看見這社區的牌子：

「Ｂ」。

嗯？這棟是Ｂ棟嗎？他看向左邊，果然在對面的左側社區，看見大大的「Ａ」字招牌就在雕花鐵架上！

喔喔喔，所以有Ａ棟、Ｂ棟……等等，那ＡＢＣ社區是什麼意思？

抱持著狐疑的心態，男孩跨上摩托車慢速前進，果然一路順著往下，看到了自Ａ棟起始，一路往Ｚ字棟的社區，緊接著映入他眼簾的，是另一棟一樣龐大的社區，如出一轍的大門：「ＡＢ」。

男孩停下了摩托車，放眼望著沒有終點的道路，看不清建築物的遠方，依照這種陳設方式，ＡＢ接下來是ＡＣ吧？所以他還有漫漫長路要騎乘，直到ＡＢＡ、ＡＢＢ？ＡＢＣ社區？

忍不住打了個寒顫，握著龍頭的手心冒著汗，他怎麼覺得這裡怪怪的？這裡眞的……不像他見過的地方啊！

他們這裡哪有這麼大的社區？如此高聳的樓？

還是這張單不要送了？瞅著自己忍不住微微發顫的手，他根本不想繼續騎下去，終點不知道在哪裡，而且看看那地址後，找到了ＡＢＣ社區，號碼也不甚清楚，還標註要問警衛？再加上這樣的詭異建築——他瞪著導航上的倒數時間，他還有五分鐘。

要送？不送？摩托車孤單的停在路中央，排氣管噗嚕嚕的，也在等待男孩的決定。

後座塑膠箱裡躺著兩盒披薩，身爲一個外送專員，將顧客點的餐點送到家裡，應該是最基本的啊！

男孩做了個深呼吸，轉動了油門——

第一章 異世界貨幣

穿著紅衣黑領的男大學生取下安全帽，拔出機車鑰匙，蹙緊眉心，渾身散發著極度不爽的氣息推開玻璃門。

「歡迎……」櫃檯的黃任欣機械式說著，抬頭一見是同事就收了聲，「是怎樣？誰惹你了？」

「超爛！」小蛙拎著外送包不爽的往裡走，「他跟我說，他家的鐘超過一分鐘，那餐要算免費啦！」

「嗄？你遇到奧客喔！」這種客人不是特例，能凹就死命凹的那種，「我看哪張單，地址電話要記一下！」

接線的黃任欣一邊說，一邊找出小蛙剛外送的顧客名單，這種人都得做黑名單列表，下次萬一同一地址再叫外送時，才能讓大家格外留意。

「說什麼以他們家的鐘爲主，我明明就二十八分送到，在那邊跟我盧小小。」小蛙走進更衣間，所有同事都緊張的看過來，「放心啦，我有收到錢！」

「厚～」所有人莫不鬆一口氣，最怕這種跟工讀生凹的客人了，他們時薪又沒多少，淨找他們算！

小蛙得意的勾起一邊嘴角，不說他剛染的紅紫色頭髮，挽起紅色衣服的袖子，下頭的刺青活靈活現，再加上後頸上的一條翼龍，多少有點喝阻作用。

「我帽子一摘，袖子一拉，付錢都付得超快的！」他先去倒杯茶舒口氣，

「這時我就慶幸一般人對於刺青的成見還挺有用的！」

「下次我要送到同一個地址，我出發前還要先貼刺青貼紙喔！那個什麼龍啊鳳的都貼上來！」同事李育龍覺得這招眞的很有用，每次被找碴時，拼命道歉或是拜託根本沒用啊！

更衣室旁的辦公室門陡然一開，所有人即刻噤聲，店長帶著點無奈的瞄向小蛙，看來剛剛的話他都聽見了。

「小蛙，態度……」

「我態度很好啊，我沒凶喔！」小蛙根本不在乎店長怎麼想，「我只是稍微顯露一下！」

瞧小蛙舉起的左臂，上頭複雜的刺青他也從沒看懂是什麼圖案，不過刺青不能代表一個人的個性，人模人樣卻衣冠禽獸的人多得很，而刺青對許多人而言或是種年少輕狂、或是種紀念，所以他從不介意。

小蛙看起來本是相當「特立獨行」的一份子，瞧瞧那抓得又高又挺的紅紫色頭髮，但是在外送專員工作以來，零遲到紀錄、零負評，大小糾紛都能自行處理完畢，同事相處也很開朗，率性而爲沒什麼不好！

這種有話直說、凡事坦開來講的個性才是他喜歡的，如此大家共事也少了些麻煩。

店長搖了搖頭，往外頭走去，「任欣，記錄一下……」

「記下了！」黃任欣正巧寫完，拿著小紙走進內場牆面，把黑名單資料釘在了公布欄上。

他們的公布欄上有著好幾張奧客資料表，上面還詳述了奧客事跡，等累積到一定程度就會打字成表，可以讓所有接單者都能提高警覺。

「喂，你剛這張單很遠耶，怎麼回來得這麼快？」吳銘棒留意到紙卡上的地址，「你是騎多快？」

「嗯？還好吧。」小蛙漫不經心的說著，事實上進門後他就一直在看牆上的時鐘。

他可以錯過任何一張訂單，但就是星期五晚上十點後吉祥街的訂單，他絕對不想錯過。

十點，最晚不超過十點半，她都會在這時候打來，叫上一份全家炸雞餐。

他做外送已經一年多了，他們不是餐廳，而是專業外送，叫做「美味外送（delicious）」。店裡有兩種管道：一種是打給他們訂餐，由他們向店家或餐廳點餐後送去；一種是顧客打給餐廳點餐，再通知他們去領取送貨。

通常後者居多，不知道現在科技發達還是人越來越懶，有時一碗麵都有人要叫外送，反正外送費是對方出的，他們也管不著，送件就能賺錢，只要專心做好

自己的工作就好，這份薪水對於大學生打工而言，已算是優渥。

「欸，你們有看到靠北外送裡的文嗎？之前有人貼一篇很詭異的文章，但很快又撤下了。」纖瘦的陳國宏一臉神祕的說著，「說送到奇怪的地址，一條沒有終點的路之類的。」

「嗄？沒有終點？」壯碩的李育龍拿起珍奶大口吸著，「啊一條路如果到幾千號也感覺沒有終點啊，這種說法好奇怪。」

「對啊，而且我們依地址送貨，他怎麼會去量這條路的盡頭是什麼？」噸位驚人的吳銘棒也覺得怪，光是這論述就不太合常理了。

「欸，你們就說到重點了！就是因爲地址太詭異了，他騎很遠很遠都送不到！」陳國宏趕緊接口，「而且還說那是個龐大的社區，每棟樓都高聳入雲霄，但是又霧氣繚繞得看不到上方的建物！」

「有沒有搞錯？越說越玄……有地址嗎？」最資深的李育龍抱持高度懷疑，「導航一輸入就知道眞假了吧？」

陳國宏此時一臉無奈，「他沒寫！他說他沒送到就回來了，因爲他不敢走下去……不寫是怕有人眞的去找！」

「切～」一票外送員嗤了聲，「一聽就知道在蓋！有本事就把地址寫出來！」

「然後那人還說，他離開後想再折回去，從同一條巷子騎進去，卻跟他之前進去的地方不一樣了！」陳國宏繼續講古。

李育龍笑了笑，「靠北文很多都是創作文啦，一堆在說故事的！」

「對啊，我送這麼多年，也沒遇到什麼怪事——」小胖頓了兩秒，「奇葩客人倒是多得不可勝數，光是應付那些客人就夠了！」

「對對！」大家深表同意，奧客無極限啊！比什麼光怪陸離的事更勝一籌。

一直沒說話的小蛙站在內外場之間的門邊，背靠著門裝作不在乎的模樣聽著大家說笑，方便盯著前台的電話，但其實笑不太出來。

「那篇文你有備份嗎？」小蛙開口問著陳國宏。

「……沒有，我看到剩倒數兩行，再往下要看時就重整，重整後就說文刪了。」陳國宏感受到小蛙的感興趣，有種難得遇到共鳴的感覺，「怎麼？你是不是也覺得很怪？」

大家倒是很狐疑的打量小蛙，老實說這間房子裡眞的會信那種創作文的，絕對都算不上小蛙啊。

「我覺得有點奇怪，而且好端端的爲什麼要刪掉？」小蛙搓搓後頸，「因爲形容得很詳細，實在有點玄。」

「嗄？話是這樣說的嗎？」吳銘棒不太理解，「所以你覺得……那個人寫的是眞的？」

「應該說我覺得我們有可能外送到奇怪的地方吧！」小蛙聳了聳肩，「這世界很奇妙的，凡事很難說。」

身爲「都市傳說社」的一份子，他對什麼事都會抱持懷疑態度。

就像上個月的火燒KTV事件，如果有人寫說他在火災現場的建築物上空，見一艘羊首骨身的船隻飄浮在雲裡，船身的洞像是開闔的嘴正在吞噬生命，誰會信？

他們社團的FB寫了，因爲社長就在那個火災現場，他與其他人一起逃出來，在KTV對面的馬路上看見被大火吞噬的建築物上方，眞的就有艘船破雲而出，而那艘就是赫赫有名的都市傳說：「幽靈船」。

這眞的沒多少人會信，他們社團被噴漆被砸東西，說他們危言聳聽、製造慌亂等等，可是事實就是如此——那眞的是幽靈船，而且幽靈船還不只收集一百條人命就會離開啊！

這種事都有，他爲什麼不相信某一天他們會外送到奇怪的地方？

「小蛙說得也不無道理，所以我才希望你們留意狀況。」店長突然回頭，「以前也不是沒聽過，外送送到墓仔埔的事對吧？」

一票男孩一怔，旋即搓搓雙臂，紛紛打了個哆嗦。

「媽呀！店長，你這才叫嚇人吧！」李育龍哇啦啦的掩耳，「我要眞送到那邊怎麼辦啦!?」

「繞跑啊怎麼辦!寫那篇的人就選擇放棄了啊!」陳國宏也看了手臂上的雞皮疙瘩,「都發現有問題了當然要快跑,難道你還進去喔!」

這時小胖突然逸出一聲,「欸……」像是勾起了什麼回憶。

「說得也是,我以前也……」

「別別!噓——」陳國宏趕緊拜託他噤聲,「這說下去晚上我怎麼送啊!」

「對啊,我們要送到十二點耶!」

越說越毛,半夜騎機車外送到無人街道也是會毛的好嗎!

鈴——電話聲響起,黃任欣立即抖擻精神朝前台湊過去!

「喂,外送您好……一份全家炸雞餐嗎?」黃任欣流利的說著餐點,小蛙跟著雙眼一亮,「好的,我們五分鐘內趕到!地址是……」

嗯?一聽見地址,小蛙眼神沉了下來,不是吉祥街的地址啊,眞煩,這時候點什麼炸雞餐啦!

「第三十單!」黃任欣撕下送單機裡印出的紙,「李小龍!」

「又!」李育龍抓過安全帽就往外走,不忘瞥一眼小蛙,「欸,你要去嗎?」

小蛙皺起眉,「啊不是輪到你?」

「別裝了啦,你在等誰對吧?」李育龍嘖嘖的打量他,「瞧剛剛眼睛亮的

咧！」

「我哪有！」小蛙尷尬的辯解，回頭一看，同事們或點頭或挑眉，是當大家眼睛都瞎了嗎！誰都看得出來啊！「厚！煩！」

此時電話接二連三響起，小週末的宵夜向來是高峰期，有麵有飯有鹽酥雞，連滷味都有，一張接著一張往外送出，都沒有小蛙在等的地址。

「豆花跟蔥油餅！」黃任欣指間捏著紙條朝小蛙搖著，「接不接啊？」

「囉嗦！」小蛙一把抽過紙條，啊就輪到他啊，當然換他去。

「別難過啊，如果她打來，我就跟你說，讓你無縫接軌幫她送餐如何？」黃任欣一副瞭然於胸的模樣，讓正要轉身入內的小蛙一陣困窘。

「妳是……妳在說……」

「星期五嘛，那個住吉祥街的方小姐，全家炸雞餐。」黃任欣眨了眼，「想逃過我法眼？我可是負責接電話的耶，小蛙！」

小蛙什麼都沒說，但通紅的臉已道盡一切，他只慶幸所有同事都出去了，要不然他會尷尬到死！

他真的沒想到，黃任欣居然會注意到！

「妳記性眞好……」

「不是記性好，是她很規律啊，再加上你每次都興致勃勃的要接她的單，我自然就多留份心了。」黃任欣笑了起來，「怎樣？聊過了嗎？」

「沒啦！」小蛙耳根子都紅透了，「我就只是送餐而已啦，也沒聊什麼。」

這是真的，除了交貨收錢外，他從來沒跟那個女孩聊天。

她就只是每週五晚上十點，固定點全家炸雞餐的女孩，住在吉祥街三十二號三樓之二，有一頭長長的黑髮，水靈的雙眸，不是特別漂亮的那種，但是有一股特殊的氣質，看上去文靜高雅。

會留意到她，是兩次的偶然。

第一次是個大雨天，他小心翼翼的把炸雞送到時，開門的她露著一抹憂鬱，用擔心的神情望著他，還給他一條毛巾好擦拭濕掉的身子；其實那天他有穿雨衣，只是雨真的太大了，帶著護目鏡只會讓視線模糊，所以才造成滿臉通濕。

有的客人真的很好，就像那位方小姐，他收下了毛巾道謝，方小姐說毛巾就送他，叫他不必還了。

他聽得懂話裡的意思，畢竟外送員一定知道顧客的地址，如果他堅持送回來，可能就有騷擾之嫌了。

因此他沒有特地拿回來還，只是放在員工置物櫃裡，想著如果又接到她叫外送的單，可以順理成章還她毛巾……就這樣，無巧不巧的，第二個星期同一時間，她又叫了外送炸雞餐。

開門時她眼神有抹驚訝，他什麼都沒說，送上餐點，毛巾用另外一個袋子裝好，收錢走人，不多做停留，不多說廢話，以免被當成怪人。

只是他很在意，她那天眼裡的淚。

這讓他開始等待，第三週、第四週，那女孩的模式非常固定從無例外，週五十點一到就是會點同樣的餐點，像是對自己一星期以來的辛苦來個犒賞似的；不過他們還是沒多聊過，而女孩看起來卻越來越悲傷。

小蛙感覺得出來，那個女孩一個人住，至少送餐去時屋內沒有別人，她看上去有些陰鬱，連與他打招呼的笑容都有點虛假。

這個月的她看上去多添了幾分憔悴，衣著也不似平常那麼整齊，其實他有點擔心，結果這星期竟然就沒有叫外送了。

「幹嘛不把握？每週外送都你，她也認得你了吧？」黃任欣抱持鼓勵態度，「每次多聊個兩句，說不定有希望啊！」

小蛙尷尬的到裡面拿過安全帽，「哎唷，不是妳想的那樣啦，我不是想追她那種……就只是……」

只是什麼？小蛙自己也說不上來，只是很希望每週都能看她一次，看那烏黑的長髮，帶著憂鬱的眼神跟嫻靜的笑容。

她的聲音很輕柔，像綿花糖般軟甜，說著「謝謝你，辛苦了」時，會讓他一整天的不快與煩悶一掃而空。

「哎唷！這不像你啊小蛙！」黃任欣在他背部用力一擊，「你不是做什麼事都勇往直前沒在怕的嗎？」

「厚！」小蛙實在羞窘得很，抓著安全帽跟單子，直接往門外衝，「我去送餐了啦！」

「加油啊！」她還在那邊揮手助陣。

加油個頭啦！她今天又沒叫餐！

對啊……發動引擎，往前騎乘而去的小蛙不由得擔心起來，爲什麼她今天沒有叫餐呢？是跟朋友去聚餐嗎？還是跟男友見面？也有可能是久未聯絡的朋友一起度過小周末……

哎，他在想什麼啊！那只是一個定時叫外送的客戶，誰說她一定要在今天點餐呢？她說不定今天就突然不想吃外送、或是不想吃全家炸雞餐了啊！

眞是……小蛙心裡難掩一股失落，原本以爲那輕聲的「謝謝你，辛苦了」，能化解他今日遇到奧客的煩悶咧！

「謝謝你，辛苦了。」

女孩遞出一個乾淨透明的塑膠袋，裡頭的鈔票與錢一目瞭然，很清楚能知道裡面的錢是剛剛好的。

「謝謝！」李育龍邊說，同時全家炸雞餐的袋子被接過。

爲求萬一，他還是把袋子裡的錢倒出來再算一次，這是爲了自己好，金額短少可是自己要賠的哩！

算準金額，再次向對方道謝，女人接過了袋子，人依然站在半掩的門後，看不清臉，只聽得見好聽的聲音。

「請直接下樓，趕快回去。」女孩輕聲交代，「這裡治安很不好，所以請不要逗留。」

「啊？」李育龍被這句話嚇到了，不安的左顧右盼，點點頭，「好，謝謝！」

「不管誰叫你都不要停下來，直接走下去，騎上車就走！」女孩邊說，一邊把門掩上，「快走！」

李育龍還愣在原地，但當女孩關上門時，他卻反而嚇到，連一秒遲疑也無，轉身就直接朝樓梯奔去！

這裡的確看起來很偏僻啊，他之前從未送到這麼偏遠的地帶，遠離大路不說，而且附近幾乎沒有人煙，清一色全是舊公寓，每一棟看起來都年代已久，還帶著破敗感，能亮的路燈沒幾盞，完全是適合拍攝鬼片的場景啊！

治安不好？廢話，這邊眞出了什麼事，只怕叫天不應叫地不靈吧！

「喂！」

從六樓走下，繞著樓梯轉到三樓時，走廊看不見的地方傳出了低沉的吆喝聲，那聲音聽起來相當凶惡不客氣。

李育龍記著客人的話，連回頭都不敢，加快腳步一路衝到一樓，衝出舊公寓時，還聽見樓上那粗嘎的聲音大吼著：「喂！你！」

沒有沒有！他什麼都沒聽到！李育龍跨上機車，看不見的角落傳來吹狗螺的聲音，長嘯悲鳴，而且莫名其妙還捲起一陣風，地上的落葉與塑膠袋沙沙的朝他這邊捲來！

因著樓梯間的吆喝聲，李育龍完全不敢停留，即使沙子瞇了眼，他還是趕緊插入鑰匙，手一轉催油門，趕緊飆離這陰暗的巷弄。

好不容易衝出巷口，來到車水馬龍的繁忙世界，李育龍可是第一次覺得塞車眞好、擁擠眞棒，總比那些陰風慘慘、荒僻到路上一個人都沒有的區域好啊！

他眞的沒想到，這麼熱鬧的城市邊，居然有那樣的舊公寓聚集處？

「我還在這一帶長大啊……怎麼不知道有那個地方？」李育龍邊騎邊回頭看著那暗巷，連地址都陌生。

但是他得把這地址記下來，下次要是派單再派到這裡，他可得愼重考慮。

仔細想想，剛剛三樓那個人是在叫他吧？叫他幹嘛啊？他是外送員，訂餐的人都拿到餐點了，突然叫住他沒用啊！

都是陳國宏啦！剛剛出發時說那些亂七八糟的事，害得他胡思亂想，心裡跟著一陣毛！

回去要抱怨一下，晚上外送已經不是很安全了，還在那邊談論怪力亂神的事，怎麼不讓人覺得毛呢！

「回來了！」李育龍一進入店裡，即刻左顧右盼，「陳國宏咧？」

「嗯？外送喔！」黃任欣接過拿回來的錢，「怎麼了嗎？吳銘胖，下一單喔！」

「厚！我剛送的那地方超毛的啦！可能就只是舊，但被他剛剛講那些怪談，害我現在冷汗直冒！」李育龍滿腹不爽，抱怨連連。

裡頭的吳銘棒才喝口水就趕緊步出，「你是送到哪裡去啦？居然會毛？」

「就只是普通的舊公寓區，但路上就沒人又沒什麼燈的，你看看現在幾點，搭配上陳國宏講的東西，我就跟著亂想了！」李育龍說到一半，忍不住看著黃任欣銷單，「妳聽過那條路嗎？天町巷？」

黃任欣手上正拿著那張外送單呢，她瞄了眼，自然的聳肩，「我不是外送的啊，我又不熟路，但我之前真沒聽過！」

「我看是什麼……」吳銘棒接過外送單後前，「天町巷？這什麼路啊？我們這邊有町字的路嗎？多遠？」

「在A百貨附近！離百貨兩個路口的巷子裡，要彎進去再彎兩次。」李育龍會不確定也是有原因的，「我們平常都直殺百貨公司，很少走巷子，且那邊跟外面大路超級格格不入，精華地段居然有那麼破舊的地方！」

「我等等繞過去……」吳銘棒看手上的單子一頓，「啊不行，我要送的地方在反方向！」

「算了啦，不必特地……是我自己亂想！」李育龍沒好氣的叨唸，「不過都是因爲陳國宏！」

說曹操曹操就到，門外走回送完的陳國宏跟小蛙，兩個人還在那邊有說有笑，吳銘棒則抓著最後一張單子出去。

「我送最後一單喔！」吳銘棒嚷著，「走囉！」

「鹽酥雞！」小蛙立刻回頭。

「東山鴨頭！」陳國宏趕緊追加！

「炸雞排一份！」李育龍深怕講太慢也飛快的點餐。

「外加四杯飲料——等等發給你！」身爲櫃檯接線，黃任欣負責key-in的速度很快！「店長的等等跟你說！」

吳銘棒一臉無奈的搖搖頭，誰叫他抽最後一單咧！他們外送部自個兒訂的規則，每天最後一單的人回來要負責買宵夜啊！這趟單才是最麻煩的吧！

「我不管，我這張單很近，太慢傳我就不理你們了啊！」吳銘棒語畢，飛快的戴上安全帽，打算用疾速取貨、送件、再飆回來。

所有人莫不飛向黃任欣報出要買的宵夜，小蛙還衝進辦公室，問店長要吃什麼咧！由黃任欣統一發送訊息，給吳銘棒最大的一張外送單唷！

接著在等待吳銘棒回來時，大夥兒就準備換衣下班，黃任欣拔掉系統、關上電話，她得跟店長進行對帳。

「就你！下次不要說那些，害我送到偏僻地方後怪毛的！」更衣櫃前李育龍沒忘記跟陳國宏算帳。

「你會怕？」小蛙打量了他，「別鬧吧，你這漢草跟我說會怕？」

李育龍一百九，全身都是肌肉，是個酷愛重訓的傢伙，跟弱不禁風扯不上關係！

「會，會怕行吧！我就不信你們不覺得吊詭！」李育龍換上了自個兒的T恤，「無人的街道，每棟樓都看起來像荒廢的建築，外送的客人還告訴你說，不可以回頭直接離開，絕對不要停留！」

嗄？這下連陳國宏都停下了。

「爲什麼會交代這種東西？聽起來好怪！」陳國宏皺起眉，「啊是有什麼會讓你停留嗎？」

「就還眞的有人叫，是個男人很粗嘎的在那邊喊我，我嚇得趕緊就往樓下衝，那個人還追上來咧！」李育龍邊說邊起雞皮疙瘩，眞不敢想像他如果停下會發生什麼事。

「這是想搶劫還是要幹嘛？」小蛙聽了也不安，「路名報一下，下次大家要多留意……啊那個客人有說爲什麼嗎？」

「她只說治安不好，要我快走不要逗留。」李育龍嘖了一聲，「基本上那棟公寓給人感覺就很差了，說是危樓我都不意外，樓梯牆面斑駁掉漆、扶把搖搖欲墜，還沒燈。」

「還是叫黃任欣註記吧，我覺得那帶治安可能眞的不好。」小蛙提議著，外送的風險就是在這裡，怕送到危險的地方、或是遇上麻煩的人，要不然其他倒是沒什麼。

兩個人又問李育龍一樣的問題，街道名每人都陌生，那名字眞的太怪了，在這附近送兩年的陳國宏聽都沒聽過。

「哇！」

外頭驀地傳來驚呼聲，三個男孩互看一眼，下一秒就奔了出去！

那是黃任欣的叫聲，她跟店長都站在櫃檯準備交接點錢，但此時的她卻掩縮起雙肩，整個人退到後場去。

「怎樣？」小蛙率先從更衣室裡出來。

「錢……錢……」黃任欣站在門邊，左手指向十一點鐘方向的外場櫃檯。

店長依然站在收銀機邊，收銀機是敞開著的，店長蹙著眉瞪著裡頭深思。

「錢怎麼了？有少嗎？」小蛙趕緊走出，「我們都是收多少繳回……」多少……這兩個字硬是卡在喉頭，來不及說出。

小蛙來到了收銀機邊，陳國宏跟李育龍也跟在身後，他們都丈二金剛摸不著頭腦，好端端的怎麼氣氛好像變得很糟糕？

湊前一看，連他們也說不出話了！

在收銀機裡，向來都是各式鈔票分為一落落，分門別類得完整，但此時此刻，在分屬百元與十元鈔的地方，卻夾著突兀且不屬於大家使用的貨幣。

嚴格來說，是不屬於人類使用的貨幣。

冥幣。

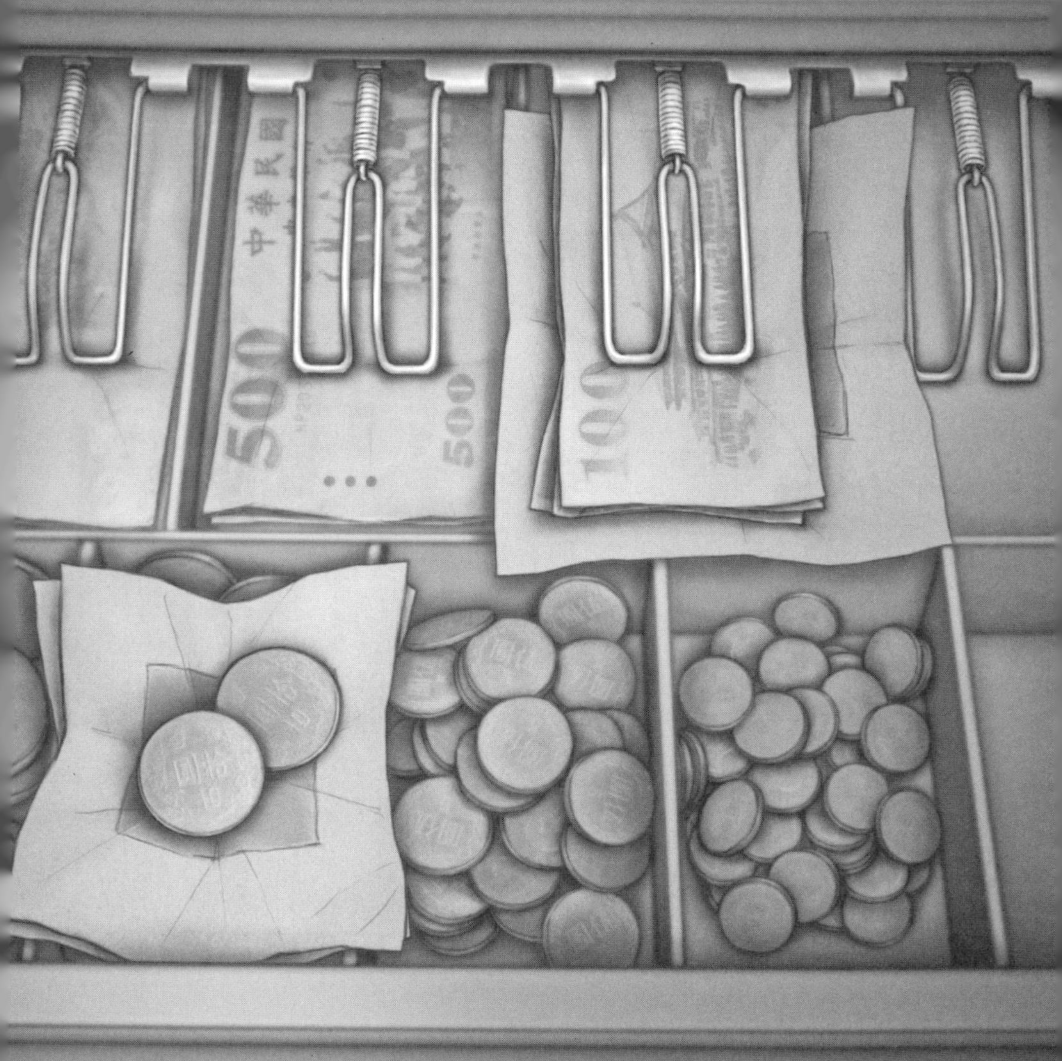
中華民國
500
500
100

第二章
反常

「有面額嗎？」嘴裡咬著一半麵條的汪聿芃語焉不詳的說著。

一桌的人莫不皺眉抬頭。

又在說什麼啊？每個人的腦子裡同步發出一樣的訊息，小蛙正在說他打工處的奇聞怪談，她插一句什麼東西？

「冥紙有面額嗎……問得好，我只知道分金跟銀。」童胤恒喃喃唸著，還轉頭看向小蛙，「小蛙總共幾張？長得一樣嗎？」

小蛙沒好氣的咬了炸雞排，「長得都一樣！就百元鈔啊！還面額咧！我下次有機會應該看看上面有沒有浮水印是吧？」

「還要看防僞條喔！」蔡志友忍不住出聲，「冥紙妳是沒看過喔？汪聿芃！」

「嘛———」汪聿芃淅瀝嘛嚕的把一大口麵吸進嘴裡，急切的嚼著，童胤恒在旁邊叫她慢慢吃，吃完再說話保證沒人跟她搶好嗎！

「收到冥紙怪可怕的耶！問題是你們外送不是一手交錢一手交貨嗎？」簡子芸這次倒不太信了，「有沒有收到冥紙應該很清楚啊！」

「就是這樣才玄啊！我們都馬當場點，有冥紙我們一定會跟對方換……」小蛙一怔，「不對！我如果收到會先逃吧！」

「所以收錢時是正常的囉……咦？」童胤恒驚愕的看著小蛙，「你們交接是幾點？」

「我們就到十二……點……」小蛙自己暗說了句靠，「越說越毛了！難道是我們收錢時是鈔票，但一過午夜就……」

「這解釋有理啊！不然怎麼解釋你們收錢的過程？」康晉翊仔細推敲，「也就是說你們之中有人外送到『特別』的客人了。」

外送到特別的客人……小蛙忍不住想到李小龍的抱怨，那沒聽過的巷子以及怪異的地方。

「厚！」他不耐的放下筷子，「這樣子晚上我們打工一定戰戰兢兢！」

「我們可以去幫忙啊！」汪聿芃超熱情，「你後面還可以載人嗎？」

「妳不要來亂好嗎！」小蛙沒好氣的白了她一眼，「我們幾個昨天嚇都嚇死了，而且最近外送圈子裡一直有奇怪的風聲，就是這樣才……」

小蛙原本抓著頸子在抱怨，卻注意到強烈的視線襲來。

一整桌同學全部用閃亮亮的雙眼看著他，無聲的訊息在空中傳遞著：什麼傳聞啊啊啊？

「喂！你們那什麼臉！」小蛙哎唷的垂頭喪氣，「這不是什麼都市傳說好嗎！」

「反正都是軼聞趣事啊！」康晉翊笑了起來，「喂！你好歹也是社團的一員，集點卡拿假的啊？」

聞言，汪聿芃還驕傲的抬起頭，特地從包包翻出全世界獨一無二的「都市傳說集點卡」，啪的放在桌上。

「妳還眞忙喔！這樣也要特地拿！」童胤恒無奈極了。

一桌六人全部不同系，但屬同一個社團，有著相當的興趣與愛好，獨鍾都市傳說。

A大的「都市傳說社」在幾年前曾是赫赫有名的社團，因爲當時傳聞中的都市傳說竟接連出現，連A大學生也屢遭不測，而該時的「都市傳說社」社長及成員因著對都市傳說的熱衷與研究，得以破除許多危機，無形中拯救多條性命，甚至挖出陳年冤案躍上新聞版面。

都市傳說與鄉野軼談一樣，有的人會當趣事閒聊，卻在交談中帶了些警告，抱持一種寧可信其有的態度。

但是當事情眞的發生時，這些人卻會認爲他們穿鑿附會、製造恐慌、怪力亂神，極盡所能的懷疑、批判，然後一回頭又在燒香拜佛。

不過對喜愛都市傳說的人而言，這些都不重要！重要的是他們對都市傳說的熱愛；當有人撞到都市傳說時，他們會興奮不是因爲誰的受傷或是殞落，而是因爲都市傳說出現了！

遇上都市傳說總是非死即傷，不幸的屬性很高，但都市傳說不是他們造成或

召喚而出，所以他們依然會為其出現感到雀躍，也同時會盡量的阻止它們一再出現。

「聽到沒？是都市傳說社耶！」

「對啊！就是他們！那個是社長……」

同一間麵店有些人認出他們，正竊竊私語，悄悄話說得明顯，深怕他們聽不見似的！但康晉翊只是淺笑，蠻不在乎的繼續吃午餐，嘴長在別人身上，由得他們去說，介意也沒有用。

「幽靈船事件」不過上個月的事，一場普通的大火卻藏著可怕的都市傳說，因為「幽靈船」的出航就代表將收取為數不少的性命。「都市傳說社」發現到浮在半空中的幽靈船、留意到相關的都市傳說全屬於公安事件，因此在社團臉書上詳述記載發現與研究，請大家留意，結果卻落了個「製造恐慌」的罪名。

現今的「都市傳說社」已不若當年盛況，甚至因為這些年來沒發生什麼事，導致一堆心態可議的人紛紛退社，緊接著急速萎縮直到被請離社團大樓，回到校園裡最古老陳舊的鐵皮屋，那以前社團的起源地。

偏僻但靜謐，現任社長反而覺得這樣很適合「都市傳說社」。

不過當人心不安時，照樣找他們開刀，社團再偏僻還是被噴漆畫得亂七八糟，幸好社員們不是有強健的心臟，就是有不屬於地球的思維，所以沒有太多人在意這件事。

「小蛙，」汪聿芃突然放下筷子朝著小蛙伸手，「你有帶嗎？」

「啊！有啊！我都帶在身上。」小蛙反手到背後的書包裡撈出一個資料夾遞給汪聿芃。

他們中間還有個童胤恒，二話不說就攔截了。

「妳選這時候發傳單是找麻煩嗎？」童胤恒壓低聲音唸著，「他們的眼神充滿敵意，到現在還是有人覺得我們社團是……」

話都沒說完汪聿芃不耐煩的哎唷一聲，搶過他手上的卷宗夾，起身朝著交頭接耳的同學們走去。

小蛙設計的文宣這麼好看，不趁機發送怎麼行呢！

「汪……」康晉翊來不及阻止，瞪大看向童胤恒，「怎麼不攔著她？」

「我沒攔？那也要她肯聽啊！」童胤恒委屈極了！等等，為什麼汪聿芃是他的責任啊!?

「您好，我們是都市傳說社！」汪聿芃大方的拿出文宣，遞給談論中的同學，「只要你對都市傳說有興趣，都歡迎加入喔！」

被她突如其來的舉動嚇到，桌邊兩個女生愣住，交換眼神後還是接過傳單。

「都市傳說其實很有趣的，仔細瞭解就會覺得太厲害了。」汪聿芃走到下一

過都市傳說
歡迎加入都市傳說社!!

桌，「我以前根本都不信這種事，但實際接觸後才發現都市傳說的博大精深。」

博大精深……副社簡子芸扶額，這成語是不是使用錯誤啊？

「什麼東西啊！你們不就一群怪力亂神的傢伙嗎！之前講幽靈船講到大家都不敢去唱歌或去看電影！」另一桌的同學就沒這麼客氣了，「還每天一篇寫得煞有其事！」

「什麼煞有其事！那是眞的幽靈船！千眞萬切！你自己去數數從KTV大火後發生了多少事，是不是超過一百條命了！」汪聿芃絲毫不以爲忤，還禮貌的彎腰分別向那對情人遞上傳單，「如果瞭解都市傳說的話，說不定遇到時還有機會逃出生天的喔……」

「喂！」男生不高興的拍桌站起，但同一時間——唰唰唰唰唰整桌都市傳說社團的人都跟著站起來了。

小蛙離他們最近，直接跳起就朝情人走去，現在是怎樣？在恐嚇他們社員嗎？

別說小蛙外型嚇人，後面的童胤恒更是高壯型的傢伙、曾經的籃球校隊中鋒，康晉翊雖是斯文派但好歹也算一員，就連簡子芸都雙手抱胸，眼神迸著銳利殺氣——情侶立即覺得苗頭不對，女孩拉著男友叫他不要鬧。

「都市傳說最厲害的啊，就是你永遠不知道它什麼時候會出現、怎麼出現、

或是你會不會遇到！」汪聿芃還在那邊自我陶醉，「這種人生處處是驚喜的感覺，不覺得很刺激嗎？」

「刺激刺激！」女友趕緊拿過傳單，「謝謝妳啦！」

「有問題可以隨時來問喔！」汪聿芃禮貌的頷首，一轉身看向小蛙再望著後面的人幾許錯愕，「咦？要走了嗎？我麵還沒吃完耶！」

小蛙一怔，氣勢立即打折，誰要走啊……這女人真的很外星耶！他沒好氣的拉過她往後扔，童胤恒旋即接手，再把她朝位子那兒推去。滿腹不爽膽子卻不大的男友用眼尾瞄著小蛙，他還站在他們身邊，一臉凶惡的意圖警告。

「小蛙。」康晉翊輕喚著，可別讓「都市傳說社」除了怪力亂神外，又貼個流氓社團的標籤啊！

雖然好像已經是了……之前有人到社團來嗆聲時，小蛙和蔡志友跟門神似的，嚇得一眾人落荒而逃啊。

「大家幹嘛突然站起來？我想說你們吃這麼快！」汪聿芃回座趕緊吞著麵，明明都還沒吃完！

「我……」簡子芸很想解釋，但最後覺得多講只是多費唇舌，「沒事！只是想看妳怎麼宣傳。」

「喔！」汪聿芃燦爛笑著，「小蛙的文宣很漂亮，我覺得只貼在外面太可惜了！一旦有人有興趣，我們就得加把勁才對！」

妳是哪裡覺得人家有興趣？童胤恒暗暗搖頭，汪聿芃除了思想跳TONE、天線與地球不對頻外，就是連看人臉色都有問題！這可以算是某種社交障礙吧！不過她活在自己的世界中開心就好。

康晉翊也不知道該說什麼，反正汪聿芃有自己的想法也不便阻止她，至於其他人……他們討論過——最大原則就是不要管。

「喂！回到小蛙剛說的事啦！你們怎麼處理？」簡子芸挑了眉，「知道是誰帶回來的嗎？」

「不知道，因為之前黃任欣……就我們接單的櫃檯整理過錢了！所以很難知道是誰帶回的！」事實上他們幾個站在櫃檯邊看著冥紙時，每個人都冒了一身冷汗。

應該不是自己帶的吧……連他自己都這樣想。

「所以是送到阿飄嗎？」童胤恒沉吟，「他們也叫外送啊？」

「我比較希望是惡作劇。」小蛙厭惡的接口，「這樣子我們才能繼續安心工作。」

「可是你剛說你們都會親自點錢的！」汪聿芃非常貼心的提醒，「所以錢是後來才變的！」

小蛙做了個深呼吸，眞是非常感謝汪聿芃的肯定。

「你帶點護身符什麼的吧，還是尊重點好。」簡子芸溫聲建議，「我原本以爲外送的風險是被坑或是遇到什麼驚險刺激的事，沒想到還有更上一層樓的。」

小蛙狼吞虎嚥的吃完麵，這種「更上層樓」他沒有興趣好嗎！

吃完午餐離下堂課還有時間，所有人打算去買飲料。

「對了！我聽說郭學長耶誕夜時有來學校喔！」康晉翊突然想到什麼的回頭，「你們兩個怎麼都沒提？」

走在中間的汪聿芃跟童胤恒一怔，當然不會提啊！因爲學長一下就走了。重點是——他們是在汪聿芃去找花子聊天時遇到的好嗎！

「啊！郭岳洋學長嗎？」汪聿芃啊了好大聲，「對耶！平安夜那天我去找——」

「偶然遇到的！學長也沒有想聲張！」童胤恒一秒把汪聿芃往後拉，她還眞的想說出花子的事嗎？「後來我們玩開了，就忘了這件事了……」

「厚！如果可以我想跟學長合照的耶！」簡子芸也跟著抱怨，「還是學長在我們社團留訊息我才知道！」

「呃……」童胤恒只能乾笑，他不宜說什麼吧？

「誰啊？」小蛙皺著眉聽不太懂。

「都市傳說社的創始人之一啊！郭岳洋跟夏天學長！」康晉翊一開始就是因

爲喜愛都市傳說才加入社團的，對於創始者自然知之甚詳，「上個月平安夜郭學長有到學校，還遇到童子軍他們，結果他們居然沒說一聲。」

「遇到……」小蛙幽幽看向童胤恒眼神有點詭異，「哦……」

「你哦什麼啦！哦得莫名其妙。」

「你們那天一起進來的我記得……先去約會喔！」小蛙用手肘撞了童胤恒一下，「虧你能跟外星人溝通咧！」

欸……這一下撞得不輕，童胤恒撫著胸口翻白眼，這傢伙是在亂說什麼！誰跟汪聿芃約會啊！是因爲她要去找花子，他是把風的好嗎！

「你能跟外星人溝通？」汪聿芃抓著童胤恒的手臂往前探，「什麼時候的事，怎麼沒有說一聲？」

唉！童胤恒用力深呼吸的瞪向小蛙，小蛙則放肆的哇哈哈大笑往前走去。

「你聽得到都市傳說的聲音後，又增加新技能嗎？」汪聿芃驚呼連連，「所以是哪個星球的？」

童胤恒沒好氣的低頭看向她，「妳哪個星球就哪個星球囉！」

啊？汪聿芃錯愕得聽不懂，看著童胤恒甩開她、趕緊往前追、還從後面不客氣的巴了小蛙的頭，胡說八道什麼鬼！康晉翊跟簡子芸笑到得內傷，一邊還回頭看著她。

站在原地的汪聿芃狐疑的皺眉，說眞的她覺得大家的想法跟邏輯……都好奇怪喔！

「喂！汪聿芃！」小蛙回頭瞧著她還待在原地，「走了啦！」

「喔！」她趕緊跑步奔上，「小蛙你公司還有缺人嗎？」

一票人不約而同回頭：「不要去亂！」

機車慢速的停在熟悉的街道裡，紅色的安全帽下是憂心的雙眼，抬頭看著三樓的窗戶，連著幾天的燈都沒有亮，到底是還沒回來？還是根本不在？

催了油門離開，說到底這根本不關他的事，他只知道那個女生叫方喬，住在吉祥街三十二號三樓之二，電話是……欸，他幹嘛背啊！這只是一個習慣每週五叫外送的女生啊！

問題是她前天就沒有叫外送，這反常就叫他覺得不安，但他又覺得去按人電鈴太沒禮貌，如果留字條或傳簡訊說不定會被認爲是色狼咧！

「哈……」小蛙推門而入，立即嗅到不對勁的氣息，「囉？」

黃任欣跟店長都在櫃檯裡臉色凝重，一旁的吳銘棒更是一臉如喪考妣。

「小蛙，」吳銘棒漫不經心的回應著，「你來囉。」

「現在是怎樣?又發生事情了嗎?」昨天他排休不知道有什麼狀況,「該不會昨天又收到……」

桌邊三個人六隻眼立刻轉向他,眼底彷彿淚光閃閃,答案不言可喻。

「又有冥紙啊!?」小蛙詫異的趨前,「這次知道誰收的嗎?」

「應該是陳國宏,我爲了不弄亂順序,午夜前完全沒整理鈔票。」黃任欣嚴肅的打開一旁小抽屜,拿出夾鏈袋裡的冥紙,「這是倒數第三單的千元鈔,也是最後一張,太好認了。」

「跟李小龍送的地方一樣嗎?」小蛙好奇的問。

「不一樣,但也是非常類似的舊公寓,昏暗且令人窒息……」店長深吸了一口氣,「我們這區沒那麼多舊房子吧?」

「什麼單註記一下啊!」小蛙邊說一邊往裡走,「我先換衣服,立刻回來。」

他走進內場更衣室,一進去差點沒嚇到罵髒話,因爲靠門邊的更衣櫃前站了一個像雕像般、死白一張臉的陳國宏,他的左手還扣著櫃門,站在更衣櫃前一動也不動,僵直瞪著自己的櫃子。

「三小啦!站在這裡會嚇死人的!」小蛙不爽的唸著,「聽說你收到異世界貨幣喔?」

他是想開玩笑緩解一下氣氛,不過陳國宏發抖的身體卻告訴他這玩笑開不得啊！

「嗚……嗚……」陳國宏下一秒竟然腳軟得蹲了下來，「我不知道！我眞的不知道——」

小蛙呆愣的站在旁邊，看著蹲在更衣櫃前哭泣的同事，陳國宏平常就是那種作風明快、膽大心細的傢伙啊！那天扯靈異事件也是他起的頭，怎麼自己遇到時變得這麼……這麼……脆弱啊？

「喂！別鬧啦！就只是用不同幣別買東西嘛！店長也沒叫你賠啊！」小蛙繼續打哈哈，「你不要想太多啦，反正平安回來了對吧？」

「我就知道有問題……我應該要知道有問題的！」陳國宏驀地抱頭低吼，「他們的行爲古怪，我怎麼會沒注意……」

吳銘棒聽見裡頭的崩潰跑了進來，一時眞不知道該說什麼，站在門口與小蛙對望，小蛙朝他擺擺手，這時越多人不一定好，就怕陳國宏面子掛不住、或是反而變得更脆弱。

所以吳銘棒退出更衣室，小蛙則蹲下來與陳國宏同高。

「平常有時都會遇到一些有的沒的了，更別說我們做外送的，你也知道風險啊！」小蛙故作輕鬆的扳起手指，「被搶、被坑或是被人設計仙人跳……」

陳國宏聞言皺眉抬首，「有這個嗎？」

「啊不准我們進入客人家裡、不管客人多正多辣、行動多不便都不行！」小蛙賊賊的笑著，「我就覺得那就是仙人跳啊！」

「呿！」陳國宏嘴角終於略微上揚，「眞這樣好像也不錯。」

「免費的最貴你傻了喔！」小蛙繼續說著，「所以我們都知道外送的風險，你那種情況也算風險之一吧！要正面思考至少沒出事！」

陳國宏聞言，眉頭只是皺得更深，「我沒有覺得這是什麼好事啊，這是……是、是那個耶！」

「嗯……」小蛙清了清喉嚨，略微沉吟，「我有跟你說過我是都市傳說社的嗎？」

什麼！陳國宏整個人不但跳起來，還退後了好幾步——都都都都市傳說社？

嗯，看來他知道。

「幽幽靈船……不對不對！」陳國宏嚥了口口水，「花子！」

啪！小蛙擊了個響亮的掌，「你知道的嘛！看看在學校上廁所都會遇到花子、唱個歌會被火燒遇上幽靈船……我不說ＫＴＶ、就說牛排館爆炸案，是不是平常都會遇到？」

陳國宏望著小蛙，那眉頭都成八字眉的悲苦了，這是哪門子的例子啦!!

「那不是正常現象啊！」陳國宏一顆心跳得很快，「你們……你們那些都市

傳說是眞的？」

「是眞的啊！每一件都是！我還差點燒死在貨櫃屋裡、差一點點就被幽靈船帶走了。」小蛙輕鬆的聳聳肩，「你看我遇過花子、自殺廣告還有幽靈船了，比起來當平常人的風險，比當外送的高多了有沒有？」

「這例子很爛耶！」門外傳來李育龍的聲音，原來他回來了，「靠夭！你都市傳說社的喔？」

唉！小蛙輕擊前額，看來抬槓開始，他還是先換衣服再說。

雖然康晉翊說不要理會大家，問題是他們社團現在就是一種「糟糕紅」的狀態，明著來咒罵或噴漆的人還算好，就怕隱性的反對者。

所以他一直沒敢在同事間提，就怕有萬一。

「喂！你剛說的是眞的嗎？你都遇過喔？」李育龍好奇的走進，「這也太衰了吧！一直遇到那種事……啊！對對！我記得都市傳說社長就是KTV大火生還者嘛！」

小蛙逕自換上紅衣黑領的制服，在大家的反應徹底清楚前，他還是先不要說話的好。

「又幽靈船那件事？」黃任欣有些後怕，「我那天就在那邊耶，還預約那間牛排店八點！」

「眞的假的？」吳銘棒不可思議，「那就是說妳差一點點就——」

砰！小蛙重重關上鐵製的櫃門，嚇了大家一跳。

「沒什麼差一點點，那就是不關黃任欣的事，幽靈船並不打算收她。」他難得義正詞嚴，「我是不管你們信不信啦，但我們遇到的事情喔……比收冥紙這種事玄多了。」

老實說……連陳國宏都點了點頭，至少拿回冥紙的他到今天還能在這裡感到害怕，如果遇到都市傳說的那些人，只怕早就已經……天哪！

「這種硬要比還挺有效的！」店長出現在門口，「好了！大家打起精神來，我們外送期間可以保持聯繫，今天開始我會讓任欣定位所有人，這樣一旦有狀況我們都能支援！」

噢噢噢，吳銘棒亮了雙眼，這方法好！至少彼此知道彼此在哪裡！

「隨時回報，大家如果在附近也能支援。」黃任欣也做了個深呼吸，「沒問題的，而且陳國宏昨天也是平安返回，如果眞的遇到什麼——自然應對就好！」

「是啊！陳國宏不分享一下狀況嗎？」小蛙倒是認眞，「資訊分享是有好處的，我們大家要是遇到了，就知道該怎麼做。」

都市傳說社一直都是這樣運作，那個副社還會記錄咧！

「那是拉麵單，六碗拉麵，化銀路的一番。」黃任欣記得很清楚，「全部加筍絲，麵湯分離，訂貨後二十分鐘麵才好。」

「對，因爲是六份拉麵，一番老闆最愛唸我們遲到害他麵爛，所以我很早就去拿。」陳國宏聲音略帶著微顫，「外送的地址在吉祥街的巷弄裡，很普通所以我也沒想太多。」

吉祥街？小蛙下意識留意到熟悉的街名，跟方小姐同一條路耶。

「地址在三樓，那裡超暗的，很像李小龍前天說的舊公寓。」陳國宏得深呼吸才能繼續說下去，「我帶著拉麵小心翼翼的找門牌，走廊上很臭，一聞就知道有股酸味，我還很怕踩到的開手電筒咧……」

小蛙不由得皺眉，吉祥街不是什麼熱鬧的新式建設，但他怎麼不記得那邊有這麼破敗髒亂的地方啊……不過話也不能這麼說，畢竟他也並沒有整條街每棟都去過。

「我按門鈴後立刻就有人應門，但是很奇怪的是他們從裡面喊，叫我把東西擺在門口就好。」李育龍後來回想才覺得奇怪，「接著門打開一小縫，從縫裡塞出一張千元大鈔，說不必找了。」

當時他雖然覺得詭異，但是看到有小費心就飛了，他們講好小費回來是全體均分，除不盡的就給送外送的人多一點，但是小費可不是常常有的事啊！

小費才兩百多，但是有總比沒有好嘛！

所以他接過直說謝，把東西放在門口就走了！帶著千元大鈔回到店裡高聲宣布今天有小費，他還記得李育龍科科的說：小蛙今天休假咧！

「靠！」小蛙低咒，「幹嘛趁我不在拿小費啦！」

「喂喂，拿那種你要嗎？整張都給你！」黃任欣呿了聲，「就是那張小費等於整張冥紙好嗎！」

呃……小蛙一時忘形，他忘了嘛。

「這樣說來你連對方長怎樣都沒看見啊……」這種方式在外送裡算是奇特的了，「他是打給我們？還是打給拉麵店？」

「打給拉麵店的，一番那邊再打來叫我們準備。」黃任欣歪了嘴，「我問過一番老闆了，他們只顧著接單根本沒時間去留意什麼細節，連打去的是男是女都不記得。」

「應聲的是男的，男人的聲音聽起來很正常……啊！」陳國宏想起另一件事，「他們在打麻將，我聽到麻將術語跟叩牌聲。」

「聚賭嗎？所以才不敢開門？」店長是這樣猜測，「然後等你走後再取麵。」

「這我眞的不知道了。」陳國宏重重嘆口氣，「店長啊！他們付的是冥紙啊！」

店裡的低氣壓被刺耳的電話聲干擾，黃任欣趕緊繞出去接電話，時間逼近用

餐時分，等會兒便進入戰場時刻。

小蛙走向陳國宏，用力在他背上拍打，「好了！振作！就按照我們正常外送就對了。」

「事情都這樣了，我要怎麼平常心？」陳國宏雙手掩面哎唷的痛苦低鳴。

「就只能平常心了……」小蛙看著他的身子不停發抖，看來陳國宏是眞的害怕啊，「不然這樣！如果你到了那邊覺得怪怪的就CALL我，我如果剛好空著，我就陪你一起送！」

咦咦？陳國宏倏地看向小蛙，這簡直是及時雨啊！不管等等是否眞的有空陪他，他整個人瞬間覺得安心許多。

「小蛙，你超講義氣的！謝謝！」陳國宏一整個感激涕零，至少有後盾了！

「客氣什麼啦，我也不是不怕……只是……」小蛙後面沒說下去，擺擺手到外頭去準備。

只是他覺得都市傳說比阿飄可怕多了。

因爲如果只是好兄弟，有時他只是路過或是他剛好肚子餓，在正常沒觸犯對方或是沒作姦犯科的前提下，應該是不會亂對人出手的對吧？就像陳國宏不是送完麵就安然返回了！

但都市傳說可不同了！它們沒有理由、沒有原因，想出現就出現，許多都市傳說都有殺傷力，遇到就只能祈禱了。

不過他現在比較在意的還是……吉祥街有破敗的公寓嗎？

吳銘棒看著黃任欣擱在櫃檯上的單據慘白著臉色，冷汗直冒，一顆心跳得疾速。

是那個地址！甚至是同一戶！他們今晚又叫了拉麵，口味還一模一樣。

「我們不要送好了。」店長嚴肅的下了決定，「跟一番說這單我們拒絕。」

「那要怎麼說？直接說那戶有問題嗎？」黃任欣爲難極了，「這樣會不會以後一番的單都不會找我們？」

「那也就算了！這種單接了萬一出事怎麼辦？」店長難得大刀闊斧，「總不能讓你們去冒險！」

店長……吳銘棒感動的看著店長，黃任欣認眞的朝他豎起大姆指，在他要撥給一番前又有電話進線，黃任欣只得先接單。

「不必推，我去。」小蛙從內場走出，二話不說抽過櫃檯上的單。

小蛙!?吳銘棒焦急的拉住他，他瘋了嗎？

連店長都走出櫃檯，哪有明知山有虎偏向虎山行的道理啊！地址黃任欣對過

了，一模一樣啊！

「總是要去看看啊，我還挺好奇的。」小蛙絕對不會說，他想順便再去吉祥街一趟。

低首看著手上捏著的單子……咦這地址——不但是方喬那棟樓，而且還同一層，是她鄰居！

等一下！那棟公寓什麼時候晦暗髒臭了？就是些小坪數套房，外頭公共區域向來乾淨，燈光也算明亮，還是自動感應的ＬＥＤ燈不是嗎？

「又一張披薩買大送大！」黃任欣撕下電腦單，「小蛙，你不要鬧，就知道那戶有問題了還去！」

小蛙根本沒在聽，「這地址確定跟昨天一樣？」

「確定。」黃任欣拍拍身邊的公布欄，她早把單子釘上去了。

小蛙即刻上前對照，果然一模一樣……但這不該是他認識的公寓。

「我去，反正我跟陳國宏一樣穩穩的送貨就是了。」小蛙異常堅定，讓店長非常憂心，「那披薩那張……」

「我嗎？」吳銘棒驚愕不已，「小蛙，你不要去啦！」

「我立刻跟一番取消。」店長焦急的要進櫃檯打電話。

叮鈴！門一骨碌被拉開，小蛙已經衝了出去，他覺得陳國宏如果沒事，他只要保持低調，也不該會有狀況——而且這就是方喬的鄰居，那層樓他熟到不能再熟好嗎！

怎麼會有臭味？還髒亂不堪？他不懂陳國宏是看到什麼了啊！

如果眞的有什麼……他開始擔心那個女孩，該不會發生了什麼事？所以她才沒有在上週五訂外送嗎？

「小蛙！」店長衝出去大喊，但小蛙蓋上安全帽鏡片，帥氣揮揮手騎車直接走人。

「我的天哪！他在幹嘛!?」黃任欣緊蹙起眉，「沒時間蘑菇了！吳銘胖，那這張就你送，披薩有半小時時限喔！」

吳銘棒這才回神拿過了單據，「小蛙會不會有事啊？」

「我會緊盯著，大家不是都開定位了嗎！」黃任欣用力握拳，還反過來鼓勵吳銘棒，「快去送！我也順便看看陳國宏他們在哪裡，看能不能支援……欸找李育龍好了。」

陳國宏應該打死不會再去一次了吧！

吳銘棒點點頭，抓過安全帽就往外衝，跨上機車時導航已經傳輸過來，他好奇的看著上面的陌生巷名……五一巷？怎麼沒聽過這奇怪的巷弄名啊？

用力深呼吸，做外送啊，可眞不是那麼容易的咧！

第三章

消失的外送員

湯麵類的食物都很燙手，小蛙都會用隔熱保溫的提袋裝著，小心的提上來。

小蛙車子才停下就覺得不對勁了，街道還是一樣的街道，但說不上來這令人不適的感覺，汗毛根根直豎，呼吸跟著沉重起來；所有燈是亮著的，但卻像放了一層減光鏡一般，少了點生氣。

走上樓時，連他都忍不住掩鼻，這不像是平時的區塊啊！他每次也都這樣送上三樓，鮮少坐電梯的他都走樓梯，但是牆壁哪有這麼髒，活像有在上頭抹了什麼，還有地上這股臭酸味又是什麼，甚至還夾帶了便溺的氣味！

連他都忍不住打開手電筒，就怕踩到什麼。

整棟樓每層都是一樣的T形格局，橫槓處兩戶坪數大，豎線的坪數小，一層四戶，樓梯轉上來後便是走廊，左右兩邊各一戶小套房，正前方還有一戶，然後T形上方最右邊還有一戶；而三樓方小姐的小套房在窄走道右手邊這間，平常他送炸雞給她時，站在她門口的角度是看不見最右邊那戶的。

但這裡不像是他平常送的模樣，太髒太灰暗了，天花板上的燈乍看是亮著的，但似乎只有五燭光。

下意識停在方喬的門前，從屋外看不出她是否在家，但門縫未曾透光，小蛙看著那深棕色的門躊躇，他有個直覺想去敲敲門，親切的問候……不，這鐵定會進警局。

人帥眞好，人醜性騷擾，他跟帥哥扯不上關係，更別說一副就痞子樣，他是女的他也報警。

馬的，這裡眞的有夠臭！他擰眉轉向斜對面的屋子，看著外送單確認門牌號碼。

留意到自己的左手微微發顫，但他還是沒有想臨陣退縮的意思。

這不是冒險或是勇敢，這只是……一種好奇心大於一切的概念。

略抖的食指按下了電鈴——刺耳的嗶聲，那電鈴聲大到外面都聽得見，還有點破音，小蛙仔細的凝聽，並沒有聽到任何聲音……咿。

咦？右手邊傳來類似開門聲，小蛙倏地看過去，是正對電梯最大坪數的住戶，光線昏暗到讓他瞧不清楚，他大喇喇的直接拿起手電筒往那邊照，不知道是不是陰影緣故，總覺得那戶人家的門似乎開了一小縫？

「請……」他才想走過去，客戶門裡傳來了聲音。

「誰？」

「拉麵外送！」小蛙高聲回應。

叩。他再次往右看去，他發誓他聽見了關門聲！

眞的有人在偷看他！

「拉麵放在門口就可以了！我拿錢給你！」裡面的男人聲音與陳國宏述說的

不同，這個聲音很粗，像有痰卡在喉頭的聲調。

「好！」小蛙回應，拉麵放在門口這點倒是如出一轍啊……小心的將三袋拉麵擱在門口，這門前地上眞的很髒。

喀噠，門果然開了，而且眞的只開一小縫——洗牌的聲音頓時清楚傳來，果然是麻將。

「啊又連莊，你是連三小的！」

「運氣來誰都擋不住啊！」

「剩一支你也可以自摸？拉莊啦幹！」

接著是疊牌的聲音，裡面的人眞的在打麻將哩！小蛙把注意力移轉回半開的門，跟陳國宏遇到的情況不同，這門縫可不小，幾乎可以看見來人的半張臉。

「開門～來！七索！」裡面開始下一局了。

光頭加鬍渣的男人站在門口，看起來像奮戰了幾天幾夜的疲累，還一邊打呵欠。

「多少？」

「呃，一共八百元。」錢也沒先備妥啊……

「等一下！」男人沒拿麵，而是順手把門又給往門邊闔，朝裡面喊著，「喂，麵來了啦！誰出一下？」

「幹！我在贏錢不要現在拿錢啦！你是不會墊一下喔！」

「我就輸到脫褲了不然咧？」

拖鞋聲、低咒聲，連拿牌聲都一清二楚，小蛙知道他們已經在玩下一輪了，莊家開門，打牌的速度好快，牌落桌面的聲音叩咚咚，看來全是行家老手啊！

「啊，一千。」門再度打開一些，男人用指頭夾著一張千元鈔，「免找了！」

「謝謝！」小蛙故作殷勤的彎腰要提起袋子，「我幫您拿進去吧！」

「就說放下！」驀地，那男人口吻突然轉爲嚴厲。

小蛙一秒鬆手，幹！他剛剛還以爲對方要舉槍了咧！

「對不起，我只是想說……」低著頭，他不敢對上男人的眼。

「放著，我們等等再拿！」男人無奈的唸著，「好了，你可以走了。」

小蛙頷首，沒敢逗留的轉身往樓梯去，他想要不要留張字條給他們對面的方喬……這個念頭再度作罷，他想了一百種方式，每一種都會直接讓他解鎖進警局的成就。

不經意瞥了一眼這戶人家的門口牆邊，一整袋垃圾大喇喇的就擺在牆邊，透過半透明袋子瞧裡面的包裝，好像正是拉麵……就這樣一包丟出來，一種不要臭在自己家就好的概念，有夠沒公德心。

轉身才要離開，卻明顯的再度感受到視線，以及門板的聲響。

「喂！」小蛙本就不是沉得住氣的性子，倏地扭頭向正後方看，「有事嗎？」

他不客氣的吆喝著，這擺明就是有人在偷看，偷看還不低調一點，那扇門開開關關的是當他聾了嗎？

他這一喊，對方嚇得趕緊把門關上，而且還關得很不小心，全世界都聽見他關門兼上鎖的聲音；所以小蛙筆直走到底，站在對方家門口，露出凶惡的神色朝著門上的貓眼孔望去，都有貓眼了，偷窺也不懂得技巧？

「請問有事嗎？」他雙手插腰，一副痞樣的抬起下巴，「我只是外送的！」

門的那邊沒有一丁點響聲，但是小蛙百分之百確定有人在！

他也只是氣勢逼人而已，聲音大點去嚇人，對方不開門他也不能怎麼樣，老實說開門了他才要怕吧！只是他討厭這種被偷看的感覺，就送個麵是在看三小！

呿了聲，自己也是心虛，怕耽誤太久等等人家抄傢伙出來就不好了，扭頭還得故作帥氣的離開。

哼！回身昂首闊步往前走，但沒走兩步，他下意識的停下了腳步。

麵呢？

他站在三十二號之一的門前，剛剛這一地的拉麵呢？他不是擺得好好的嗎？六碗麵分別三個袋子裝好，什麼時候不見的？

就在他去找那偷窺戶的幾秒鐘時間？他沒有聽見身後有任何開門聲啊！要拿

走這六碗麵應該不只是開門拿取這麼簡單了，至少還要有塑膠袋的窸窣音，不可能完全悄無聲響的！

小蛙瞪著地板上那麵碗的痕跡，塑膠袋外還沾了點油，所以地面上存有油漬，到底是怎麼……神不知鬼不覺的拿進去的……

小蛙向後退了兩步，下一秒不假思索的就直接往樓梯下衝！

離開！他全身上下每一個細胞都在叫他離開，不管那戶是怎樣取走六碗拉麵的，他只知道此地不宜久留！

一路衝下樓，跨上機車時才發現右手掌心中依然捏那張千元鈔，不安的望著緊握的右拳，沒時間讓他慢慢看了——張開手掌，啊就是一千塊啊！

趕緊塞進褲頭的腰包，催了油門就想趕快離開，他從來沒有人到了吉祥街卻這麼想走的！陳國宏跟李育龍口中所說的那些光怪陸離事件，此時全上心頭，再外加都市傳說社遇到的事情，讓他手心冒汗多到差點還握不住龍頭！

一個人影在左邊的窄巷中一閃而過，又嚇得他差點閃尿，他連仔細看清楚都不想，只知道加速衝出這吉祥街，快點到車水馬龍的地方啊啊啊！

總算看到刺眼燈光，擁塞車陣，小蛙簡直謝天謝地，塞到死都甘願的進入車陣中，才發現龍頭上的螢幕閃個不停。

『小蛙！出聲啊！』

『不接電話是怎樣！』

『要不要報警？』

『我報警了喔！』

報警？小蛙趕緊再切到一旁停車，火速回撥。

「我送完了啦，報什麼警！拜託妳告訴我妳沒報警！」焦急的打通，劈頭就是一陣劈里啪啦。

『你是要死了嗎？接個電話很難嗎？』黃任欣氣急敗壞的唸叨著，『完全沒有回應啊！』

「我在外送，在跟客人交貨我是要怎麼接啦！」小蛙沒好氣的唸著，「我總不能說，對，我還活著，這個客人在打麻將，我還知道有人連七！」

『……啊我們說好要聯絡的啊，你不會換一種方式說喔！』黃任欣的聲音聽起來快哭了，『而且、而且你一直在原地都不動，我們會緊張啊！』

唉，小蛙搔搔頭，聽她的聲音是真的急壞了，這樣反而讓他有點不好意思。

「好啦，對不起啦，樓上有點慢，而且又有人在偷看我，我突然不爽就拖到時間了。」小蛙深吸了一口氣，一字一字清楚的說，「我沒事，麵也順利送到了，其他的事回去再說。」

『……』電話那頭傳來啜泣聲，很明顯的，黃任欣正在深呼吸，『那個……

吳銘胖……吳銘棒不見了！』

小蛙一時有點難以反應，「什麼叫不見了？」

『原本都還看得見大家的定位，但沒多久就看不見他了！』黃任欣聲音很哽咽，『你、李小龍跟陳國宏都在地圖上，但是我一回神也不知道吳銘棒什麼時候不見的！』

「不見有時是訊號不良啦！打電話給他呢？」小蛙聽見黃任欣背後是店長的聲音，他口吻焦急異常，可能在跟某同事說話，「把吳銘棒最後的位子發給我，還有他的單！」

這不是在開玩笑！他感覺得到大家那種緊張的氣氛。

插著耳機，他一邊打給吳銘棒，一邊騎車前往吳銘棒那張單的地點，原本是輪到他要送的單，因爲他想送拉麵冥幣、想到方喬的樓層，所以才跟吳銘棒換了單。

看著黃任欣傳來的地址，他不由得減速慢行，五一巷？這是哪門子的巷弄啊？

跟著導航往前，五百公尺後即將右轉，都還沒到，就看見熟悉的紅色機車衝過來，看身形是李育龍！

叭叭！對方鳴了喇叭，小蛙自然的靠邊停。

「怎樣？有看到吳銘棒嗎？」機車一停下來，李育龍就嚷著。

「我才剛過來，都還沒到五一巷咧！」小蛙瞅著他也大吼著，「你呢？」

「我也從另一邊過來，我根本沒找到五一巷啊！打電話他都沒接！」李育龍低咒，「在鬧屁啊！」

叭！突然又有人鳴喇叭，聲音在對向車道，他們不約而同的回頭，對面車道熟悉的機車正準備趁隙迴轉過來，是陳國宏！

「找到了嗎？」陳國宏一停下也是衝著他們要人。

「沒有！」小蛙懶得解釋，「你咧？」

「我附近所有的巷子都繞了，沒有五一巷啊！」陳國宏指向前方，「但是導航一直叫我們往前走，我都看過了，沒有吳銘棒的身影！他那種身材搭上制服跟車子，很難看不見吧？」

小蛙緊張的緊握龍頭，他還沒去找過咧，「換我去看看！」

油門一催他大爺就走了，李育龍跟陳國宏不假思索的也跟上，陳國宏正與店長連線，他聽得見他們所有的對話，在電話那頭交代他們千萬要小心。

順著導航顯示，五百公尺後右轉，來到一條叫平愛街的道路，緊接著導航紅點開始變得模糊，甚至閃爍個不停，小蛙一邊要騎車，又得瞄向螢幕……左轉？左……

他朝左邊看去，全是建築物啊，有華廈有高樓，但就是沒有巷子啊！減速慢行，再度查看導航時，藍點消失了。

「搞什麼!?」他滑過螢幕重整，依然沒有任何顯示。

兩台機車跟來，閃著大燈叫他。

「導航失靈了啊！一直叫我左轉，左邊是哪裡有路啦！」小蛙嚷著，指向了左邊。

別說沒有迷你防火巷了，那還是一棟大樓的騎樓，左邊是電信行，右邊是手機維修店，一體成形連在一起的建築物，去哪裡生巷子啦！

「那我們分頭再找一次！」李育龍做了決定，「記得保持聯絡，等等在這邊會合！」

「好！」小蛙話沒說完，就急著催油門前去。

找不到的巷子，吳銘棒是能送到哪裡去？電話為什麼有通沒有人接？就算真的導航錯誤，或是吳銘棒找到了地址，那也該送完了吧，怎麼會完全沒有反應？手機定位完全失效也太奇怪，而電話他們明明打得通，卻沒人接。

他們三個人就在附近的巷子裡拚命來回的查探，店裡的店長與黃任欣暫停所有外送事務，也不停的傳訊給吳銘棒，希望他看到快點回電！

披薩店證實他五十分鐘前就已經取過披薩離開，再慢也該回來了。如果是車

禍，店裡也該會接到電話的。

「死小胖！」小蛙騎到了藍點消失前的位子，看著那電信行裡正在聊天的店員們，前後的巷子他都翻過一遍了，沒有吳銘棒的蹤跡。

再找一次！他難掩心中不安，跟陳國宏他們聯繫，要重頭再找一次，擴大範圍到百貨區。

挨家挨戶尋找熟悉的摩托車，陳國宏突然想起，靠北外送那篇提到詭異地方的文章……巷子是不是就叫五一巷？

三台機車穿梭大街小巷，店裡的女孩與店長心急如焚的聯繫，這夜對他們而言都太漫長。

而且，誰也沒再找到吳銘棒。

兩雙筷子驀地從指間滑落，砸上了熱騰騰的碗、再落上桌子，由於是不鏽鋼的筷子，所以鏗鏘聲響，引人側目。

筷子跟著滾到了地上，汪聿芃立刻彎身用腳踩住滾動的筷子，拾撿起來。

「我拿去洗。」她抓著筷子往洗手間去，沖洗乾淨，還仔細的擦乾。

回到位子上時，筷子的主人還在發呆。

「喂！」汪聿芃舉起手在童胤恒眼前揮了揮，「你吃個臭臭鍋也能出神啊！」

「我……」童胤恒眼神帶著點迷茫，「好像聽見什麼了？」

唰！電光石火間，汪聿芃飛快的移向他外加正襟危坐，瞪圓一雙期待值+9999的雙眸睇凝著他，嘴角掩不住上揚三十度……客氣的縮回十五度。

「聽見……什麼？」她的聲調其實壓抑不住興奮的語氣。

她知道童子軍那是什麼樣的反應！上一次他聽見幽靈船的聲音也是那樣，驚嚇而定格，伴隨著頭痛，瞪大雙眼後，他幾乎是受到震驚般一時無法動彈。

望著自己手上的筷子，他們一起來吃臭臭鍋，看來那聲音來得很突然，他才會嚇到連筷子都握不住了。

童胤恒緩緩閉上雙眼，做了一個深深深呼吸，平靜的外表與疾速的心跳成反比，他望著自己挽起袖子的手，雞皮疙瘩早已粒粒站起，握了握剛掉筷子的右手，甚至還有點發麻。

汪聿芃見狀，發現他的臉色比平常糟耶，雖不知道聽見什麼，但是他感覺很不舒服的樣子！汪聿芃抓起桌上的杯子，殷勤的再跑去幫他倒了杯冬瓜露。

「聽說喝甜的心情會比較好。」認眞的遞上，童胤恒無奈的看著她，還是接過杯子。

「很奇怪的聲音，但是很遠……非常遠。」童胤恒終於鬆口，「不過感覺應

該不會錯，可能跟都……那、個有關。」

經過開會討論，爲了避免遇到激進極端人士，所以以後對於「都市傳說」四個字，他們會改用「那個」做代稱，活像什麼見不得人的東西似的，汪聿芃一直很有意見，但最後在大家極力勸說下，她才勉爲其難的接受這個設定。

「一定是吧，你上次開始就聽得見了。欸，不對，應該從血腥瑪麗開始。」汪聿芃故作鎭靜的問著，「所以那個……聽見什麼嗎？」

「很不清楚，但是像是呼喚的聲音。」童胤恒很想回憶，但那聲音太細微了，「呼喚還是呼救，我聽不清對方在說什麼，但的確是在大聲喊叫。」

「喊叫嗎？」汪聿芃立刻開始思考相關的都市傳說，「然後呢？沒了嗎？」

「我沒有很喜歡聽到很多啊！」童胤恒沒好氣的瞪著她，「要不然直接請它們打電話給妳好了！」

哼！汪聿芃嘟起嘴，話不是這樣說啊！如果童子軍可以先知道哪邊發生什麼都市傳說，他們不但可以幫助還沒遇到的「有緣人」，還有機會阻止一些不必要的死傷嘛！

她眞心覺得都市傳說有趣，但傷害人這點她就不是很喜歡。

「如果是呼救的話，感覺有人受傷了……」汪聿芃思忖著，「但我們又不知道是哪裡……」

「有可能只是在呼喚而已。」童胤恒略打了個寒顫，「眞不舒服！」

他拿起湯匙，連喝了幾口熱湯，好讓發冷的身子暖起來。

汪聿芃也繼續動筷，之前幽靈船首次出現時，童子軍聽到的也不多，但那卻是一個線索——代表有都市傳說出現了。

「就算是呼喚，還是代表有人遇上了。」汪聿芃對著肉片吹氣，「遇上那、個的呼喚跟呼救是可以畫等號的。」

「說得也是，只可惜我們現在什麼都不能做。」童胤恒只能聳肩，單從聽到遙遠聲音這件事情來說，他們什麼線索都沒有。

殘忍的說，還是必須等「出事」才能知道發生了什麼。

幽靈船發生的同時，他是聽見了下錨的命令，但當時的他還不知道下錨爲的是取命……而那時康晉翊剛好就在幽靈船選中之處，一場KTV大火燒死了幾十人，加上康晉翊親眼看見在雲層裡航行的幽靈船，這才能確定。

剛剛求救的聲音眞的太遠，他無能爲力。

「不過，你上次聽見的是那、個的聲音耶。」汪聿芃眨了眨眼，「這一次聽見的是……遇到的人的聲音嗎？」

「這說不準，妳怎麼知道我不是聽見那、個的聲音？」童胤恒挑高了眉，「別忘了，上一次我聽見的聲音跟我們可是年紀相仿的！」

啊……是啊！汪聿芃沒閒著，立刻拿出手機在社團群組報告，童胤恒有些煩躁的想阻止她，但想想這是白費力氣的行為，誰擋得了汪聿芃！她想做什麼就是非做不可啊！

「是不能等我們吃飽嗎？」他開始覺得消化不良了。

「先跟大家說嘛，你要是有聽到就是大事不妙了啊！」汪聿芃堆起微笑，「放心，我沒有說我們在哪裡喔！」

童胤恒驚奇的打量著她，眞難得，她居然還會關照到這點啊！

汪聿芃只是邏輯怪，思考方向與常人不同，不過心細如錦，甚至思考都是跳躍式的，但正因為異於常人，所以總能看見一般人瞧不見的地方。

像「吃飯不要被打擾」這種常人都知道的事，一般她是思考不了的。

「好難得，妳今天有喬天線嗎？」童胤恒這可是讚美，「妳好像第一次注意到這種事耶！」

「什麼？」汪聿芃打訊息打到一半抬頭，一臉呆萌的看向他，「注意到你掉筷子嗎？」

深呼吸……童胤恒無奈的露出笑容，「吃飯啦！不要一直看手機了！」

「噢！」就傳一下嘛！汪聿芃咕噥著，按下發送後，乖乖的收起吃飯，「欸，你說小蛙他們會不會又收到異世界貨幣啊？」

「我看妳很想去應徵對吧？」

「想看看而已嘛！」汪聿芃亮著雙眸，「別告訴我你不想看？」

童胤恒斜睨了她一眼，眞是煩人，他一點都無法否認也很想看一眼收銀機裡的冥幣。

他們就是喜歡這種怪談才會對都市傳說特別喜愛啊！

「小蛙應該不喜歡……若我在那邊工作我也不愛。」他悶悶的說著，「妳不要一見小蛙就問他這個問題喔！」

「嗄……」汪聿芃居然嗄了很大聲，一臉失望至極的樣子，「那我要怎麼問？」

「都、不、要、問！」

到底誰外送會喜歡收到冥紙的啦！

第四章
熟客再現

結果，汪聿芃完全不需要、也忘記要問小蛙關於冥紙的問題。

因爲，小蛙外送的同事失蹤了，連人帶車全消失，店家已經採取報案，警方開始在調閱附近所有街道的監視器；定位系統一併交給警方，黃任欣說她閃神前吳銘棒還沒轉進四陽街，但再看一眼時定位卻消失在地圖上了。

有時人失蹤就算了，但連車子一起不見，只能說吳銘棒眞的騎著外送車離開。

但能去哪？

「已經確定了，吳銘棒最後的身影就在四陽街。」小蛙緊揉眉心，「就只有一秒鐘，根本不到五公尺的距離，他就這樣不見了！」

簡子芸蹙眉，手上也握著手機，「你先冷靜點，你這樣沒頭沒腦的……」

「童子軍！」小蛙根本沒在聽，轉身就揪住右側童胤恒的領口，「你聽到什麼了對吧？就在小胖失蹤那天晚上，外星人說你聽見了都市傳說的聲音！」

搬椅子坐在旁邊的汪聿芃狐疑蹙眉，看向康晉翊，「誰是外星人啊？」

啊……咳！康晉翊閃開眼神，她認眞的嗎？這是要叫他們怎麼回答啦！

「你現在是怎樣……我這件新買的。」童胤恒也不爽的看著他，「又不是我把人弄丟的！」

「你聽到什麼了!?小胖他怎麼了!?」小蛙益發激動的開始搖起童胤恒了，

「是他在求救嗎!?他人在哪裡!?」

「小蛙！」康晉翊趕忙起身試圖分開他們，「你不要亂他啦！」

「喂！你很奇怪耶，他只是聽見而已，幹嘛負責要知道你同事在哪裡啊！」汪聿芃也從後面抱住小蛙往後扯，「你們同事你都不知道了，童子軍爲什麼會知道！」

啊！簡子芸心中跟著一陣刺，汪聿芃怎麼這麼會哪壺不開提哪壺啦！這點一定是小蛙心裡的痛啊，要不他反應也不會這麼激烈了，她就這樣大喇喇說出來好嗎？

「妳閉嘴！」果不其然，小蛙氣忿的用力回身甩開汪聿芃，還外加推了一把！

唔哇！汪聿芃踉蹌退後外加一個柔軟下腰，幸好她是運動員，這點反應力還難不倒她……問題是，這傢伙也太凶了吧！

童胤恒趕緊抓住小蛙，「小蛙你幹嘛動手？」

小蛙緊握拳頭，他內心裡最大的痛，就在於小胖是頂他的單！

吳銘棒是代替他去送那單才失蹤的！

「如果不是我硬要去送那拉麵冥紙戶，吳銘棒就不會替我送那單！」小蛙忍不住低吼，「如果是我去送那單，說不定就不會出事了！」

冥紙？康晉翊驚訝的與簡子芸交換眼神，難不成給冥幣的人又叫餐了？

這汪聿芃聽出來了，她詫異上前硬湊到小蛙面前，「所以你又收到冥紙了？親自看到點餐的人？」

小蛙不耐煩的揮開她，「我不知道啦！」

汪聿芃這次矯健的蹲下身子，不客氣的從小蛙側腹往沙發上推！

哪有一直在動手的啦！再難過再傷心也構不成揍人的理由吧！說揮就揮的，眞討人厭！

小蛙吃疼的立即摔上沙發，康晉翊趕緊介入，一邊要童胤恒起身退開，一邊請汪聿芃後退，沒必要因爲這種事自家人動起手來吧！

社團在鐵皮屋裡，不過八坪大小，茶几、沙發、辦公桌，其他都是椅凳，但也已經足夠。

「都市傳說社」進門後便是接待空間，具有沙發茶几電視，都是以前輝煌時期購入的，社辦搬家後依然保留；接待處是個正方型區塊，以一張架子隔開裡面的「辦公處」，那兒兩張辦公桌，一張是對著門口的社長桌，以及與其呈九十度、落於右方的副社長桌。

辦公桌身後都是靠牆架，上頭擺了不少社團的雜物，還有許多塑膠椅凳及折疊桌。

正因爲鐵皮屋是開放空間，只要路過很容易就能先看到社辦裡的接待區塊，所以簡子芸第一時間去將社辦門關上，他們社團現在還是「矚目」焦點，鐵皮屋外也是共同空間，很多人可以穿過鐵皮屋通行，還是盡量不讓外人見到這種情況比較好。

正要關門之際，蔡志友恰巧走了進來。

「厚，我就知道你們都在！」他狐疑的看著簡子芸，「爲什麼關門……噢噢。」

正首看見沙發與茶几間的陣勢，氣氛好像不太對厚。

「小蛙！你不要心浮氣躁，事情已經發生，想要找同事要積極去找，不是在這邊亂。」簡子芸邊碎唸邊回到後頭的辦公桌區，「監視器畫面已經跟著新聞曝光了，大家現在應該都可以瞧見了。」

「看見了！」汪聿芃直接舉手，早神速拿著手機觀看，像個聽話的好孩子，「好多鍵盤柯南喔！」

「鍵盤柯南有時能提供不同角度的看法，倒不失參考價值。」康晉翊一屁股坐在童胤恒跟小蛙中間，避免再有衝突。

簡子芸拿過她的筆電，用筆電看比較清楚，其他人則是手機滑開，看著稍早放上網的監視器畫面。

吳銘棒失蹤現在是最熱門的新聞，雖然跟小蛙不同校，但也是鄰近大學的學生，因爲打工外送而失蹤，搞得外送界人心惶惶。

他們分店裡每個人都接受調查，店長既自責又難受，總公司也派人來關心員工情緒與協助調查。

聽見監視器畫面已上網，小蛙也迫不及待的查找，康晉翊聚精會神的重看再重看，希望能找到一點蛛絲馬跡。

監視器有兩段畫面，分屬兩個不同的監視器，一個是在大路上，吳銘棒的身影相當明顯，他從大街右轉後減速慢行，很明顯的頭一直轉向左邊，緊接著停在路旁，左顧右盼確定沒車後，圖個方便就從馬路中間穿過去，跨越雙黃線。

監視器的角度就只拍到吳銘棒的車牌，接著切換另一個監視器，對面騎樓的監視器——沒有。

什麼都沒有，螢幕的時間是完美對上的，不過就差個兩秒的空檔，一台橫越雙黃線的外送機車就這樣消失了。

「怎麼就這樣不見了？」童胤恒緊皺起眉，「他這樣跨過來，應該要停在對面……就算迴轉也不可能完全沒有影子啊！」

「而且那個監視器很廣角耶，靠騎樓這邊的馬路都有拍到，速度再快也不可能不見啊！」蔡志友嘶了聲，不知道在盤算什麼，「不過厚……」

「這邊的監視器都拍到他迴到對面去了，怎麼另一邊就拍不到？」康晉翊萬分不解，「兩秒的空檔他能去哪裡？」

「如果他憑空消失的話，馬路上的車子應該會看見吧！」汪聿芃也是滿腹疑惑，「這時應該早就要有行車紀錄器上來，標題還寫靈異事件之類的！」

咦？一屋子的人紛紛看向坐在最左邊、茶几短邊的汪聿芃，她仍嘟嘴看著監視器重播，絲毫沒感受到屋內的氣氛不變！

「我發文徵行車紀錄器！」簡子芸即刻動手。

對啊！監視器既然沒拍到，但現在很少人沒有行車紀錄器吧？說不定只是大家不知道發生事情，公告只是希望那個時間經過該條路的車主，可以查看一下他們的行車紀錄器，有沒有吳銘棒最後的蹤跡。

「我覺得呢……」蔡志友皺起眉，往社辦深處看去，「桌子可以借我一下嗎？我想畫一下圖。」

雖然不知道蔡志友想幹嘛，不過他之前是科學驗證社的，凡事習慣用科學角度去思考，也是極具參考價值的思維模式；他與「都市傳說社」算是不打不相識，原本想用科學來擊垮「都市傳說社」，結果反而被都市傳說嚇得屁滾尿流，還自此加入了「都市傳說社」。

「這裡我們幾個都去過！那天小胖一失去聯絡，店裡就通知我們了，我們幾個立即去找，還輸入他外送的地址！」小蛙指著騎樓下的監視器，「這是一整棟樓的騎樓，中間沒有分開，導航卻一直顯示要我們在這邊左轉！」

「一整棟……連棟嗎？沒巷子要怎麼轉？」康晉翊低頭看著螢幕，那棟的騎樓還墊得超高，得踩了五個陡峭階梯才能進入騎樓，但明顯的沒有巷子，因為階梯下停了一堆機車。

「吳銘棒這樣轉，會不會導航也是這樣告訴他？」童胤恒看向小蛙，「地址呢？你還有嗎？」

小蛙即刻發送地址，他們就存在手機裡，很快就能轉傳。

蔡志友在康晉翊的桌上努力的畫圖，其他人輸入地址後根本查無此地址，別說用導航了，完全出不來啊。

「不可能！那天我們都有看到指示，但是逼近時導航的確重整！」小蛙再三確認，「我、陳國宏跟李育龍都是跟著導航去找，最後都沒找到那條巷子，還把附近所有的路都巡過，完全沒有他的身影。」

吳銘棒就這樣不見了，監視器跨越雙黃線那幕，是他最後的身影。

「會不會他就真的轉進去了呢？」汪聿芃嘆了一口氣，「搞不好就真的有那條巷子，吳銘棒找到也轉進去，然後迷路了！」

童胤恒緩緩看向左邊的汪聿芃，她一雙眼裡是理所當然，還記得廁所裡的花

子嗎？他們進入了學校裡的廁所，但是進去後卻是完全不同的景色啊！再說幽靈船好了，大火漫天，他們還不是能站在幾十年前的火災現場，目睹發生的一切！

「……所以我聽見了聲音嗎？」童胤恒幽幽出聲，「他或許眞的進去了、那條平常看不到的巷子——因爲那是……」

後面的話他不必說，所有人幾乎都瞭然於胸，康晉翊擰緊眉心，沉重的接口，「都市傳說？」

「查到了。」簡子芸即刻接口，將膝上的筆電轉過來，「關於外送的都市傳說，確實存在的。」

外送也有都市傳說？外送不是這幾年才興起的新興產業嗎？這樣都能有都市傳說？

「我怎麼沒聽過這個？外送網不是這兩年才起來的？」康晉翊深深覺得詫異。

「是國外的，不一定需要外送網啊，我家菜市場賣麵的阿姨，煮好後也會幫忙送到一樣在菜市場的服飾店去啊！」簡子芸解釋著，「這個也是類似的概念，很久很久以前，有人外送麵到附近的住宅，然後晚上收店時再把用畢的餐具回收回來……只是，店家發現收到的是冥紙。」

咦？小蛙一顫身子，跟他們遇到的一樣！

「拿到時都是正常的嗎？」小蛙緊張的問，「再三檢查就是正常紙鈔，但是送回店裡清點時就……」

「對，而且連著好幾天，我查到的都市傳說是放入口袋時還是眞鈔，回到店裡交給老闆就是假鈔了，所以完全知道是哪戶，對方還連點了三天的外送，最後連老闆都親自送麵過去，一樣拿冥鈔回來。」簡子芸瀏覽著網路資訊，「他們報警後才發現，叫外送的那戶人家早就死亡多時……但是解剖時卻發現，胃裡有著剛吃下去不到二十四小時的麵。」

媽呀！康晉翊忍不住打了個寒顫，這不只是都市傳說，還外加靈異故事了吧？死人是怎麼能吃東西？

「當時還上過新聞呢！」簡子芸邊說，再度將筆電翻過來，上頭出現泛黃的報紙圖片，「民俗學家認爲是那些人不知道自己已經死了，那間屋子的環境造成一種結界，所以他們認爲自己還活著，照樣叫外賣、照樣吃麵，是警方突圍時才打破了那個結界。」

童胤恒忍不住瞄向小蛙，「你……剛剛不是說，你去送麵了？」

「……對，對，我去了，就那間。」小蛙氣勢瞬間變弱，「我送去時跟陳國宏形容的不同，不同人開門，門縫也沒有只開一點，而是半開，可我還是沒看清楚樣貌，對方把錢遞給我，叫我把拉麵放在門口……」

然後，在他去對偷窺戶嗆聲時，六碗拉麵無聲無息的消失了。

「所以那戶人家也一樣嗎？都不在了？」簡子芸相當好奇，「怎麼會有人不知道自己已經……死了呢？」

「我不知道，但是他們都還在打麻將啊，聲音也很大，彼此也在對話……怎麼聽都像正常人！」小蛙忍不住心臟緊揪，「但是他們把拉麵拿進去時，完全沒有聲響，我那時有嚇到，立刻逃出那邊……後來就因爲吳銘棒的事忘了。」

「所以你收到的錢……」康晉翊試探的問著。

「我交給——」小蛙明顯的一怔，大手還擱在胸前——他沒有交回去！

昨天小胖失蹤後就兵荒馬亂，停止工作而且也沒有點帳，黃任欣跟店長都在聯繫跟做筆錄，他根本也忘了要把錢繳回去這件事！

錢他放到哪裡去了？對，收款專用包，回到店裡他照慣例把腰包放回置物櫃裡，換上衣服後就回家了！

「在身上嗎？」童胤恒挺直背脊。

「沒有，我放進置物櫃了，我們收錢有專用的腰包！」小蛙緊擰著眉，痛苦的閉上眼，「所以冥紙是都市傳說，那小胖呢？」

如果那戶人家是都市傳說的話，住在對面的方小姐該怎麼了？小蛙想得心慌意亂，該不會也出事了吧？所以她不在家？也沒有按時點全家炸雞餐？

不對，冷靜……這是外送的都市傳說，方小姐只是鄰居而已，她不是外送員。

「我覺得他跟汪聿芃說的一樣，好像轉進了哪裡！」最裡頭的蔡志友捧著他的筆記本站起身，「我剛算了一下第一台監視器的角度，不太對勁啊！」

小蛙簡直就要不能呼吸了，那邊他走了好幾回，甚至還在那階梯下停車徘徊：那邊沒有巷子！

蔡志友抱著筆記本，蹲在茶几邊直立本子攤開給大家看，「你們看，第一台監視器其實拍得很廣，那台車屁股根本已經都到馬路對面了。」

看著蔡志友在手繪的馬路上寫上公尺數字，把機車車身長算進去，監視器拍到車屁股的時候，吳銘棒的機車應該已經整個跨到對面去了。

「對啊，這時應該要撞上階梯了吧！」康晉翊看著數字，怎麼算都不對啊。

「就是，所以再一秒後……監視器只拍到車牌的部分，這長度根本已經騎上階梯了吧！」蔡志友還眞的畫了一張輪子在階梯上的圖，上頭寫著馬路寬距、車子長度，還有摩托車後輪與雙黃線的距離。

怎麼算，第二台監視器早就應該拍到吳銘棒在騎樓下階梯的身影！所以吳銘棒不是在這兩秒失蹤，而是根本沒拍到！

「如果他進了巷子，也不可能沒拍到吧？」童胤恒提出疑慮，「所以是沒拍到，還是……」

「不給拍。」汪聿芃清楚的接口，「吳銘棒可能在跨過後，就已經進入都市傳說了。」

這也就是爲什麼童胤恒會聽到聲音的原因。

上次幽靈船事件發生時，那是童胤恒第一次聽見都市傳說的聲音，不管是船長的聲音或是一些歡呼聲、下錨聲，總之他就是聽得見那不屬於他們世界的聲響。

這不是什麼天眼通或是靈異體質，所以如果昨天聽見的呼喚聲屬於吳銘棒的話，那只有兩個解釋：一個是他處在都市傳說裡，另一個是他……已經是都市傳說。

「幹！那要怎麼進去那條巷子!?」小蛙激動的嚷著，「我們能進去的吧？想辦法破解……」

「你不要慌，要破解也得從頭開始！要先搞清楚吳銘棒遇到的是什麼！」社長康晉翊永遠都是沉著的那位，「至於你遇到給冥幣那個地方，我們沒搞清楚前你暫時不要再去了。」

「我看都市傳說的最後是店家報警……」簡子芸遲疑著，「我們可以報警嗎？」

「嗄？就這樣報警嗎？」童胤恒持反對意見，「既然都未確定，就這樣報警去打擾別人好像不太好，萬一是誤會呢？而且你們要用什麼名義？」

簡子芸抿嘴點點頭，她也知道不是很好，只是提議看看嘛！

「就算眞的是都市傳說，還沒有確定吳銘棒到底遇到什麼前……這樣去打擾都市傳說好像不太明智。」康晉翊怕的是打草驚蛇。

小蛙再度不耐煩的踹向無辜的茶几，汪聿芃看了都爲茶几抱屈。

「那天我們吃飯時，小蛙不是提到靠北外送有什麼傳聞嗎！」沒幾天的事情，汪聿芃記得很清楚，「好像送到一個很怪的地方？」

什麼？小蛙詫異的看向她，「對……陳國宏說的，說有人在靠北外送貼文，送到一個詭異的外送……但很快就刪文了！」

「刪文就更可疑了！」簡子芸立即尋找那個社團，「我會跟對方管理員聯繫，看能不能找到投稿者。」

「無風不起浪，說不定那是線索。」童胤恒深表同意，「小蛙，我們會盡全力幫忙的！」

小蛙痛苦的抱頭，「那是我的單！按順序輪到我去送你們知道嗎！不該是小胖……不該是他！」

汪聿芃歪了頭，眼睛眨了一下，再一下，她不太明白小蛙話裡的意思，眼底充滿困惑，抿了抿唇想著要怎麼開口，一揚睫就對上童胤恒的雙眼，他立刻瞪著

嚴肅的雙眼，示意她不要開口。

一個字都不要講，拜託小姐！

「童子軍如果你再聽見什麼的話……」康晉翊心裡很矛盾，「雖然我覺得你聽見那聲音不是很好，但是……」

「如果無法阻止聲音出現，也沒什麼好壞的分別了。」童胤恒苦笑，「我會仔細聽的，放心好了。」

鐘聲敲響，這是下課鐘，每個人匆匆起身，幾乎下一堂都有課，得前往教室了。

蔡志友等下沒事，說想在社團待一節課，簡子芸就把社團交給他了。

「欸，我問一個問題。」高頭大馬的蔡志友疑惑的雙手扠腰，「那個紙鈔變冥幣的現象，你們有考慮過障眼法這件事嗎？」

灰色的置物櫃裡，躺著一個深藍色的腰包，現在它躺在櫃子裡，拉開的拉鍊裡有一張黃澄澄的冥紙。

「去你的障眼法。」小蛙低咒著，障個頭啦！

科學驗證社過來的就是狗改不了吃屎！這裡是「都市傳說社」，他們遇上的是無法解釋的都市傳說，他就硬要認爲說不定是他們中了催眠術！狗屁倒灶！小蛙抓過整個腰包，直接往外場去。

「又一張！」他雙手拉開腰包，就怕店長看不清楚。

店長看著裡面那張黃紙，兩天不見他眉心都要皺出海溝了，沒有太多的害怕，有的只是無奈與再三嘆息。

伸手把裡面的冥紙拿出來，那紙還被小蛙折成四折，店長小心的展開。

「六碗拉麵那戶嗎？」店長的聲音聽起來毫無生氣。

「是。」小蛙心裡就不耐煩，「我拿到時檢查過了，就是千元鈔……」

「那地址以後不送了。」店長愁苦的看向他，「你今天能工作嗎？」

「可以。」小蛙很乾脆，「我得做事才能忘記不痛快。」

「那好，李育龍他們提離職了，我現在簡直一個頭兩個大！」店長揉著太陽穴，「這麼短時間我去哪裡找人……」

「離職？」小蛙先是驚呼，但旋即覺得這不意外啊，「誰？除了李小龍外？」

「陳國宏第一個提的，李育龍也是，晚班就剩你了！」店長搖搖頭，「再下去連我都要去外送了。」

餘音未落，店外走進李育龍跟陳國宏，他們臉色都不太好看，一瞧見小蛙上前就是一個擁抱。

「小胖還是沒消息。」陳國宏一張臉憔悴多了，「他電話已經進入語音信箱了。」

「會找到的！」小蛙心裡頭想這麼相信著，「喂，你們都請辭是怎樣？」

陳國宏跟李育龍倒抽一口氣，尷尬的瞄向小蛙身後的店長，幹嘛當面提啦！朝他使眼色往裡頭走去。

「沒什麼好藏的，店長都跟我說了啊！」小蛙根本沒在理，「就因爲這樣嗎？」

「因爲這樣？小蛙，你心臟強耶！又是冥紙又是失蹤的，我是來打工的！」陳國宏說的也是實話，「我不是來冒險犯難的啊！」

「我也是，我不想提心吊膽的擔心那個能不能去，那邊該不該送！」李育龍很無奈的開始換衣服，「我也不希望小胖出事，但我更怕下次輪到我收到冥紙！」

「收一下不會怎樣啦，我那天不是自告奮勇去送拉麵！」小蛙靠著牆，嘖了聲。

正要換衣服的兩個男孩錯愕的同時看向他，「幹！該不會……」

「冥紙一張，登愣。」小蛙無奈的冷笑，「我也解鎖成就了有沒有！」

「呸呸呸！這什麼成就啊！」陳國宏臉色刷白，「那戶果然有問題對吧！」

「是啊……但我回來了。」而小胖不見了。

氣氛又進入低氣壓，要不是不想讓店長難做人，他們根本已經不想再來了！但還是硬著頭皮做到學期末，至少給店長找人的時間，否則……誰想要再冒著生命危險外送啊！

幸好已經是期末考週，沒剩幾天了。

「今天開始，不熟的地址我就不送了。」李育龍先放話，「那些沒看過或是莫名其妙的我都不送。」

「我也是，我只是想打工，不想因爲外送而出事。」陳國宏附和。

小蛙點點頭，他想的是看能不能趁機找到吳銘棒而已。

黃任欣紅著一雙眼來接班，忙碌的晚餐時刻再度展開，爲了以防萬一，今天店長親自下海，他要求兩兩一組，保證彼此的安全，所有怪異的地址一概不送，請他們找其他外送團隊。

大家依然騎著機車在路上穿梭，小蛙每次都刻意繞去吳銘棒失蹤的路上瞧，電信行旁就眞的沒有所謂的巷子，他期待的是什麼時候能看見那條巷子。

「也太慢了吧！我不餓了。」看起來像國中生的小屁孩站在門口，抬高下巴一副屌樣，「你收走吧！」

「……蛤？」小蛙以爲自己聽錯了，「你是點雞塊一份、大薯跟漢堡外加豆

花吧？」

「對耶！好厲害，真的都沒錯！」男孩回頭喊著，「欸，那個外送真的什麼都能叫耶！」

一群國中生出來喧鬧著，「居然連豆花都可以送，好方便啊，下次點東山鴨頭好了！」

「我要吃臭豆腐啦！」

「管他，就列一張單子再叫就好了啊！」

一群國中生笑鬧著，就這樣轉身要往裡頭走去，在他們要關上鐵門之際，小蛙驀地衝上前，直接抵住門。

「喂！付錢啊！你的豆花送到了！」

男孩死命想把門關上，但小蛙硬伸手卡在門縫裡不動，「我就說我不想吃了！我只是想看看是不是真的可以外送而已！你可以滾了啦！」

一股火油然而生，送這種外送單，比收到冥紙還令人火冒三丈！

他二話不說立即抓過小屁孩的衣領，拉近了身前！

「哇——」小屁孩嚇了一大跳，「你幹嘛!?」

同學們一聽見他大叫，紛紛嚇得呆站在原地，因為小蛙已經把小屁孩拎離地板了。

「老子東西送到了，一共一百三十元。」小蛙咬牙切齒的說著，刻意露出頸後的刺青，「你要不要給錢？」

小屁孩嚥了口口水，他眼尾向後瞟，同學怎麼沒人出手啊，這麼多人打不過一個外送的嗎？

「要不要給啊？」小蛙突然大吼出聲，直接把小屁孩拖離了家門。

「哇！給給給！一百三十元！誰先拿來啊！」

眼看著都快哭出來了，後面的同學才手忙腳亂的急著要掏錢！

小蛙依然死揪著男孩的領子，此時在樓下等得有點憂心的店長正從電梯裡出來，一看到眼前的景象都呆住了。

「小蛙？」店長傻在原地。

「按著電梯，我們拿到就要下去了。」小蛙瞄著裡面，看著小屁孩同學已經捧著一百三十元要步出，便將手上的提袋勾到小屁孩的手上，「拿好啊，你的豆花，別掉了！」

「……好。」小屁孩嚥了口口水，雙腳在半空中踢啊踢。

伸直左手接過錢，小蛙再很有禮貌的把男孩「放」回玄關，體貼的爲他關上門。

「謝謝惠顧啊！」他啐了聲，「馬的死小孩，惹到誰都不知道！」

一撇頭朝電梯走去，一併推著傻掉的店長進去電梯裡，粗暴不耐煩的按著「1」樓的按鈕。

「剛剛……那是怎麼回事啊？」店長抱著頭，他滿腦子只想到客訴啊！

「說外送叫好玩的，不想付錢的死小孩！」小蛙滿心不悅，「送這個我還寧可去送冥紙的！」

「啊啊啊啊……」刀刀刺中店長的心，他頭朝著牆上輕撞，只是經營個外送團隊為什麼這麼辛苦啊！

才剛離開這棟樓，新的單又過來了，小蛙查看一下是很夯的全家炸雞餐，就在他現在的地點附近，就不回店裡了。

「店長你先回去吧，我看今天很忙的樣子，你去幫大家送單啦！」小蛙跨上機車，「你這樣跟著我覺得很煩！」

「我這是在確保安全耶！」店長有點好心被雷親的感受。

「我說啊……」小蛙催著油門，發出繩繩的聲音，「這叫做——要是出事兩個人一起衰！」

什麼？店長呆站在原地，看著小蛙揚長而去……如果出事……呸呸呸！什麼出事啊，他不希望任何一個人再有事了！

只是外送食物而已啊！

取過炸雞餐，小蛙加快腳步送件，拿起手機仔細查看，卻發現地址不知道在何時變了。

「武慈街二十三巷？」他記得剛剛是說二十九巷啊，是更正地址嗎？

他也沒想到，這條巷子就在兩百公尺內，到了那邊再確認就好，重點是這裡離小胖失蹤的地方也很近，說不定他有機會可以看到小胖進入的巷子……嗯？

小蛙停了下來，他意識到自己騎過了頭，狐疑的回頭看向身邊的門牌號碼，是二十九號……但是他剛剛經過二十一巷後到現在，中間沒瞧見還有巷弄啊。

不，嚴格來說，二十三號旁邊根本沒有巷子。

幾乎沒有遲疑，小蛙原地將車子調頭，直接用牽車的方式，一間一間看、一間一間找，才幾間屋子他不可能記錯，尤其二十三號一樓的庭院相當漂亮，深綠大門，二樓還有大叢的九重葛垂下，開滿了桃粉奪目的花朵！

所以他印象深刻，自二十一號到二十九號間，根本就沒有任何一條岔路，全部都是……

站在小巷弄路口，小蛙都不知道該說些什麼了，巷口水泥牆上釘著鐵牌，眞的刻寫二十三巷，他可以百分之百確認剛剛沒看見。

「馬的我恍神了嗎？」小蛙低頭檢視導航，顯示著轉彎，看來沒錯。

因爲一心一意在想吳小胖的事吧！他只能這樣自我解釋，再這樣不專心，等等騎車出車禍也有可能。

重新跨上機車，循著地址找到了一棟華廈，大概八層樓高而已，這一帶他倒是陌生，但整個巷弄相當冷清，連個人影都沒有。

直接搭乘電梯上樓，八樓門打開他還愣了一下，因爲放眼望去是雪白的牆，眞的白到會刺眼，還因爲燈光的照耀，反射出一種令人不適的光線。

「這麼厲害，一點髒污都沒有？」他近看著那白牆，這根本不必點這麼亮的燈啊，光反射就超省電了，「到底是請多少人在打掃啊？」

環顧四周，一層有八戶耶，他才注意到這方塊型的大樓裡……居然沒有窗戶。

是因爲這樣才一塵不染嗎？不是啊，樓層中沒窗子好奇怪喔！

唉，按下門鈴，整理好情緒，記住，你現在是個親切和藹的外送員啊，你是個客氣的外送員好嗎！微笑小蛙，他媽的微笑！

『誰？』對講機裡傳來女人的聲音。

「您好，我是外送，全家炸雞餐。」小蛙客氣的說著。

『好的，請等等。』對講機那頭的聲音很輕柔，小蛙覺得很好聽，但是又有點熟悉。

喀啦，他聽見門閂打開的聲音，然後木門緩緩敞開了。

女人用小透明塑膠袋裝著錢，遞了出來，「謝謝你，辛苦了。」

熟悉的用詞，熟悉的聲音，小蛙簡直不敢相信站在門口的女人，她一樣是那樣溫和，眉宇間的憂愁看似更深了，臉色也比之前蒼白。

然後，小蛙看了看錶，他忘記今天是什麼日子了——星期五的晚上十點半，方喬固定的叫餐時間。

方喬微笑趨前，一手遞錢，另一手想要接過他手上的炸雞，並未正眼瞧他，只是有點遲疑，不懂他爲何沒動。

「那個……」她困惑的開口。

「嗨，好久不見！」小蛙不知道哪兒來的勇氣，「妳是之前住在吉祥街的方小姐吧？」

第五章 不入虎穴

咦？女孩明顯的愣住了，雙眼忽地清明似的看向眼前的外送員，狀似憂心的蹙眉，甚至由上到下的打量了一遍。

「不要緊張……那個妳之前每個星期的炸雞餐都是我送的，不知道妳記得嗎？」小蛙平常個性衝動，但這時卻開始結巴，「就妳每週五晚上十點多固定會叫外送，都叫同一家全家炸雞餐，啊每次都是我送的！」

啊……方喬輕輕眨了眼，是啊，每週五晚上她固定的喜好，就是吃一桶炸雞，配著啤酒。

每次都是他嗎？是啊，她仔細端詳，是這個男生沒錯！

「我想起來了……」她幽幽的點著頭，「對啊，是你，好像每次都是你！」

「對啊，剛好！」小蛙尷尬中帶了點喜悅，前兩次是剛好，第三次開始都是刻意的了！

他還爲了搶單，請其他人喝飲料咧！

方喬低頭看手上的炸雞餐，香味四溢，是她每週的救贖啊。

「謝謝你。」她輕柔的說著，「辛苦了。」

「那個……妳搬家了喔？」小蛙趁勢問著，「怎麼搬得這麼突然？之前吉祥街那裡感覺還不錯，我才覺得妳上週怎麼沒叫外送咧！」

她什麼時候搬家的？小蛙認真的回憶著，那天去送六碗拉麵時，他怎麼記得

方喬的門口鞋架上還有鞋子啊？不過兩、三天前的事情，她是這三天搬走的嗎？速度這麼快？

雖然一個人住外面東西不多，但是感覺還是很匆促。

「你快走。」方喬突然開口，「就現在，快點走吧！」

「啊？對、對不起，我不是故意要打探妳隱私的！」小蛙慌張的解釋，「我只因爲熟悉，然後今天沒想到會在這裡遇見妳，才、才隨口問！」

「快走啊！」方喬焦躁的喊著，「直接坐電梯下去，不要跟任何人交談，不管誰叫你都不要理，一下樓、騎車就走，絕對不要回頭！」

「……什麼？」小蛙有點詫異，這說法怎麼似曾相識？

「快走！」方喬口吻突然變得凶惡，「你再不走我就要報警說你騷擾！」

「喂……我只是……」小蛙愣住了，他只是問問而已，而且他沒見過方喬生氣的模樣！「好！對不起！」

「記住！絕對不要停留！不要跟任何人交談！」方喬厲聲說著，「這裡治安很不好，請務必小心！」

咦？小蛙瞪圓了眼，他知道哪裡聽過這番話了！

上星期李小龍是不是也送過一個外送，他嚇得屁滾尿流，說那是個舊公寓區，整條路昏暗髒亂，罕有人煙，破舊的樓梯與舊式的長廊，客人也這樣警告他：治安很不好，不要跟人交談！

小蛙一按電梯便進去了，進入電梯後轉身，這角度看不見方喬的新家，他滿腦子都在回想著李育龍上星期說的話。

他還說從三樓下二樓時眞的有人叫住他，他嚇得飛奔衝下樓，頭也沒敢回的跳上車子就飆走。

地點不一樣啊，李小龍說是超暗的巷子，整排舊公寓，連牆上的漆都斑駁……仔細想，這形容跟那個拉麵戶有點類似啊，只是結構不太一樣。

電梯順利抵達一樓，他沒有李育龍的慌亂，而是穩健的朝自己機車走去，才剛跨上，立即感受到身後有視線，猛然向後轉去，留意到轉角那兒有個戴著帽子的男人在那兒。

「喂！你！」對方一見到他轉過來，立即開口了，「外送的！」

不要交談！小蛙倒抽一口氣，二話不說即刻轉動鑰匙催油門！要外送打電話啦，叫他幹嘛！

「站住！等一下！」對方居然邁開步伐朝他奔來，小蛙覺得自己像加速逃逸的嫌犯咧，誰叫對方居然用追的！

直接衝出巷弄，循著原路離開，他也不敢回頭只是從後照鏡瞄，再怎樣也不可能像紅衣小女孩一樣追上他的機車吧！

又是這樣的緊迫，又是像逃命似的慌亂，又是等到車水馬龍的大馬路上才略微心安，靠邊停車時感受著汗濕了衣服，其實握著龍頭的手也微微發顫……他突然理解其他人想辭職的想法了。

如果打工送個外賣都要承受這麼大的壓力，誰想做啊！更別說，有個人失蹤了啊！

坐在機車上，聽著自己心跳疾速，他抽出置物箱裡的水灌了大半瓶好平靜心緒，這情況與李育龍遇到的如出一轍，也有人喊住他，但客戶也都希望他不要回應。

那天李小龍拿回來的錢很正常嗎？所以眞的是治安不好的地方？

還有方小姐門前的鞋架，他很確定鞋子不但在，而且有兩把傘都還掛在外頭，鞋架上至少五雙鞋子，她是還沒搬完？還是眞的不要了？

他是沒外星女那樣細心啦，可以看到不一樣的地方，但他就是因爲覺得門口好像沒什麼變化，才會擔心方小姐會不會出什麼事！畢竟她家對面有一戶給冥幣的住戶啊！

「好！不猜！」小蛙當機立斷，把水瓶丟進前置物箱，即刻掉頭迴轉！

他要再回去一次，不是想再去騷擾對方，他從頭到尾沒想騷擾人家好嗎！他只是想要看看，那個二十三巷是不是還在！

如果種種跡象都不正常，身爲「都市傳說社」的一員要做的事就是查證！說不定他剛剛就是騎到特殊的巷弄裡，平時絕對……二十七號。

小蛙又過頭了。

他心頭涼了半截，向右後回眸，老實說視野所及，眞的沒有看見巷子。

這次他不牽車了，直接架好停在路邊，徒步往回走，從二十七號倒數走回去，來到熟悉的深綠大門前，那九重葛依然自二樓垂瀉而下，開滿了桃粉色的花朵。

沒有二十三巷。

輕軌列車的警示音響起，幾秒鐘後車門關上，車子咻地從眼前離開。

康晉翊一行人在月台上徘徊，不安的看著牆上的電子鐘，已經過了約定時間，列車經過了許多班，就是沒有該出現的人。

「喂，等等妳會不會又見到夏天學長？」蔡志友也跟來了，很好奇的死盯著鐵軌，一邊問著坐在一旁的汪聿芃。

她皺起眉，有點好笑的看向他。

「如月列車不走輕軌的！」她噘起嘴，「你這樣不行喔，要做功課！」

子。

「嗄？不走空中線嗎？」蔡志友口吻裡難掩失望，一副也想要一睹風采的樣子。

挨著汪聿芃的童胤恒忍不住笑了起來，「你也太天眞了吧！就算眞的經過，你也不一定看得見吧？」

「所以我很專心啊！」蔡志友認眞的說著，雙眼還沒離開過鐵軌呢。

「上次大家都在現場，還不是只有汪聿芃看見！」童胤恒挑了眉，「我連列車的影子都沒看見咧，只看到她往前衝……就這前提你還想看什麼？」

對厚！蔡志友失望的看向汪聿芃，那天他們什麼都沒看見，只知道汪聿芃突然往前衝，連點風速都沒感受到，所以只有她看得見如月列車嗎……就因爲她去過？

「約幾點呢？」康晉翊有些不耐煩了。

「你問第五次了，就兩點啊，我知道現在兩點半了，但對方不回我有什麼辦法！」簡子芸無奈的說著，手機裡訊息完全未讀，「他反悔也是有可能的啦，我們等到三點，再不來就走了。」

「嗄？可是那個人不是送過奇怪的外送嗎？」汪聿芃聽到關鍵字，憂心忡忡。

「就是因爲他覺得很毛，所以才有可能不想跟我們談啊！」簡子芸轉身走向汪聿芃，「別忘了，我們是都市傳說社耶！」

光用這個社團名義找人談話，就多出很多關卡了。

她先找到靠北外送網頁的管理員，跟他表明這個事件極可能跟都市傳說有關，加上現在有外送員失蹤了，他們想要盡快確認是否是都市傳說，也看能不能阻止憾事一再發生。

管理員說必須先聯繫當初的發文者，幸好陳國宏當初看到那篇文時有截圖下來，簡子芸才好轉給管理員看；管理員把「都市傳說社」的資訊交給發文者，要不要聯繫端看發文者意願了。

結果昨天半夜兩點，發文者居然在半夜敲她，但是她還是打起精神從床上爬起來與之對聊：對方保證之前發文的內容絕無虛假，刪文是因爲被人罵創作覺得不值，而今「都市傳說社」找上他，卻只是讓他更加恐懼而已。

爲了清楚他發生的事，約好今天兩點在A大的輕軌站見，簡子芸連他住哪裡都不知道，也無法預料他過來這裡需要多久，因爲對方完全都不說個人資訊，只留了一個新申請的帳號聯繫。

爲了怕他認錯，簡子芸還傳給對方自己的照片，並告知社團的人都會到，不只她一人，應該很好認……但是，時間到了，對方卻完全沒出現啊！

「我覺得失蹤案說不定嚇到他了。」童胤恒覺得情有可原，「如果是我，一想到可能是自己出不來，應該嚇都嚇死了吧。」

「但問題是他出來了，怎麼好像一副怕被追殺的樣子？」康晉翊不解的是這點，「從頭到尾都神神祕祕的……」

「因爲遇到都市傳說非死即傷啊！」汪聿芃說得理所當然，「隨便翻我們社團的事件紀錄都知道啊！」

原本他外送時可能只是覺得毛毛的，但當「都市傳說社」找上他時，危險性就升級了啊！

一票人摸摸鼻子無法辯解，好像眞是這樣厚——從以前到現在遇到都市傳說的人，絕大部分下場都不好啊！好一點的就是逃過，剩下的不死也半條命，還有毀容的、消失的……啊，或是人出來了卻變成一尊假人模特兒的！

簡子芸開始思考社團紀錄是否不要寫得這麼詳實啊？是因爲這樣大家才覺得他們在製造恐懼嗎？

『拜託……』

喝！電流通過的刺痛感傳來，手機瞬間從童胤恒指間滑落，他聽見了物品移動聲，叩隆隆……還有喀啦的巨響，像是大型物品的搬動聲！

細微的人聲夾帶在裡面，他甚至不仔細聽還聽不清楚！

『只是……外送……』那聲音極其虛弱，又夾雜著眾多物品移動聲，童胤恒根本無法逐字聽見！

這跟幽靈船事件時不同，幽靈船的聲音是極具穿透力的，四周一片靜寂，就只有那喝令聲清楚得令人膽寒！

同時間又有列車進站，進站的警告音、列車經過軌道時發出的巨大聲響，都只是讓童胤恒忍不住掩耳低頭，好吵啊！

「童胤恒！」汪聿芃知道他這狀況是爲什麼，趕緊輕撫他的背。

其他人根本沒在注意他的狀況，因爲他們只專注於這班列車中，會不會有那個貼文的外送員！

「又聽到了嗎？」汪聿芃爲他拾起手機。

「很微弱，最奇怪的是還有其他聲音……」童胤恒皺起眉，電流感稍減，「像是……我說不上來。」

「慢慢想！慢慢想！」汪聿芃不敢催，雖然她好想知道是什麼聲音喔！可以聽見都市傳說的聲音眞的很厲害耶！這比聽得見阿飄說話還炫上一百倍！

列車裡走出了一大堆人，幾乎都是學生，康晉翊跟簡子芸再次期待的看著擦身而過的每個人，直到列車駛離，月台上幾乎都淨空，所有人都搭乘往下的電扶梯離去。

簡子芸回首，輕嘆了一口氣。

「童子軍怎麼了嗎？」因著回頭，她留意到抱頭的童胤恒。

「他好像……」汪聿芃沒說出來，但大家都懂！

康晉翊即刻蹲到童胤恒身邊，還沒開口他自己先說，「很微弱，無法認出是什麼，等我想到再跟大家說。」

公眾場合，他現在避免過度高調的談論大家聽不到的聲音。

月台上不是只有他們，有剛下車的，或是才剛上月台……像這個戴著格紋口罩、穿著防風外套的男同學，就可能是要等下班車的，外人單方面聽他們討論都市傳說，總是會覺得怪異。

「那個……」格紋口罩的男孩轉過身，「都市傳說社？」

咦？五個人莫不錯愕的看向站在一旁的男孩，大家幾乎都是仰視著遮去光線的他。

「亞倫？」簡子芸立即起身。

「對，我亞倫。」男孩頷了首，有些緊張，「人數比我想像的少耶！」

「呃……大家都要上課，不可能全到。」簡子芸尷尬的笑著，「而且這件事我還沒公布……目前只有核心社員知道。」

「哦，那就好……我超怕整個月台都是人！」他重重的鬆了口氣。

所以這就是他剛剛先假裝下去再上來的原因嗎？蔡志友轉著眼珠子，好小心的人喔……就是這麼細心，最後才會放棄外送嗎？

「我就是簡子芸，副社長。」簡子芸趕緊看向康晉翊，「這是我們社長，康晉翊。」

「自我介紹就免了，我想知道你們……為什麼會認為我遇到都市傳說？」亞倫沒有什麼想熱絡的意思，童胤恒看得出他防備心非常重。

康晉翊亦留意到，亞倫與他們拉開距離，雙手一直放在口袋中，恐懼與擔心溢於言表，想著自己那天遇到了什麼，會不會有朝一日再度進入詭譎的地方嗎？

「那你覺得呢？」康晉翊露出了神祕的笑容，「你覺得那天你騎到了哪裡？我看你的發文，你寫的不像這個世界的東……」

噓——男孩緊張的衝上前，摀住康晉翊的嘴，眼底盡是恐慌！

「噓！噓！」他喉間顫抖著，「不要這麼大聲！」

「你在怕什麼？你不是已經出來了嗎？」簡子芸狐疑的走到另一邊，「難道你還有再進去過？」

「沒有！我才沒有再進去，我辭職了！」亞倫用氣音說著，「但是我怕再進去啊，我現在連騎機車都不敢了！」

噢噢，後遺症嗎？深怕騎進了某條巷子，又見到不可思議的世界？

「既然你自己都覺得離奇了，何必還好奇為什麼我們會找你呢？」汪聿芃覺

得莫名其妙，「現在都有人不見了耶！」

呃……童胤恒沒阻止她說話，她說得很有道理啊！亞倫自己就是覺得不對勁才會逃、現在才這麼緊張！「都市傳說社」找他也算天經地義吧！

康晉翊小心的拉開亞倫發抖的手，他低下頭顯得難受，童胤恒趕緊起身要讓個位給他，但亞倫痛苦的搖頭，輕撫著額頭拼命的換氣。

「你就坐吧！」汪聿芃二話不說粗魯的把他硬拉坐下，「萬一等等腳軟跌倒就不好了。」

蔡志友忍住笑意，是說汪聿芃不必講得這麼白吧，一副這男生等會兒會腳軟的樣子……啊他看起來是有點虛啦！

「我……」亞倫瞪向右邊的汪聿芃，不客氣甩開她的手，「我才不會腳軟。」

「隨便啦！」她期待著睜圓眼，「可以說了嗎？你那天外送的情形？」所有人屏氣凝神，等著亞倫做好心理準備……是說也太久了吧！汪聿芃不耐煩的噘起嘴，才想催促，背後被人凸了一下。

回首向上看，童胤恒一個眼神就是叫她閉嘴。

「我接到一張單，拿了食物後就到那……你們有我的文章截圖，怎麼進去的我就不再說了，重點是我好不容易騎到ABC社區時，已經是半小時後了。」亞倫絞著雙手，低頭盯著自己的手指，「那裡每一棟樓都長得一樣，而且全部相連、社區門口都有柱子，上頭有著像彩虹般的鐵雕，刻著ＡＢＣ三個字。」

「請問Ａ到Ｚ眞的經過二十六個社區嗎？」簡子芸拿起筆詳記，蔡志友見狀趕緊叫她坐下寫。

同時間童胤恒不客氣的把汪聿芃拉起來，她坐人家隔壁幹嘛，要也是讓副社紀錄吧。

「不，是十三個，Ａ與Ｂ社區是左邊右邊這樣。」亞倫比劃了一下，「分屬對面，並不是只有一邊。」

「哦……所以整個街區，全部都是同一種模樣？」

亞倫肯定的點頭，「對，一模一樣到如果你穿過門口進入那個社區，你完全分不出你在哪裡！同位子的警衛亭，一樣的花園與噴水池，裡面每一棟建築的位子、造型、外表及顏色全部沒有出入！」

「好強的設計師啊，但就算眞的這樣設計，我們這裡也沒有這麼龐大的社區吧？」蔡志友理性的說。

「對！我停在ＡＢＣ社區時就是這麼想，其實我中途就想放棄了！」亞倫深吸了一口氣，「別說高聳不見頂，這種龐大結構的社區我覺得根本不存在，更別說還有ＡＢ棟、ＡＣ棟的！」

「但是你還是到ＡＢＣ社區了。」童胤恒沉吟著，「好奇心讓你想一探究竟……那是什麼讓你放棄的？」

「門牌。」亞倫毫不猶豫的回答，「一路上都沒有人，連隻狗都沒有，我到ABC是為了想證實真的有這樣的社區，可是我那天送的是披薩，早超過保證的三十分鐘，這筆交易不算錢，但如果我把披薩拿回去，至少我還可以自己吃。」

「……對耶！」汪聿芃擊了掌，「如果你送給顧客的話，不但回去要賠錢，又沒披薩吃！好可惜喔！」

康晉翊回頭看向汪聿芃，這是重點嗎？

「所以我沒打算送上去，我拿出手機想拍下ABC的牌子，警衛就出來問我是幹什麼的，他們社區禁止拍照。」亞輪皺起眉像是回憶，「我記得我當時被他嚇了一跳，我還回嗆他說，我在馬路上，又不是在你們社區裡！」

「這整區都是我們社區，從你一進來開始都是我們的建案你瞎了嗎？連馬路都是屬於住戶的！」

蔡志友可傻了，他還沒聽過這種規矩。

「有這樣的嗎？難道那整塊地都他們的？不對……」他邊說一邊又推翻自己的說法，「但這也不太可能，如果建案範圍就是一大片區域，馬路他們自己開……」

「不可能沒有聯外道路吧？」康晉翊不以爲然，「這絕對有公共區域的！」

「哎呀，那不是重點啦！」汪聿芃打斷了他們，「所以你有沒有拍？」

「有，我的手機扭一下就能拍，在他喊之前我就拍了。」亞倫繼續說，「警衛直接走出來，質問我是做什麼的，我無法說謊，我的制服代表了一切，所以我老實說要外送。」

嗯？童胤恒一愣，「你不是沒送嗎？」

亞倫睨了他一眼，一副聽他說完會死嗎的臉色，「外送單有註明一定要透過警衛，所以我必須報上對方的姓名跟樓層，因爲客戶沒有給門牌號碼，只有樓層跟姓氏。」

「嗄？」這句是異口同聲。

「對，地址只有巷弄跟樓！」他苦笑著搖頭，「我覺得扯啊，我說地址好像弄錯了，我不送了……但警衛卻跟我說，地址無誤，已經有交代會有披薩外送；我那時愣了，腦子裡卻在想用什麼藉口離開時，他說了我這輩子都忘不了的話。」

亞倫停頓，所有人都屏息以待，他現在像是說書的人，一舉一動都令人繃緊神經。

「什麼口味嗎？」小小的聲音提出了認眞的疑問。

「汪聿芃！」

連亞倫都抬首，緊皺眉心不解的看向汪聿芃，她抿嘴一臉無辜，說不定叫披薩的不只一戶啊，對一下也是正常的啊！

「十二樓之56690。」

五個人同步中斷，一時以爲自己聽錯了。

「你剛說什麼？」紀錄的簡子芸不由得再問一次。

亞倫瞥了眼她膝上的筆記本，「妳寫：12F-56690。」

簡子芸照著，筆尖跟著頓住，「這是什麼意思，十二樓之五萬六千六百九十號？」

哪有這種地址啊！一般三樓之二、之三、之八就很多了，哪有到萬的啦！

但是亞倫給了肯定的頷首。

「五萬多號？這是多大的社區……不對！」理智派的蔡志友完全無法接受這種門牌，「五萬號耶，你知道這得多大嗎？還是他們一平方公分算一號？」

「我不知道啊……這種情況你們會送嗎？」亞倫也激動起來，「要我搭七號電梯，電梯超多台，上去後就可以看到五萬多號……天哪！我一定是瘋了！」

「所以你跑了？」童胤恒不難想像，要是他也跑啊！

「對，我立刻說我時間超過，不送了！衝出去就跨上機車，我用時速八十飆出了那條路！」亞倫伸手扶額，手指抖得厲害，「我心裡頭就是知道那不能送！我寧可被記點、被投訴、甚至被扣薪都甘願！」

「你算當機立斷啊，不過我要是聽到五萬多號我也傻了吧！」康晉翊喃喃估算著，「我一定覺得我跑到異空間了！」

「後來呢？那張單怎麼了？」簡子芸的字跟草書一樣，蔡志友偷瞄著完全看不懂，「總不會再找另一個倒楣鬼去致歉吧？」

「不，沒有……」亞倫略頓數秒，再重新開口，「沒有再送一次，因爲沒有來電、沒有客訴、沒有再重訂，什麼都沒有！」

對方沒有收到披薩，卻沒有打來飆罵，甚至也沒有再重訂一次！

「沒有再重訂這點持保留，外送店這麼多，說不定他找了別人。」童胤恒直覺想到這種避險可能，「他們知道你發現了，所以自然不可能再找你！」

「對啊，現在外送這麼夯，小蛙他們還有分店咧，有很多家靠ＡＰＰ聯繫就夠了，隨傳隨到。」蔡志友的同學也有不少在做外送的，「而且不只送食物，有時還可以幫忙送物品咧！」

「或許吧……總之我賠了那個披薩錢，一整天都心不在焉，我跟店長說我看到的東西還被酸，說一定是去哪裡混了，延誤到送貨時間還這麼多藉口之類的！」亞倫嘆口氣，「這些我都不在意，但就眞的不想再解釋，下班後我再跑去

那條巷子看——」

「不見了對不對？」汪聿芃主動接口，「那些長得一樣的社區都不在了！」

亞倫瞥了她一眼，苦笑裡帶著悲傷，「不只，根本沒那條巷子。」

不存在的巷子，不存在的社區，才能有五萬多號啊！

「所以你想上網警告大家，但是一下就撤掉了。」童胤恒覺得有點可惜，「這樣變成一種傳聞或是證實你眞的是創作……可信度就降低了。」

「因爲我已經被人認爲是創作文了！」亞倫的聲線變得緊繃，帶著無法掩飾的怒氣，「我不敢寫得太明，我怕大家跑去找或是探險，我只是想要警告有在外送的同行留意，結果一堆人在下面酸，還有人私訊我來鬧！簡直好心沒好報！」

就是這樣，小蛙才會說這篇文章曇花一現，變成「傳聞」。

「這也太玻璃心了啦！你重點不是爲了怕別人去奇怪的地方嗎？酸民跟救人哪個比較重要？」汪聿芃實在搞不懂這輕重緩急，「如果放著警世，說不定就不會有人出事了。」

「又不是我讓他們失蹤的！」亞倫不悅的回嗆，「既然大家都不信，我何必拿熱臉去貼別人的冷屁股！失蹤就失蹤了，反正又不是我造成的！」

「……失蹤的是我同事！」咬牙切齒的低吼聲倏地自亞倫後方傳來，蔡志友一正首，看見甫衝上樓的小蛙。

糟！蔡志友先一步上前攔住衝上來的小蛙，童胤恒跟著到小蛙另一邊抵住他，這場景活像要幹架似的，嚇得亞倫跳離座位，慌亂的後退。

「小蛙你幹嘛？不關他的事啊，他是來提供線索的耶！」汪聿芃也成大字形擋在他們之間，「你不要那麼衝動，這樣一點都不酷好嗎！幼稚！」

幼稚？小蛙聞言只有怒火漫延，「小胖都失蹤了！我在跟妳扯什麼衝動！他在哪裡!?」

「我……我怎麼知道……」亞倫被嚇傻了，康晉翊趕緊扣住他的手臂，否則他再退下去，只怕會掉下軌道的。

「一樣是外送員，到過奇怪的地方，這是爲了告訴我們線索才來的朋友，你怎麼把他當凶手一樣。」簡子芸扳起臉來，嚴厲的走向小蛙，「我是不知道你跟同事感情有多好，但是你現在是在遷什麼怒啊？」

「我朋友失蹤了，我不急嗎？他如果知道的話——」

「他不知道！」康晉翊厲聲喝止，「截圖你轉的，你明知道他遇過什麼事，他已經夠害怕了，你是在亂什麼？他對你、對吳銘棒沒有任何義務！」

蔡志友虎背熊腰，氣力也的確比小蛙強，扣緊他的身子他就無法往前，大手抵著他胸膛的童胤恒也搖了搖頭。

「不要扯無辜的人。」童胤恒回首，朝康晉翊使眼色。

「抱歉嚇到你了。」康晉翊立即向亞倫道歉，「因爲他朋友失蹤了，所以情緒難以掌控，事情又發生四、五天杳無音訊。」

亞倫低著頭顫抖，「他……他最後送到哪裡？」

「五一巷！」小蛙激動的回著，「後面的我有截圖下來，我記得是五一巷B區C棟十號三樓。」

亞倫瞪直雙眼，刷白了臉色，口罩下開始急促換氣，緊張的緊握住康晉翊的手，一副快腳軟倒下的樣子。

「看吧！」汪聿芃聳了肩，「我剛就說了……」

「汪聿芃，妳少說兩句！」童胤恒由後走來，非常不客氣的推了她一把。

她不爽的咕噥著，她就沒說錯推屁喔！

「五一……對，五一巷，我到死都記得那個地址。」亞倫緊閉上雙眼，「他進去了嗎？把披薩送到了？」

「深呼吸，亞倫，深呼吸。」簡子芸撐住他，「我需要你的地址，你記得的吧？」

亞倫顫抖著點點頭，看著簡子芸遞上前的筆記本又搖首，撐著他們站起來，然後從口袋裡拿出折疊成方形的便條紙。

他早就寫好了。

紙條好整以暇的放在康晉翊的掌心上，對向的列車即將進站，亞倫蹣跚的往月台對面走去。

「就是這樣了，希望他平安無事。」亞倫頹然的走過去，「我只能幫到這裡了。」

小蛙不再衝動後，蔡志友鬆開了對他的箝制。

「請問……」小蛙小心的走近亞倫，「你有收過冥紙嗎？」

亞倫一怔，向左後轉過來，看著小蛙不可思議，「什麼？」

「外送收錢時，明明收到的是鈔票，但回來後卻變成了冥紙！」小蛙仔細說著，「也是奇怪的地方，然後看不見臉的客……」

「住口！我不想再聽那些了！」亞倫激動的低吼，「我已經辭職了，我不再外送了，我沒收過冥、紙！以後也不會收到！就是這樣！」

列車進站，車門一開人潮湧出，簡子芸再三道謝，看著那憔悴的身影步入；亞倫雙手插在口袋裡旋身，站在靠門口的地方看著他們所有人，列車門再緩緩關上。

「我會祈禱他平安的。」亞倫突然大吼，「但是你們絕對不要想進去五一巷！絕對不要！」

每個字都帶著抖音、每個字都藏著無限恐懼，即使沒有出事，即使他順利從五一巷裡出來，但那裡經歷的一切與後來所見所聞，還是在亞倫心裡烙下了驚恐的烙印。

列車門關上、離站，徒留月台上的學生們，康晉翊緊握著手裡的紙條，做好心理準備後緩緩打開。

「五一巷ABC區，D棟十二樓。」康晉翊一字字唸著。

「後面還要加56690。」汪聿芃不忘提醒，十二樓至少有五萬多戶的意思。

童胤恒即刻看向小蛙，「你們那邊呢？」

小蛙沒聽到前面，以爲自己聽錯了，「56690是什麼東西？」

「十二樓之五萬六千六百九十號。」蔡志友幫忙解釋，「就平常二樓之一之二那個意思。」

小蛙果然愣住，十二樓之五萬……哪來這麼多戶？

「小胖的簡單多了，就五一巷B區C棟十號三樓！」他拿出手機再三確認，簡子芸一示意，他就把圖片發到群組。

「這巷名本身就沒聽過了。」康晉翊喃喃低語著，與簡子芸同時查詢地點。

同時間，童胤恒跟蔡志友爲小蛙解釋他沒聽到的部分，尤其是亞倫事後回到五一巷的位子時，卻根本沒有巷弄，跟他們初步推測的一樣。

「我前天就遇到了。」小蛙有些焦躁的開口，「一條不存在的巷子，我出來

後再回去，那條巷子就不見了。」

什麼？他說得太稀鬆平常，看著他逕自坐下，所有人莫不錯愕的看向他……還包括路過準備等車的學生。

童胤恒留意到又變焦點，趕緊趨前拉起小蛙。

「喂，我們不要在這裡聊吧！」他瞄向康晉翊，等等又變眾矢之的！

「先出站吧！出站再說！」康晉翊領會他的意思，也留意到剛剛小蛙的確說話太大聲了，現在好幾個學生都狐疑的轉過來，有幾個人開始在認人了。

簡子芸猛看著她的草書筆記本，一邊坐著電扶梯而下，出站時因爲他們同站進出被鎖卡，還得經由站務人員處理。

「小蛙你剛說什麼啊？」

來到輕軌站旁的機車停車場，這兒算空曠，附近暫時沒人，蔡志友率先就問。

「就跟剛剛那個人說的一樣啊，我從一條巷子外送出來後，再回去巷子已經不見了。」小蛙眉頭深鎖，看上去憂心忡忡，「但是她在那條巷子裡啊，東西是她叫的……」

「誰？」汪聿芃留意到他後面的喃喃自語，「你在那條神祕巷子裡遇見熟人了嗎？」

熟人？如果這是都市傳說，那個「熟人」在都市傳說裡，可不代表是好事啊！大家心裡有數卻不敢講破，再加上小蛙一臉很難過的樣子，看樣子很介意啊！

「不是……只是之前一個叫外送的客人，就我每次都剛好送到她那邊，她又是固定時間叫外送，久了就認識！」小蛙痛苦的嘆息，「她上星期沒有叫外送我還覺得奇怪，然後她住在——對，她本來住在拉麵戶的同一層！」

「什麼？」康晉翊跟簡子芸可覺得這不尋常，「同一層？」

「對！你們想……先是她違反常態沒叫外送，接著我們開始有人外送到她家對面卻收到冥紙，我一定會擔心啊，結果——」小蛙臉色一陣慘白，「我的天哪！她搬家搬到不存在的巷子裡！」

靠！大家心裡暗忖，先不能斷定那個客人的死活，但保證一定出了什麼事吧！

「你有跟那個客人說話嗎？」汪聿芃在意的點永遠不一樣，「確定是同一個人？她跟你說她搬家了？」

小蛙一怔，瞅著汪聿芃，「我們有說話，我看到她就失態了，我心裡只慶幸她沒事！所以我跟她聊說沒想到她搬家了，她微笑頷首，這算是默認嗎？」

「是喔！」汪聿芃又眨了眼，「是女生吧！」

小蛙沒說話，只是一陣臉紅而已，「我……我不是……我沒有假公濟私，我就只是……」

「哦～」這下是全員用詭異的眼神瞅他了，原來哪！想說每天外送幾百件，怎麼就這～麼～記得哪位客人呢？

「厚！那不是重點！重點是……我送完後那條巷子不見了！千眞萬確！」小蛙抱著頭，「我就覺得哪邊不對勁，她說治安不好，叫我快跑……太怪了害我想再去查看一次。」

「你居然會覺得不對勁！」蔡志友很認眞的驚嘆，「我記得你沒這麼細心啊！」

掄起拳頭，小蛙橫眉豎目的就趨前想幹架，蔡志友偏偏不甘示弱，挺起胸膛就要往前，這兩個人一直莫名其妙的不合，因爲小蛙始終介意蔡志友之前在當科學驗證社社長時曾找「都市傳說社」麻煩的事。

「那個女生很怪嗎？不像人嗎？還是你外送的地方長得也很奇怪？」汪聿芃就這麼插進來，背對著蔡志友，面向小蛙好奇的繼續問，「不然你不可能發現的！」

這句更直，不過由汪聿芃來說，小蛙便不會生氣。

小蛙果然止步，不耐煩還略顯尷尬的別過頭，「我前幾天去送麵時，就發現她門外的鞋架還在啊，鞋子也都還在……不是一兩雙那種……對啊，妳搬家鞋子會放著嗎？」

「不會！」汪聿芃回答得堅決，「因爲我只有一雙！」

小蛙扯了嘴角，他實在很懶得跟她說話！眼神瞄向簡子芸，她也直接搖頭，「我不只一雙，但我不會把鞋架扔掉，除非我很有錢或是鞋架爛了。」

唯康晉翊緊擰著眉，他覺得事情似乎糾結在某個點：冥紙。

「我們回到都市傳說本質上，外賣的人送麵過去，收了紙鈔回去變冥幣，如此往返三次，最後店老闆報了警……」康晉翊看向了小蛙，「你還記得給冥紙的那拉麵戶怎麼去嗎？」

「當然。」小蛙凝重的點頭。

「你在意的女生住在那邊、又出現在不存在的巷子裡，我也不覺得是巧合……」

康晉翊總覺得醬子想很怪，但是事情彷彿是從那邊開始。

「去一趟就知道了吧！」簡子芸語出驚人，所有人莫不倒抽一口氣！

「去……去哪裡？」蔡志友吃驚不已，「要去給冥紙的那戶？」

「有道理啊，回到都市傳說的本質，事情從那邊開始的，那個女生……」童胤恒語帶保留，「也可以確認她是不是眞的搬家。」

康晉翊雖然覺得這樣很貿然，但他卻無法隱藏心中的欲望——他就很想去看

一眼啊！

想知道那層樓的模樣、想知道給出冥紙的那戶住家會透出怎樣的氛圍！

「那就走吧！」汪聿芃輕快的不知道在興奮什麼，「沒有外送他們會開門嗎？」

「我們沒有要他們開門！」

第六章
遙遠的求救

天色還很亮，下午四點而已，但冬日的陽光照不進吉祥街這棟大樓，不知道是心裡作祟或是真的氣氛詭譎，連心底篤信科學的蔡志友都覺得渾身不舒服。

「我以前來這裡時不是這樣的，每戶都算明亮。」小蛙極輕聲的說著，「牆壁不算很乾淨，但至少是白色的，不是這種掉漆斑駁。」

他們跟著走上三樓，童胤恒緊握著拳，下意識的扣著前頭汪聿芃的肩頭。

「有聽見嗎？」他附耳低語。

她睜著大眼，聽不懂他在說什麼，她該聽見什麼？

麻將聲。

在樓下時他就聽見了，急促的麻將聲，有人贏了之後將牌翻下，接著是籌碼聲、洗牌聲，每個人的速度都流暢俐落，玩一場的速度快得要命，一樣的時間如果是他跟室友在宿舍玩，可能才剛疊好牌而已。

太清楚了，他並沒有順風耳，卻能聽得這麼清晰，這絕對不是好預兆……這一切只怕跟都市傳說脫不了關係！

六個人躡手躡腳的抵達三樓，小蛙領頭，先指向拉麵戶，再指向僅一公尺半距離寬度的斜對面，那有著紅色鞋架的住戶，便是方喬家。

鞋架上的確有著數雙鞋子，小蛙介意的就是這點，才會想回頭再看一下二十三巷。

康晉翊順著走道再往前，結果豁然開朗變成橫向的構造，對著走道有一戶，再右邊還有一戶；但整層樓給人極不愉快的感覺，昏暗得像是電影裡的場景，小蛙下意識瞥了眼正前方的住戶，上次那偷窺戶。

「這些鞋子都是好的耶！」簡子芸蹲在鞋架那兒查看，「有的還好新，怎麼可能不要？」

「這就是我懷疑的地方，還有那把傘。」小蛙指著斜插在鞋架與牆壁間的雨傘，那是把蕾絲傘，相當美麗，「上星期有下雨，她沒拿走也沒使用。」

「覺得敲門她會應嗎？」蔡志友也繞到另一邊看著地板，「還是留字條在門縫裡，看她會不會回你？」

「喂！」康晉翊即刻阻止，「不要隨便做連結。」

小蛙其實很想這麼做，但之前擔心被當成變態跟蹤狂啊！

「我根本有她的電話好嗎！我外送的耶！」拿出手機，老實說他還偷偷輸入了，「但是現在打，她接得到嗎？」

「有沒有可能是空間連結？」汪聿芃提出不一樣的看法，「說不定你雖然在奇怪巷子看見她，但對她來說她還是開這道門出來，只是彼此看見的不一樣罷了。」

哇！這論點眞的好玄，簡子芸暗暗哇了聲！

「其實汪聿芃說得也有可能哦，在她眼裡她住在原來的地方，只是你是從另一個地方進入……」簡子芸搖了搖頭，「錯綜複雜到只是讓我覺得更毛而已。」

「不對，她整個人很怪，我覺得她知道！」小蛙緊張的握了握拳，「她會不會被困住了？」

喀噠。

細微的聲響傳來，對方動作已經刻意放輕了，但或許是門鍊的聲響引起康晉翊的注意，其他人正在聊天，所以可能忽略了那一秒的聲音，他恰好卻正在思考，才會感受到巧妙的變化。

這樓層燈光相當不足，那戶門是黑色的，影子也是黑的，所以看不清門縫開得多大，康晉翊直接面對正前方的門好迎視對方，或許他們用氣音說話還是很吵、也或許住戶感覺到有閒雜人等靠近，稍微注意一下也是合理的。

不過呢，康晉翊朝左側的拉麵戶看去，門上不是都有貓眼嗎？從貓眼偷窺很難？一定要開門？

空氣中有股酸敗味，康晉翊向拉麵戶外的左側看去，在地上瞧見兩包垃圾，裡面都是食物的腐敗氣味……直接丟在樓梯間嗎？他跟著蹲下，從半透明的塑膠袋往裡看，這是拉麵店的碗耶！

「他們有吃……跟都市傳說一樣，真的有吃！」康晉翊順勢拉了拉旁邊的人，

「你看，這樣子……」

康晉翊拽著某人的褲管，也才察覺到臉色相當難看的童胤恒，從頭到尾都沒出聲，而是抵著牆壁痛苦的緊緊皺眉頭，汗流浹背，雙手撐著牆看似相當難受。

「童子軍！」康晉趕緊起身，「你怎麼了？不舒服嗎？」

咦？因為他激動的語氣，大家紛紛回首留意到根本沒上前靠近的童胤恒，他雙手都抵著拉麵戶那面牆，臉色死白。

「啊！你看起來好糟！」簡子芸離他最近，回身就攀住他的上臂，身體好緊繃……童子軍在發抖耶，「聽見什麼了嗎？頭痛？」

童胤恒腦子裡都是聲音，嗡嗡叫得令人難受，「走……快走……」

喀！門鍊聲清楚的砸在門上，這次不只康晉翊聽見，小蛙也繃緊背脊，倏而回頭，又是他！

「上次就在偷窺，又來？」他忘了輕聲細語，怒火中燒，「看什麼啦！」

「噓！小聲！」蔡志友緊張的制止他，他們站在拉麵戶門口耶！

童胤恒打著冷顫，「……走！快走！」

康晉翊緊張的深呼吸，倏而向左看著所有人，「我們立刻馬上離——」

嗶——刺耳的按鈴聲突然響起，長按了兩秒有餘，瞬間靜寂一切。

汪聿芃不知何時跑到拉麵戶的門口，就那黑色的電鈴便按下去。

四周一票人瞠目結舌，一句話都說不上來，連呼吸都成了問題，所有人被驚嚇到腦袋一片空白，爲什麼她會去按門鈴啊啊啊！

連兩公尺之遙的童胤恒都臉色發青的回首，看著那嬌小的身影站在門口，從容輕鬆——「誰叫她去按的!?」

「沒有啊！」康晉翊連氣音都發不出來了，只用嘴型恐慌回應，「誰會去按那個啊！」

小蛙完全僵住了，現在是什麼情況，爲什麼汪聿芃會去按人家門鈴？那還是拉麵冥紙戶、疑似都市傳說的住戶耶！

啊！童胤恒顫了一下身子，腳步聲！

「誰？」

啊啊啊！所有人內心發出慘叫，回應了！門裡面有人回應了！

「外送！」汪聿芃居然回得臉不紅氣不喘！

外送？聽妳在唬爛，妳手上什麼都沒有是要外送什麼啊！簡子芸腳軟的得扶著牆才能撐住身子，難道汪聿芃就是想要看看對方嗎？

「外送？」對方與汪聿芃汪聿芃只有一牆之隔，但至今未曾開門，「喂，有誰叫外送嗎？」

「啊？誰？誰這時候叫啊？」裡面傳來更遠的聲音，「問他送什麼的？」

「飲料！」汪聿芃突然拎起手上用環保杯套的手搖杯，「一杯珍奶外送喔！」

「珍奶啦！誰叫珍奶啦幹？還只叫一杯！有夠沒意思的！」門邊的男人聲如洪鐘，小蛙不由得留意到，跟那天接拉麵的人也不是同一個。

與陳國宏遇到的也不同……所以他們真的有好幾個人，這就像是個正常住戶的家裡，他們該不會是多疑了？

「沒有人叫外送喔！」沒多久門那邊傳來聲音，「妳可能送錯了！」

「喔，是喔……」汪聿芃眉宇之間難掩失望，「謝謝喔！」

她邊說邊蹙著眉轉向大家，兩手一攤還一副對不起的樣子。

接著，裡面就沒了聲音。

但沒有人敢鬆懈下來，童胤恒抵著牆的手改成握拳了。

「他們在打麻將、正在洗牌……」他咬著牙說，「速度很快，在討論那杯珍奶。」

康晉翊吃驚的看向他，再豎耳傾聽，他聽得見洗牌聲，但聽不清說話聲啊！

蔡志友嚇得趕緊往康晉翊這邊來，甚至再往樓梯走去，離那奇怪的住戶越遠越好！

「啊又連莊，你是連三小的！另一個說運氣來誰都擋不住……然後這個人剩一支也自摸，其他人要拉莊！」童胤恒喃喃說著，小蛙不可思議的緩步朝他走去。

他剛說了什麼，全部都是似曾相識的話啊！

「所以現在他們在疊牌了對吧？」小蛙按住童胤恒的左肩，「第一張牌是七索。」

咦？童胤恒緩慢的頸子右轉，不必言語，光從他看著小蛙的眼神就能讀出答案——簡子芸嚇得摀住嘴，即刻推著童胤恒！

「走！現在就走！」她雖然是用氣音，但是大家都能感受到那份緊張與無聲的嘶吼！

康晉翊即刻勾住童胤恒，要小蛙幫忙，蔡志友急得跟熱鍋上的螞蟻一樣，終於等到大家動了，一馬當先就衝下樓。

「外送的——妳超過時間的話，那杯珍奶我們買了好了！」

就在康晉翊回頭要拽過汪聿芃的同時，門的那邊傳來了聲音。

不可以！康晉翊瞪大眼警告著，眼前的女孩卻喜出望外的高聲回應：「謝謝！」

「汪聿芃！」康晉翊覺得他快崩潰了。

「這是機會啊！」她抽回手，反推著康晉翊，氣音唸道，「你們先走，快走，我很快的！」

不是！這不是走不走的問題……還在猶豫，拉開門閂的聲音傳來，讓康晉翊

涼了半截。

他們不能在這裡！直覺讓他向後退，簡子芸上前撐住他的背，一把拉過他，所有人雙腳打架踉蹌的往樓下衝，唯童胤恒憂心如焚的回首看著汪聿芃，她在做什麼啊!?

門打開了，汪聿芃右手舉著那杯珍奶，左手緊緊握拳。

「飲料掛門把就好，多少錢？」男人問著，那門縫窄小到只有五公分。

「呃……剛好一百。」她自然的把外送費加了上去。

門縫裡立刻遞出一張百元鈔，汪聿芃悄悄嚥了口口水，伸手夾過鈔票時，才發現其實她的手也在抖。

她會怕，心臟都快跳出來了，但是比起這些她更想知道，這戶在打麻將的人到底是都市傳說……還是人？

如果是都市傳說的話，他們應該已經不在了吧！

「那個……」她猶豫的開口，「請問你們……」

「掛門口！」對方口吻有點凶，嚇得汪聿芃趕緊趨前把紅色提把的飲料掛上門把。

「奇怪，妳哪間的？」對方突然提了問題，「怎麼沒穿制服？」

她沒穿制服！

COVER

汪聿芃瞪大了眼睛，完全可以感受到氣氛的不變，在門的那一側，在那五公分的門縫裡，有著令人頭皮發麻的視線，以及驟然停止的麻將聲——

「汪聿芃！」遠遠的在建築物外的一樓，傳來童胤恒聲嘶力竭的吼聲，「跑——」

於此同時，剛剛那偷窺的住戶，冷不防唰啦粗暴的打開了門！

「喂，妳！」

什麼！汪聿芃嚇得僵了身子，直覺向右看去，就在這一秒之內，眼前的門突然砰的關上！

跑——跑——她什麼都不想看清楚，緊緊捏著手裡的百元鈔，飛也似的扭頭往左邊樓梯狂奔而下！

身後有腳步聲她知道，但是她好歹是縣內短跑紀錄保持人，更不要說像這種樓梯，她可以五階當一階的跳下，平衡感完全不是問題，她扣著扶把直接衝出建築物外。

門口就是童胤恒的機車，她不假思索的俐落跳上，緊抱住童胤恒的腰，油門一口氣催到四十以上，直接就往前飆。

誰，誰追他……汪聿芃全身都在抖，但還是緩緩的回首……

「不要回頭！」蔡志友的咆哮聲自左前方的機車上傳來，「小蛙說了，絕對不能回頭！亞倫也是這樣說！」

「啊？」汪聿芃被嚇得嗚咽，「爲什麼？這樣子我就不知道是誰追我了！」

「那不重要！」童胤恒加速趕上大家，就算被拍照都無所謂了！

三台機車依序衝出小巷，回到大馬路上，小蛙趁隙帶頭，他們不在路邊做停留，而是直接騎到小蛙打工的外送店去。

六個臉色蒼白的人入店時，黃任欣有點不明所以。

「呃……小蛙？」她瞄著後面五個人，臉色都很差耶。

「店長呢？我同學需要地方休息一下。」他也一臉憔悴，「我們剛去拉麵戶。」

「什麼？」黃任欣驚叫之餘，裡頭的其他同事都衝出來，「你瘋了嗎？」

小蛙懶得解釋，店長急匆匆的從辦公室裡奔出，看著一掛人的唇色，立刻同意他們到裡頭去，感覺像遇到了什麼嚴重的事啊！

李育龍跟陳國宏才剛換好衣服，趕緊收拾一下，好讓康晉翊等人可以坐在中間的椅凳上，黃任欣不安的站在門口，想了想便主動去倒溫水給這些同學喝。

「是怎樣？」李育龍問正倒水的小蛙，「你們又跑去拉麵戶那邊要幹嘛？」

「找小胖。」小蛙也直言不諱，「我不是說我是都市傳說社的，那些都是社員，還有社長。」

「咦？」陳國宏覺得腿又要軟了，「都市傳說社」！

才想要問，更衣室裡終究爆出了咆哮聲：「汪聿芃！妳腦子在想什麼啊！」

嗯，果然是蔡志友先發難，小蛙喝著溫水，看著自己仍舊抖個不停的指尖，他對外星女眞的只是佩服再佩服，完全不知道她到底在想什麼。

剛剛的他，也只能空白著腦子傻站在原地，再差一點人生跑馬燈就要播放了。

食指擱上唇，他對同事們示意，在內場門外的店長跟黃任欣也領會的頷首，大家都不作聲，因爲裡面已經吵翻天了。

蔡志友罵完換簡子芸碎碎唸，她嚇得都要崩潰了，康晉翊也數落了她一頓，她完全沒把大家的安危放在心上，明知道那跟都市傳說有關，她爲什麼要貿然行動？

不過汪聿芃卻沒有太愧疚的感覺，反而仰首看著圍著她罵的同學們，用一種又委屈又困惑的眼神一一掃視他們。

而童胤恒沒作聲，他早離開椅凳，選擇窩進置物櫃的角落裡平靜情緒，他不只汗濕了衣，連褲子都濕了，全身的冷汗冒得活像剛跑完馬拉松。

「別唸她了，沒看她一臉不覺得自己有錯的樣子。」童胤恒捧著溫熱的馬克杯，「那個倒茶的同學，謝謝妳！」

黃任欣突然被點名，有點害羞，「沒、沒有啦，還要嗎？」

「夠了，謝謝。」童胤恒嘆了口氣，從陰暗的角落走了出來，「讓她說話吧。」

「別袒護她，童子軍！她不能用自己的行為模式任意妄為，剛剛那情況誰知道有什麼後遺症？」簡子芸有種劫後餘生的氣忿感，「汪聿芃，妳有想過如果對方門大開，衝出來的話怎麼辦？」

「嗯……說對不起啊！」汪聿芃竟燦爛一笑，「這樣就代表他們是人啦！」

什麼!?康晉翊驚愕的看著她，「人？」

「如果是都市傳說，那是群已經死亡卻不自知的人不是嗎！直到警方闖入屋內，打破了那間屋子的封印還是什麼東西，那些人才會眞正死掉。」汪聿芃聳了聳肩，「我是想說既然不能隨便報警，那說不定可以破那個結界還是什麼風水的，至少讓他們清醒。」

蔡志友覺得頭痛，腦子裡一團亂，被汪聿芃搞得細胞都不知道死幾百回了。

小蛙同時在外面解釋剛剛發生的事，還有外送的都市傳說……他本來是千百個不願意講，因為晚上大家還要上班，不過……只要不去那間拉麵戶就好了吧？

「妳想知道他們到底是不是普通人嗎？」康晉翊竟然能理解，「我那時也在考慮這個問題，因為門口有他們吃剩的垃圾，都是拉麵店的紙碗……說不定就只是一群在打麻將的人而已。」

「所以我們根本沒什麼危險吧！」汪聿芃就是覺得大家好奇怪，「如果是都市傳說，他們根本不會出來，真的出來的就是正常人，我認真道歉就好了啊！」

看著她一派理所當然，簡子芸竟也一時語塞，不知道該說什麼好……就理論來說，真的沒錯啊！

「錢呢？」童胤恒主動朝她討錢。

「噢……」她舉起右手，發現還緊緊捏著，「在這裡呢！」

童胤恒接過百元鈔，反覆端詳，是正港的百元鈔。

「那個過午夜才會變。」黃任欣幽幽出聲，「每次都是結帳時才發現收銀機裡……有冥紙的。」

「那縮時攝影吧！」蔡志友提出建議，「子夜前架台手機對著它，看它怎麼變！」

「喲，我不要！」黃任欣驚恐的拒絕，「萬一錄到什麼不就完了！」

「我們不做這件事。」不知何時來到門口的店長沉穩開口，「小蛙已經告訴我們大概經過了，所以……吳銘棒跟這件事有什麼關係？他人呢？」

康晉翊這才留意到這裡有大人在，趕緊趨前致歉，並自介大家的身分，還有其實很想幫吳銘棒的心。

「我們每次都是這樣抽絲剝繭，一步步找線索……我想如果都市傳說的起源是給冥幣的那戶，或許可以從他們下手。」康晉翊輕嘆口氣，「但其實好像什麼資訊都沒獲得，我們就被嚇得落荒而逃了。」

「馬的，你們現在嚇到我們，等等外送會覺得用命在換了。」李育龍頹然的摀著胸口，他眞的會怕！

「一無所獲？爲什麼？」汪聿芃又提出了困惑，「你們不覺得很多奇怪的事嗎？那個方小姐到底怎麼了？她住在都市傳說的對面，她門口的足印很大號又超亂，怎麼看都是男人的腳！」

室內靜默下來，簡子芸詫異的回憶著剛剛在門口的情況，該死的！她只留意到有幾雙鞋子很好看，記下鞋子的牌子而已。

小蛙才錯愕，足跡？什麼東西啊？

「繼續。」康晉翊鼓勵她繼續，他根本沒靠近方喬的門口啊。

「門緣有奇怪的刮痕，角落有凝膠指甲的碎片，然後小蛙又在奇怪的地方看見好端端的她，我總覺得她是不是已經在都市傳說那邊了！」汪聿芃好奇的想著，「還有正對著電梯的那一戶爲什麼要偷窺我們？後來還追我耶！」

「追妳？」蔡志友跟康晉翊可謂是異口同聲，「什麼時候的事？」

「就最後啊，不然我爲什麼要衝出來……啊，當然還有拉麵戶發現我沒穿制服，他們好像很生氣！」後面這句她說得超小聲了，「我本來在想怎麼辦，結果

偷窺戶唰地就把門打開，還喊我——」

童胤恒眉間皺出深紋，上前拉過她，「喊妳什麼？」

「喂！」汪聿芃只記得這個字，「那好像要幹架的口吻喔，我根本不敢想什麼，接著拉麵戶用力關上門，那時……對，幸好你叫我跑！」

「我的天哪……我沒聽見那偷窺戶的聲音。」童胤恒聽到當時樓上發生的狀況，心裡才眞正涼了半截，「我聽見他們質問妳爲什麼沒穿制服，接著所有人停下打麻將，每一個人全都站起身離開椅子，往門口走來……一句話都沒有，我嚇得扯開嗓門叫妳跑！」

「全部都要湊過來嗎？」汪聿芃一臉驚恐，「我的天！那我要感謝偷窺的那個人嗎？他門一開，拉麵戶門關得比什麼都快耶！」

「兩個都不該感謝吧！」這哪門子想法，「妳一開始就不該冒險按門鈴的！」

「但我們站在門口什麼作爲都沒用啊！」汪聿芃不解眨眨眼，「站在那邊不會知道裡面是誰，或是吳銘棒怎麼了嘛！」

吳銘棒……聽見這名字，外送員們又是一陣沉痛。

旁人插不上話，但是無人否認她說的事實有理，光是站在門口觀察跟討論，什麼事都做不了，什麼線索都得不到。

「所以要找警察嗎？」康晋翊主動出聲，「請他們去那層樓探訪？」

「用什麼理由報警？」簡子芸提醒著，「亂報警我們也會出事的。」

「跟章警官說呢？」汪聿芃又想到學校轄區的警官，章警官在這兒很久了，前代都市傳說社歷經社會事件之時，就是他負責處理的。

康晉翊其實沒有很想總是麻煩章叔，「好！我會跟他說，但警方要怎麼做，我們管不了也不能干涉。」

「這的確很難，無緣無故不能讓警察隨便破門。」蔡志友沉吟思考，「還是說我們聞到類似毒品味……」

「蔡志友！誣告會出事的！」簡子芸不耐的警告。

陳國宏看著一屋子人，緊握飽拳的鼓起勇氣，「那個我請問……所以小胖，我是說吳銘棒會在那裡嗎？」

「啊，不知道。」康晉翊無奈的回首，「我們真的不知道，我們現在有他外送的地址，也有線索，但我們進不去那條不存在的巷子就是白搭……所以我們才會寄望在拉麵戶那邊。」

「如果那邊有路或空間可以連結，說不定還真能找到吳銘棒……」簡子芸抿了抿唇，「但這都只是假設啦！」

李育龍聞言，一掌擊額，「我就知道他真的騎進奇怪的地方了！我看了監視器好幾次，他就像騎進去了那、那個、那個不可能有巷子的騎樓裡！」

「他手機後來就打不通了，直接關機或沒電的樣子。」陳國宏聲音很小，「警方連一點點線索都沒有。」

店長輕拍著員工們，他也很急，這麼大一個人怎麼會說不見就不見！

「剛剛說不存在的巷子是什麼？」黃任欣沒有錯過混亂中的訊息，「小蛙去過？」

「前天有張二十九巷的單，六點多的，後來妳改單成二十三巷，但根本沒那條路，不過我最後還是進去了。」小蛙勉強一笑，「我離開那裡後，再回頭就找不到了。」

黃任欣瞪大眸子，二話不說扭頭就衝出去，昨天六點的單？

「你前天回來沒有提起啊！」店長聽到簡直後怕，「萬一你也……等等，不存在的巷子，這眞的太玄了！所以……你有看到吳銘棒嗎？」

小蛙搖搖頭，簡子芸趨前安撫，跟大家說明不一定是同條路啊！

小蛙一想起方喬，轉向李育龍，「對了，李育龍你記得上星期五，你說送炸雞餐去舊公寓，客戶叫你快點走，不要回頭，治安不好嗎？」

「當然記得！地址不是註記在外面嗎？」還貼在公布欄呢。

「你記得那個客戶嗎？是男是女？有什麼特色？」小蛙再逼問。

「喂，我們每天送這麼多，怎麼會記得啊！」陳國宏忙答腔，「而且都一個星期以上的事了……」

「我還眞記得耶！喂，我那天嚇死了，荒涼又恐怖的地方，又有人叫住我……很難忘吧！」李育龍打斷了陳國宏的話，「是個女生，蠻清秀的，聲音非常非常好聽！還是個好人，不但告訴我快閃，還對我說謝謝你，辛苦了！」

謝謝你，辛苦了。

小蛙眼底閃爍著淚光，那六個字他聽了三個月，溫柔的嗓音，來自方喬。

「客戶姓方對吧。」他幽幽說著，露出苦笑，「手機是0911XXXXXX」

李育龍只記過程與樣子，手機哪可能記得，但是姓方這件事，他卻記得很清楚，因爲這不是常見的姓氏。

他錯愕的點點頭，「爲什麼……啊！幹！該不會是你每週五搶單那個？」

「單子不是吉祥街啊！如果是就沒人會跟你搶的！」大家都馬知道星期五晚上十點到十一點間，吉祥街的全家炸雞餐是要留給小蛙送的！

是啊，那不是吉祥街，但是李育龍卻遇到方喬。

外頭傳來激動的聲響，跟著是黃任欣慌亂的捏著單子走來。

「二十九巷，從頭到尾都沒改過，是二十九巷！」她咬著的唇都在打顫，「客戶姓方，手機……就你剛剛唸的那個。」

小蛙無奈的笑著，「但我在二十三巷的八樓見到她了。」

「嗄?我去的是天町巷啊!」李育龍不可思議，他不是去什麼二十九巷吧!

簡子芸吁了口氣，「那小蛙那天收到的錢呢?」

小蛙一怔，黃任欣即刻搖頭，「小蛙昨天休假，但前天我結帳時沒有任何冥紙。」

童胤恒瞧見小蛙別過了頭，眼神有點閃爍，「小蛙，你該不會把方小姐給你的錢留下來，繳自己的錢出去吧?」

咦?店長莫不倒抽一口氣，瞪圓眼看著小蛙;小蛙露出一臉不耐，從皮夾裡摸出了一只裝著冥紙的透明袋子。

那個方小姐，也給了冥紙嗎?

氣氛變得極為低迷，再冷靜的人也無法接受這樣的事實，小蛙難受的做著深呼吸，他昨天戰戰兢兢的拿出袋子時就知道了——不是方喬遇到了都市傳說，亦或是她本身就是都市傳說!

她在三個地方出現，固定時間叫著全家炸雞餐，送紙鈔的轉變來看，她應該不在世上了。

「小靜學姐曾經被樓下的男人帶到詭異空間去，與現實一樣的房間，但是卻跟我們不同空間，被樓下的男人看中的女生就會被鎖在那裡。」簡子芸對都市傳說社以前發生的事倒背如流，「他們只能找時空交錯的縫隙留下訊息寫在牆上、後來成爲都市傳說。」

「不會的！」小蛙忍不住低吼，「好端端的，爲什麼她會遇到都市傳說？她的對面——我們應該報警！或是破門而入！對！」

想到就衝，小蛙即刻往外走，蔡志友飛快的跑出去想拉住他，不過店長跟李育龍比他更快，紛紛攔下他，不讓他貿然行事。

「童子軍，你還有聽到什麼嗎？」康晉翊趁機低聲問著。

「我幾乎可以確定給冥幣的拉麵戶就是都市傳說，我聽得太清楚，打麻將的言談，洗牌聲，有男有女而且非常多人！」童胤恒有些凝重，「還有其他物體移動的聲音，非常大聲，但我到現在都不知道那是什麼。」

「小蛙知道吧。」汪聿芃語出驚人，「他聽見童胤恒轉述裡面的聲音後，嚇得叫我們跑啊！」

在外頭正在爭執的人們停了下來，小蛙皺眉回頭往裡頭看，「我知道什麼啊！我要知道還會站在這裡嗎？那是因爲童子軍說的話，跟我那天外送拉麵時聽見的一模一樣！他們的對話都是一樣的！」

「什麼？」陳國宏第一個嚇得鬆手，「拉、拉麵……」

「但是來應門的都不同人啦！」小蛙趕緊解釋，「沒事的，沒事！」

一模一樣的對話？童子軍剛剛說了什麼？連莊，洗牌，小蛙問第一張牌是什

麼？七索？

「他們重覆過著一樣的生活嗎？」康晉翊直接聯想到這個，「在一樣的環境裡，重複過著某一天？」

「那不重要！」小蛙氣急敗壞，「重要的是如果他們就是都市傳說，我們必須突破那道障礙，不報警沒關係，我們自己拿東西去砸門！」

「不可以啦！」汪聿芃竟出聲阻止，「那邊還有其他人！別忘了他們剛才追著我出來！」

「我同意汪聿芃。」簡子芸也走出去，「小蛙，別忘了那裡是都市傳說，我們今天已經打草驚蛇了！對方發現汪聿芃沒穿制服，偷窺者也敢直接大喇喇的追她了，我們再去誰知道會發生什麼事？」

「那怎麼辦？大家就在這裡乾著急？小胖怎麼辦？方小姐怎麼辦？」小蛙氣得往牆上用力一搥，他痛恨這種無助感。

蔡志友實在不知道該怎麼安慰人，連黃任欣都只能咬著唇抹去淚水，康晉翊嘆氣走到低垂著頭的他身後，也只是輕輕拍著背。

「我們都知道都市傳說。」他平靜的說著，「那不是我們所能力抗的，我們只能盡力。」

「……對、對啊！我們再去他失蹤的地方看看，我總覺得還是能發現什麼，如果那邊眞的有巷子的話。」蔡志友根本不知道自己在說什麼。

童胤恒搖搖頭，他不覺得巷子是固定的，但在沒有新的想法跟結論前，他暫時不想說太多。

拉麵戶的確是個關鍵，但他反對去突破是因爲……按照都市傳說來說，在破門而入那瞬間結束。

以爲自己還活著的人便會死去，沒有重複的對話與日子，有什麼線索也不會存在，簡子芸猜測的空間連結也會消失。

唉唉，他仰頭深吸了一口氣，都市傳說這種東西，不能用常理的角度去想啊！就像亞倫口中說的，那無止盡的社區、高聳入雲霄的大樓，還有高達幾萬號的住家，這些都是現實中不可能發生的事啊！

「對不起。」店長擊了兩下掌，站在門口朗聲，「我知道事情很玄，我也知道大家很積極想找到吳銘棒……但我們必須開始工作了，小蛙你可以嗎？」

小蛙緊蹙眉心，用力點點頭，撂了句我去洗把臉，就往洗手間去。

「呃，打擾了，我們這就離開。」康晉翊相當識時務，趕緊朝汪聿芃使眼色，該走了。

李育龍跟陳國宏用害怕的眼神打量他們，聽了剛談論的東西，簡直像天方夜譚啊……這就是都市傳說嗎？

黃任欣把手裡的紙就近塞到蔡志友手中，「這是我們收集到外送怪事的地址，不只我們店的。」

「啊……對了。」汪聿芃突然轉頭看向李育龍，「你們是紅黑制服啊……那你們知道藍色制服嗎？全身寶藍色，但袖口是綠色那種？」

「那是另一間吧，超速外送，他們沒有店面，一切都用APP聯繫。」店長自然對競爭對手知之甚詳，「機動性很強，但缺點是常被客訴，因爲外送員很常放人鳥。」

「喔，原來……」汪聿芃若有所思的點點頭，康晉翊再三跟店長道謝後，拉開玻璃門往外步出。

小蛙後來趕出來跟大家道歉，他知道自己EQ很差，請大家見諒，另外有消息請再通知他；而康晉翊跟簡子芸再三交代他不要衝動，覺得有異的地方千萬不要再進去——尤其不許再去拉麵戶。

外頭玻璃門上貼了一張單子，汪聿芃好奇的看著，那是店長貼出來的徵人啓示，李育龍跟陳國宏同時請辭，就做到學期結束後一星期，他極缺人力啊。

童胤恒貼著牆雙手抱胸，瞧著她那雙眼熠熠有光。

「妳眼睛藏著五克拉嗎？閃得太過分了。」童胤恒轉頭看著徵人啓事，「怎樣？不是叫妳不要亂？」

她居然劃滿微笑，用力點了頭。

「但外送才會遇得到都市傳說啊！」她像是發現新大陸般的亮了雙眸，「先要有外送的條件，才能送到那邊去啊！」

「什麼？」童胤恒耳裡傳來虛弱的呻吟聲、電梯聲、然後又是那重物移動的拖曳聲，在不知道的地方，都市傳說依然活躍著。

汪聿芃毫不遲疑的重新推門往裡走，「我要應徵！」

桌上放好幾張履歷表，店長只覺得欲哭無淚……他隻手扶額撐在桌上，那些個「都市傳說社」的學生是來亂的嗎？大家突然都說要加入打工行列——又只能做到找到吳銘棒為止。

這到底在搞什麼東西啊！他們一堆人苦苦哀求，說唯有當外送才有機會找到吳銘棒，否則只怕永遠沒有奇怪的點餐、怪異的地址，他們也無從進入不存在的巷子啊！

如果真的如他們講得如此玄異，那更不該讓他們以身試險啊！

吳銘棒……到底去了哪裡？李育龍說得沒錯，監視器他看過不下數十次了，吳銘棒是筆直往前騎的，騎上騎樓下的階梯，那是根本不可能的事，龍頭連打轉

都沒有！

徵求行事紀錄器也未果，那一直很熱情的小胖就這樣消失了。

你人在哪裡……吳銘棒……店長瞥向桌上一個用透明夾鏈袋封起來的百元鈔，這是剛剛那個女孩遞上的一百元，過了午夜，只怕又是冥紙一張了。

外頭電話聲響，黃任欣正在努力接線安排外送，小蛙他們也強打起精神繼續工作，別說李育龍他們了，如果是他，他也一定會辭職不幹！

外送食物送到人都失蹤了，這種工作誰要做啊！

『離奇失蹤案再添一樁，稍早傳來的最新消息，又有一名外送工讀生失蹤，目前得知的消息跟上一位吳同學一樣，鄭姓同學在與T外送網合作的外送公司服務，但昨天午後送便當後就沒有再回來，也是連人帶車的失蹤……』

咦？

店長緩緩抬頭，看著辦公室斜角落的電視，醒目的字幕打著「外送失蹤再添一案」，副標還寫著：「新高風險打工」。

又一個外送人員失蹤？店長站了起身，看著新聞畫面的背景……靠！是他們這一區啊！那制服他知道是哪一間，應該是YAMI外送吧！

眞的……有什麼事在發酵，在他們難以理解的領域裡！

手機聲陡然響起，店長整個人嚇了一大跳，「哇啊——」

他整個人跳離桌邊，直接撞到後面的牆，看著自己的手機響聲兼震動，竟然差點被自己手機嚇死……幹！

抓起手機一看，店長腦子再度空白。

吳銘棒。

店長飛快的滑開手機接通，「……喂，吳銘棒？吳銘棒嗎？」

有呼吸聲，但電話那頭好安靜，還有……低泣聲。

『救……救我……』嗚咽的聲音聽來有氣無力，『嗚嗚，救救我……』

碋——咚——背景傳來巨響，然後是更激烈的哭聲。

『嗚嗚……啊啊……救救我！救我啊——』

喀。

電話驟然斷訊，唯店長依然呆愣在原地，手上緊抓著的手機，已經顯示通話停止。

「吳銘棒……」店長慌亂的再重播，但打過去得到的是進入語音信箱的回應。

吳銘棒還活著！吳銘棒不但還活著還能打電話回來——他還活著啊！

第七章
遠得要命社區

期末考結束，在考試期間一邊折騰著外送的都市傳說，對「都市傳說社」的每個人壓力都很大，康晉翊覺得自己一定考糟了，因爲他滿腦子都是冥紙與失蹤案。

汪聿芃的提議給了大家一絲曙光，這是個與外送相關的都市傳說啊，總是要有人叫外送，才能有聯繫地址，外送員也才有失蹤的可能性……不是，是才有進入那些詭異巷子的可能性。

因爲客戶在等餐啊！

所以那天幾乎大家都應徵外送員，幾乎，蔡志友堅持不要，他反對以身試險，簡子芸塡了表但還在猶豫，她也覺得這風險太高；汪聿芃就不要說了，她跟童胤恒原本就是那種不入虎穴、焉得虎子的類型。

或是說，是非得要把事情搞清楚的類型。

汪聿芃那天收到的百元鈔，在店長接到吳銘棒電話後的慌亂中，再度成爲一張冥幣，誰也沒料到店長會接到吳銘棒的來電，聽見他哭得絕望的聲音，拼命求救。

「那時已經九天了，他被困在那邊九天還活著，手機也能打。」簡子芸手指在鍵盤上遊移，她已經要發第一篇都市傳說文出去了。

誰叫上星期又有一個學生失蹤，這位就是他們學校歷史系的學生，童胤恒拿

到了新地址，跟汪聿芃還跑去現場勘察一遍，根本是棟大樓的圍牆，完全沒有路。

「我比較想知道手機型號，居然可以待機九天耶！」汪聿芃覺得好厲害，「還是他帶了好幾顆行動電源在身上？」

「我覺得重點應該放在他如果有電，爲什麼現在才打電話呢？」童胤恒沒好氣的瞄向她，「能通話還不如發個位址座標啊！」

「說不定有訊號沒網路啊！」汪聿芃聳了肩，「再說了，小蛙的導航都會自動改地址了。」

「但再怎樣也上星期的事，別忘記今天又是星期五了。」康晉翊說著殘酷的事實，「今天是他失蹤第十二天了。」

出發前夕，考完的大家都先到都市傳說社集合，等會兒要跟小蛙一起去上班；今天什麼單都接，越奇怪的地址越要接。

門被敲了兩下，來人輕推開門探頭而入。

「噢，門半掩我還以爲幹嘛咧！」蔡志友邊說著一邊回頭，看起來有點憂心。

「怎麼了嗎？」童胤恒從沙發上起身，走向他一塊兒往外瞧。

他們社團位在舊鐵皮屋裡，只有一排是社團，剩下的一整片空地大家都能自由運用，社團分別是熱舞社、話劇社及演辯社，而「都市傳說社」，就搬到西邊邊角，最後一間。

外頭大片空地是全開放式空間，除了社團辦公室外，完全沒有牆。

蔡志友呈眺望姿態，望著社團正對面的大開口，皺起的濃眉像是盤算著什麼，有帶著忖疑。

「喂，我怎麼覺得外面好像有人在觀察我們啊！」他有點想再往外走去一探究竟，「我剛一發現他們就躲起來了。」

「那個喔？這不意外吧，我們社團現在是反向的紅啊！」童胤恒失笑，他還以為是什麼大事咧，「拜託不要再亂噴漆就好。」

「也對……」蔡志友歪著頭走進來，「但像社會人士耶，一點都不像學生。」

「常有啊，學校是開放式，你忘了幽靈船事件剛結束時，還有長輩們組團到學校郊遊，運動野餐完順便過來教訓我們？」康晉翊從裡頭的辦公桌起身，「別風聲鶴唳的，這次的事件是在外送員身上。」

好吧！蔡志友聳了肩走入，童胤恒多心的再往外看一眼，左右各張望觀察，除了學生外他倒是沒看到什麼社會人士！

「你怎麼來了？改變心意了？」簡子芸存好檔，伸了伸懶腰。

「才沒有，我覺得好奇跟喜歡是一回事，拿命去賭是另外一回事！」蔡志友倒是坦然，打開背包拿出張紙，「不過我做了點研究。」

研究？汪聿芃聞言立刻蹲在沙發與茶几間，好奇的幫他攤開那白報紙。

蔡志友帶了一大張全開的白報紙，上頭貼著許多列印下來的地圖，張張相連，蔡志友把地圖印下來後再拼貼，接著再用麥克筆在上頭做記號。

汪聿芃一打開白報紙傻了，她撐著桌面站起身，嫌不夠的還站上了沙發；童胤恒站在蔡志友身後，看著五顏六色的色筆在地圖上繪製，看似多色繽紛但實則卻有著驚人的規律。

「平行的？」童胤恒看著不同顏色劃出的直線，一條條竟是平行線！「這是哪裡做出來的？許多地址不是導航上沒有嗎？」

「但是有記憶點啊，像吳銘棒失蹤的地方，至少我們知道現場是那棟大樓，在電信行跟維修手機中間。」蔡志友邊說，用手指向一條紫色的線，「所以我把線劃在大樓中間，再加上小蛙他們拿到的其他位置……」

每一條路都是平行的，甚至包括小蛙誤入的二十三巷！雖然隔了段距離，但還眞的是平行的。

「所以……是這一片嗎？」汪聿芃驀地跳下沙發，用手指在地圖的右邊劃了一個大圈圈，「每一條路通到的地方，這片大空地，是不是就是那個遠得要命社區？」

咦咦咦！連蔡志友都愣住，他只有找到平行的規律，想說讓大家知道如果有奇怪的地址通往這一帶可以多加留意，但是他沒有想到ＡＢＣ社區那一層！康晉翊跟簡子芸同時都移到茶几邊蹲下，簡子芸甚至拿起鉛筆在汪聿芃比劃的地方劃了一個大圓。

每一條平行的巷子，的確成了一個圓弧型，而圈起來的那一整片甚至跨縣市了。

「如果是這麼大地方的平行空間……那幾萬戶或是什麼ＡＢＣＤ棟都有可能了……」康晉翊湧現不安，「但是學長姐們以前遇到這種空間的狀況，結果……結果都是……」

「也不算不好啦！」童胤恒趕緊安撫，「樓下的男人那個沒辦法逃，但是夏天學長似乎還不錯。」

簡子芸緊揪著胸口，「但結論都是回不來！」

「不會，小靜學姐不是都回來了！我們不要一直想回不來的事！」汪聿芃根本沒在想吧，「所以今天我們如果有送到這附近的，就有機會了吧！」

「喂，妳眞的想送？」童胤恒不否認自己也存疑，「萬一……」

「我們要幫小蛙救吳銘棒出來吧！」汪聿芃根本沒在聽，「而且啊，這個都市傳說突然出現也很怪啊，外送這行業都多久了？」

「我正在查，目前查到好像亞倫最早遇上怪事，也不過兩個星期多前。」簡

子芸惴惴不安，緊握的拳壓不住發顫，「好，我不跟你們去了，我想留在外面想辦法。」

康晉翊抬頭看向她，倒是溫柔的笑著站起來，「妳不要這麼緊張，這又不是什麼團體行動，不會有人強迫妳的……也不會說妳不去就怪妳啦！」

「對啊，我也沒去啊！」蔡志友也很坦然，「風險太大，玩個社團我沒想要搞這麼拼命！」

童胤恒忍不住斜眼睨去，現在是說他們傻子嗎？

「就像夏天學長他們說的，因為喜歡跟熱愛才想擁抱與接觸，我們都知道都市傳說有危險性，妳別想太多。」童胤恒也打了強心針，「而且有妳在外面我們也安心，必要時刻說不定妳能救我們出來！」

簡子芸苦笑著，她哪有這麼厲害……但她的確想找出外送的同學是怎麼進出那個地方的！

還有都市傳說突然出現又是為了什麼？單純的想吃飯嗎？

「就是啊！進去搞不好是送死呢！」汪聿芃頓了幾秒，「欸，我等等再多買些餅乾帶在身上好了！萬一又是個吃那邊食物就回不來的情況就完了。」

康晉翊搖了搖頭，他懶得說了，真謝謝她這麼有力的安慰喔，告訴大家可能去送死咧！

時間差不多了，他們收起背包要準備去「上班」，蔡志友將地圖折疊好交給童胤恒，簡子芸另外拿了那天的草書筆記本給康晉翊，總之越多資訊越有用處；汪聿芃很忙的跑去拔插頭，她帶了四個行動電源。

「汪聿芃，」童胤恒看她塞進行動電源，「妳幹嘛？」

「以防萬一啊！吳銘棒九天都能打電話回來耶，我手機待機時間不長啦！」她眞的揹了比平常大的背包，不知道的還以爲她要去遠足咧，「我還帶了手電筒、登山杖、剪刀、工具組……」

蔡志友又好氣又好笑，「妳有沒有帶卡式爐啊？」

「有想耶，但塞不下！」她竟還很認眞的考慮過，「再大就妨礙行動了。」

「好了！快走吧！」童胤恒直接轉頭，拉開都市傳說社大門——咦？

十一點鐘方向，鐵皮屋的外頭站有兩個男人，在他開門時皺眉冷瞪，用一種凶狠的眼神打量著他兩秒，裝作若無其事的往左邊走去；因爲鐵皮屋的洗手間是在左側，所以他們往左閃，便等於隱匿。

童胤恒覺得不舒服，因爲他幾乎肯定那兩個人是在看著他們的。

「蔡志友！」他趕緊回頭問，「你剛說的是不是兩個男的，一高一矮，看上去很像流氓之類的還抽菸？」

「對對對！」蔡志友趕忙跳起，「你看見了？他們在外面對不對？我剛是從

另一頭進來的，我就看他們盯著我們社團看！」

拉麵戶旁偷窺的人們，粗嘎的警告聲，衝出來追著汪聿芃後頭的人，不知道為什麼，童胤恒直覺就是他們！

雖說不能輕易以貌取人，但那模樣就非善類，渾身上下都散發著一種威脅感，而且他們也的確是大家跑去拉麵戶後才出現的！

「有人嗎？」康晉翊機警的瞥向汪聿芃，「是不是那天追著妳的人？」

「那天是誰不准我回頭的，我沒看見啊！」汪聿芃可委屈了，「我要是有看到人的話就好了！」

「小蛙說不准回頭的！」蔡志友嘖了一聲，「他是當事者最清楚了，搞不好妳眞看到了，現在就不是跟蹤而已了！」

汪聿芃咕噥著，要是她看到了，就可以直接問他們為什麼要追他們啦！

「大家提高警覺吧！小蛙早提過那邊偷窺的人，不太對。」簡子芸的憂心又多了一層，「我這邊有蔡志友，我大不了多叫幾個小社員過來，你們幾個才要留意！」

「我們不可以直接出去問他們要找誰嗎？」汪聿芃揹起有點沉重的背包，眞是麻煩，幹嘛猜來猜去！

「不可以！」童胤恒深吸了一口氣，回身主動拉她過來，「我拜託妳出去不要跟他們對到眼，也不要講話，打草驚蛇妳懂嗎？」

「如果他們是偷窺戶，等於住同一層耶，說不定他們知道拉麵戶跟那個女生的事啊！」汪聿芃不懂有人可以問，爲什麼不走直線呢？

「因爲危險、不祥，而且我們不知道他們是誰，是不是跟都市傳說有關係。」童胤恒覺得自己耐心値眞高，「在沒搞清楚狀況前，妳可以稍安勿躁嗎？」

汪聿芃緊皺起眉，皺到一副委屈可憐的樣子，擺明的就是很想說：不可以。但她最後還是妥協，想起那天追在她身後的低叱音，聽起來的確挺凶惡的，還有拉麵戶的質問……如果那些人是都市傳說的話，好像眞的有點可怕。

「請小心。」簡子芸送他們出去，緊張到連換氣都很辛苦。

康晉翊頷首，麻煩蔡志友留意周遭後，他們佯裝沒事的離開鐵皮屋，直接左轉要從左邊的出入口離開，今天機車停在那兒；一走出鐵皮屋，童胤恒眼尾就瞄到藏匿的身影，那兩個人又躲回可偷窺鐵皮屋的範圍裡了。

大家什麼都沒說，眼神暗示便以足夠，一人一台摩托車往山下騎去。

三台車不並騎，汪聿芃被包在中間，童胤恒殿後，從後照鏡留意著後方，卻無法確定有沒有被跟蹤，因爲車子實在太多了。

轟隆隆……磅……路旁工地飛沙走石，有巨大的物品從樓上直接扔下，即使外有網子還是聽得見小碎石沙沙噠噠的聲音。

前方紅燈，機車慢行，他們慢慢停了下來。

「小心喔！」工地裡有人中氣十足的高喊著，接著是器械的移動與搬運。

童胤恒忍不住往右瞅著，這繁忙的工地竟讓他有一絲熟悉感？

磅……轟……這移動聲，像不像他聽見的「都市傳說聲響」？在那虛弱的求救聲背後，聽起來就像是這種搬運聲啊！

難道都市傳說在工地裡？

打工正式展開，為求完美，店長真的設法生出制服給他們穿，汪聿芃的制服還是跟別的分店借的，因為就怕遇上拉麵戶那樣的質疑。

機車上都放了外送箱，看起來頗專業。

「那個亞倫最近還有跟你們聯繫嗎？」小蛙突然發問。

「……沒有，問完後就沒再叨擾他了，怎麼了嗎？」康晉翊正在繫緊鞋帶。

「我想知道他離開那條巷子時花了多久時間。」小蛙喃喃說著，「總覺得我們要知道一下距離。」

「那也要你剛好送到ＡＢＣ社區吧！」童胤恒笑著搖頭，「要是送到ZZZ，就哭了。」

「遠得要命社區啊！」汪聿芃笑了起來，「哈哈哈！好有趣喔！」

哈、哈、哈。

這一屋子裡眞的沒人能笑得這麼爽朗，李育龍跟陳國宏每天都覺得是冒著生命危險來上班，笑容都是用擠的，到底是怎樣可以這麼樂天啊？

「她外星球的不要理她！」小蛙嘖嘖，「喂！有想好萬一收到特別地址，哪幾個人外送嗎？」

「我——」汪聿芃毫不猶豫的舉手，一旁的童胤恒忍不住挑眉。

「沒規定幾個人送吧？」

「我也要去。」康晉翊已經熱血沸騰了，「不管怎樣就是想親眼看看。」

「救吳銘棒！救出小胖才是最重要的好嗎！」小蛙不爽的唸著，「我也很喜歡都市傳說，但現在我有朋友在裡面！」

「你那麼凶幹嘛！」汪聿芃不解的唸著，「全世界都知道吳銘棒在裡面啊，還，還有一個鄭同學呢！」

小蛙撇了嘴，他是不認識那個鄭同學啦，假如有機會是可以順便救啦。

「又沒說不幫，不然幹嘛進去！」童胤恒走過小蛙身邊時拍拍他的肩，「但是你要做好心理準備，吳銘棒進去十二天了。」

「但他打電話給我了。」店長冷不防的在更衣室門口，「……幾天前的事而

已，他還活著……只是……」

已經三天前了。

康晉翊一直沒有抱持樂觀想法，就算都市傳說單純只發生在外送，但在陌生的地方，究竟有沒有水跟食物？吳銘棒還怎麼活？店長也說了，他的聲音極其虛弱與悲涼。

「他不是小胖嗎？有很多脂肪可以消耗呢！應該可以吧！」汪聿芃倒是挺有信心的，「說不定不但活著還可以減肥呢！」

滅妳個頭！童胤恒眞想問她要不要也試一下這種爛減肥方式！

「我們要開始了喔！」黃任欣探頭進來，「所有單都接，奇怪的地址就PASS給你們，正常的給李育龍他們對吧？」

「是，不過奇怪的地址出現前，我們還是照送啦！畢竟我們是員工！」康晉翊趕緊說明，可不是來打醬油的。

店長點點頭，還是希望他們小心，這兩天上網找了關於外送的都市傳說，也在A大「都市傳說社」FB裡看到更新的文章：「外送失蹤，與都市傳說有關」。

下面一堆酸民罵聲連連，說不協助找人在那邊危言聳聽，又在什麼都市傳說，簡直是鬼扯蛋，這個社團裡的人就是一群神經病，唯恐天下不亂似的。

看著他只覺得心酸，這件事如果不是發生在他店裡，只怕他也會是其中一個鍵盤酸民，也會覺得這些人根本唬爛，什麼都市傳說，簡直就是廢話；但是他的員工活生生的消失了，完全沒有可追查的蹤跡，叫他做何感想？

還有放在辦公室裡那三張冥紙，別的不說，最後一張是汪聿芃拿來的，他親手封進袋子裡時是百元鈔，沒有任何人碰過，他也不會去更換，就這樣在某個瞬間成了冥紙，要他怎麼不信！

人哪！總是站著說話不腰疼，沒有經歷過的人，只會用自己狹隘的想法去看待事情，躲在電腦後面，又給了他們無限權力，使他們得以批判一切。

看見他們說搞不好吳銘棒是刻意把車子騎走，人最後會在別的縣市發現，車子都變賣掉了，而看到店家申請保險理賠的陰謀論時，他多想砸電腦啊！

「謝謝你們。」店長語重心長，「我真的只能講謝謝你們了。」

「說什麼啊店長！」小蛙拍了店長的背，「吳銘棒是頂我的單才會出事的，我會負責到底的！」

厚！李育龍翻了白眼，他已經講到不想講了，這不關小蛙的事啊！送單也不是百分之百按順序，況且那天小蛙可是勇氣十足，想去一探給冥幣的拉麵戶，這怎麼能怪他！

要不是他去拉麵戶，也是吳銘棒前往……孰吉孰凶又該怎麼判定？

陳國宏只能按住小蛙肩頭給他力量，明知多說無益，也只能這樣給予鼓勵了。

黃任欣將電話打開，沒有一分鐘電話便開始湧進，外送的市場之大，康晉翊想下次大家也可叫外送，送到社團辦公室了吧！

「啊店長！我可以跟你要我拿回來的冥紙嗎？」汪聿芃拿出一百元走到店長面前，「我想留作紀念。」

一百換一百，店長苦笑著，不懂怎麼有人要留那種東西當紀念？

不過他還是將夾鏈袋給了汪聿芃，瞧她滿意的收妥在口袋裡，只能說「都市傳說社」的人可能神經比較不同。

開始上工，前兩個小時都是正常地址，每個都騎著機車外出，而且忙碌到都來不及回店裡，直接從ＡＰＰ裡接到一封又一封的新訂單，取貨、送件，然後也在短時間內遇到了奧客。

「我是雪碧，誰跟你可樂啊！」男人拿著手機在咆哮，童胤恒站在門外拎著沉重的食物，「我明明講雪碧，我不喝可樂的，你這樣提兩桶來我是要怎麼喝？」

單子上面是寫可樂沒錯，但童胤恒也只負責取餐，中間的問題是客人與店家要解決……可是，讓他耗在這兒又送不出去餐點，只是覺得無力而已。

「我不管，我要換……好！不換了！我退！」男人粗嘎的朝童胤恒揮手，「滾！我不要了……什麼？錢照扣你這什麼意思？我不吃還敢扣我錢，我儲值不是爲了這個吧！」

後頭的髒話成串，童胤恒留意到口袋裡的震動，趕忙拿出來瞧著，是黃任欣發來的訊息：『再兩分鐘沒結論，東西就放著離開，客戶跟店家自己去喬。』

「你不要跟我說錄音……錄你他媽的我就是講雪碧！」男人根本理虧，但就是硬要凹到底，「好，就算我說錯了，我換還不行嗎！叫這個外送的回去換給我！」

喔，聽到關鍵字，童胤恒揚起笑容，「這樣外送費也是要另加喔！」

男人一愣，簡直怒不可遏，「再加錢？你敢跟我再加錢？」

唉，他眞佩服小蛙可以做這工作做一年，他才第一天怎麼就遇到奧客！時間一到，也不管客人的咆哮未止，童胤恒選擇把東西原地放下，轉身離開。

「喂！幹！你東西放下來是什麼意思？我沒有要收！」男人氣急敗壞的衝出來，「東西拿走，我不要！」

童胤恒回身，有禮貌的頷首，「抱歉，這是您與店家的事，您們自己解決吧！」

話一說完，他加快腳步一溜煙的跑了。

衝下樓時，還用迅雷不及掩耳的速度發動車子溜之大吉，省得被那個客——

咦？車子往前馳騁，童胤恒卻瞄到對面騎樓下的熟悉身影：那兩個男人！

他不會認錯的！是社團外那兩個人……眞的跟蹤他們嗎？

加快速度繞出去，深怕被跟上的他還多繞了幾條巷子，一邊跟康晉翊聯繫，

他見到在社團外的男人了！

「我們在A百貨那邊會合一下，我打給汪聿芃。」童胤恒都用聲控，切斷與

康晉翊的聯繫，再撥給汪聿芃。

汪聿芃也在附近，她正看著努力掏錢的阿姨，充滿歉意的對著她笑。

「那個……我錢好像不夠耶！」阿姨遞上鈔票，「少一百，妳不會介意吧？」

「我很介意。」汪聿芃皺著眉，但是她一點都不想把東西拿回去啊，「妳家

眞的都沒有一百塊喔？」

「我算錯了，就不夠……啊，才一百，不然妳下次再過來拿！」阿姨伸手要

接過她手裡的食物。

汪聿芃一秒抽手，向後退了兩步，「那阿姨再重訂好了，但是我會回報妳亂

訂喔！」

「啊？我幹嘛重訂，我就現在很餓啊，就……就少一百！好啦！不然妳等等

再過來拿！等我下去領錢！」阿姨追出來，拉住了她。

汪聿芃討厭有人抓著她，「那我在這邊等妳，妳現在下去領錢不是更好！」阿姨瞬間歛起笑容，鬆開手時還推了她一把，「妳這個外送的是怎樣？很不知道變通耶！東西我不要了，隨便妳怎麼回報啦！」

這一推還讓汪聿芃踉蹌，她沒想廢話，眞的抓著食物轉身就往電梯裡走去，耳機裡聽見來電，立即按下接聽。

「喂！出現了嗎？」拜託給她一點好消息啊！她拎著這袋食物覺得煩躁。

「妳在哪裡？我們到A百貨會合一下，妳小心一點，我看到下午盯著我們社團的人了，他們好像在跟蹤我們。」童胤恒在電話那頭簡單交代著，還因爲電梯斷斷續續。

汪聿芃什麼都沒聽清楚，但至少聽見了A百貨這幾個字。

就在前面而已，好近呢！她帶著不開心的情緒下樓，跨上機車時黃任欣直接來電，說客戶表示沒收到食物，還說她扭頭就走，投訴她態度差，沒有使命必達。

「我都懶得說了，她錢不夠又不想付啊，想叫我賠一百！」汪聿芃嘟囔，「我時薪才多少賠她一百！」

「啊？那東西呢？」黃任欣即刻做奧客處理，「妳送回店家！」

「好！」好麻煩喔！汪聿芃向右轉出巷道，眼前就是A百貨了。

她抵達前，童胤恒、康晉翊跟小蛙他們都已抵達，正在討論童胤恒剛剛瞧見的非善意人士，這種情況就不能說是巧合了，因爲從學校跟過來，根本不能算正常。

汪聿芃剛停好，還沒搞清楚怎麼回事，手機上出現了新的訂單——大元路三十六巷。

「我都還沒把東西送回去耶！」她逕自嚷嚷，「爲什麼單又發給我啦!?」

「什麼單？」童胤恒湊過來一看，「妳爲什麼把食物帶著？」

「奧客返回。」她唸著，「照理說這單不是輪我吧，我都還沒把餐送回去，黃任欣怎麼會派單給我？」

照理說現在她的狀態應該還是外送中，任務尙未結束。

康晉翊沒有遲疑，他立即查詢顯示在汪聿芃手機裡的地址——目的地清楚的標示在地圖上，也恰好是所有發生怪事的平行巷子。

「來了嗎？」小蛙焦急的下車看著地址，「這地址我知道，但我不確定有沒有三十六巷。」

「黃任欣，汪聿芃她任務沒結束吧？是妳發單給她的嗎？」童胤恒已經立刻打給黃任欣確認，「……噢好，我知道了！對，我們幾個的單先暫停吧！」

他瞟向同學們，康晉翊莫不抽了口氣：來了嗎？

「不是黃任欣發的嗎？」小蛙謹慎的繃緊神經。

「是她發的，她說輪到汪聿芃沒錯，是她前一個單被耽誤送太慢了。」童胤恒邊說，汪聿芃翻了個白眼，討厭的阿姨！

「好，三十六巷譚先生要一份P漢堡的七號餐，加上沙拉，還有東山鴨頭跟臭豆腐，我去買東山鴨頭跟臭豆腐，你們陪汪聿芃去取餐，在東山鴨頭會面，再一起過去。」

「我去拿臭豆腐吧，省時間，在反方向咧。」康晉翊覺得別讓一個人浪費太多時間，「童子軍你陪汪聿芃去，大家要留意。」

汪聿芃根本反應不及，就看大家都跨上機車，童胤恒一句跟好，她只能跟著走……等等，啊她箱子裡的餐怎麼辦？她應該要先送回去啊！

童胤恒沒有跟她解釋，因爲不需要，在她要花比別人多的時間去理解的前提下，還不如先做再說；所以他到P漢堡取餐，讓汪聿芃在外面等，坐在機車上的她還在消化事情，然後後照鏡被閃了大燈。

她畏光的皺起眉，緩緩回頭，後面有兩台機車朝他閃大燈，頭戴著全罩安全帽。

幹嘛閃她？旁邊這麼多位子？她指指前面，叫騎士自己往前不會喔！

但騎士沒說話，就停在原地像是看她。

「好不順喔！」她不高興的正首，拍了龍頭一下。

「幹嘛？」剛巧步出的童胤恒看她拿無辜的機車儀表板出氣，「誰惹妳？」

「煩，後面閃我大燈，後照鏡搞得我眼睛都快瞎了！」汪聿芃一邊說，又一邊回頭狠瞪。

童胤恒跟著她往後面一看，潛意識打了個寒顫！

是他們嗎？兩個看起來很屌的傢伙就坐在機車上，看不見臉與目光的全罩安全帽反而給人巨大壓力，兩個人兩台車，一高一矮，逆光讓他看不清衣著，但是渾身上下不舒服！

「走！快點！」他急的把外送食品勾上掛勾，龍頭一拐就離開，汪聿芃根本莫名其妙，只知道加緊跟上。

後面那兩台機車竟也立即發動，緊緊尾隨在後。

童胤恒放慢速度讓汪聿芃往前，透過後照鏡他幾乎九成確認那兩台車是跟著他們的了！到底爲什麼要跟著他們？剛剛有機會卻也沒有想找汪聿芃說話的樣子，他們的目的是什麼？

康晉翊來電，他跟小蛙先會合了。

「我們再一個紅綠燈就到，那兩個人跟過來了！」童胤恒邊騎邊說著，「對，就在我後面，是不是不要會合比較好？」

全部的人都聚在一起，總覺得是給對方機會啊！

『那能怎麼辦？也不能讓他們跟著啊……還是乾脆停下來，問他們想幹嘛？』康晉翊情急的喊，小蛙已經調轉車頭，打算來支援了。

但本來在前頭的汪聿芃卻減慢車速，朝著童胤恒伸手，「餐給我啊，先去送餐才對吧！」

「等等……什麼？送餐！妳要送餐去哪？」童胤恒根本不可能讓她拿食物。

「我們不是要去送漢堡餐嗎？不要拖了，超過太久他們要是取消訂單就麻煩了！」汪聿芃看著導航閃爍，「快點！跟著我喔！」

「跟……等一下！」童胤恒高聲喊著，問題是汪聿芃哪聽他說話啊，轉眼就高速飆走！「後面……」

他不安的從後照鏡窺探，那兩個人還在啊，她是完全不管跟蹤者的嗎？

唉！童胤恒根本無法制止汪聿芃，只能跟著催油門加快速度，跟著她在車陣中鑽，而且遠遠的快靠近與小蛙他們約定的路口時，她還在那邊叭叭叭！

「……」看著車子從眼前呼嘯而過，坐在機車上的兩個男生一時無法意會，「現在是在叭什麼？喂！」

下一秒，他們也看見兩個彪形大漢急速的蛇行尾隨，根本沒時間討論，兩台機車立刻跟著追上前。

晚間這條路都是車水馬龍，六台機車非常惹人厭的在車陣裡鑽，引起一堆人不滿的嗚按喇叭，尤其其中有四台機車都有外送箱跟制服，大家都知道外送員辛酸，但也不能這樣鑽吧！

領頭的汪聿芃騎得倒是很愉快，留意著導航位子，三十六巷，三十……她留意到右手邊是單數，所以即刻往對面瞥去，並且減緩速度。

看見了。

她喜出望外的看著對面約一點鐘的方向，有一條巷子就在這兒。

「那邊！」她指向巷子，趁著紅燈，直接如同吳銘棒，穿越雙黃線，朝對面巷子騎去。

唰——

第八章 不速之客

巷口立了三十六巷的牌子，表示地址正確無誤，再低頭看著夾在儀表板邊的導航系統，卻不知道在何時導航已停止，那閃爍的紅點跟著消失。

「咦？」她趁機用單手滑動手機重整，速度跟著慢下。

導航失效，只是一直出現整理中的迴圈，一時無法指示出正確位子……啊啊，那這樣得拿出地址來看了。

汪聿芃終於停下機車，正眼看著眼前的景色。

哇……她驚訝的瞪圓雙眼，亞倫的文字敘述此時躍然浮現，原本的想像就在這一刻成眞了。

萬家燈火，密密麻麻的幾乎把這裡的夜空照亮，自地面直到空中全都是燈，仰頭向上，燈火點點的順著空中往上爬，但是在某個高處後燈光變得隱晦，如同亞倫形容的迷霧。

每棟建築都是相連的，且相當的高，因爲雲裡霧裡還是隱約的透著燈，表示這些高樓仍舊繼續向上延伸；而正首往前看去，是一整條寬闊的道路，兩旁均有路樹與路燈，簡直像燈海一樣，遙向不知道有沒有盡頭的另一邊。

「汪聿芃！」後面傳來氣急敗壞的聲音，「叫妳都沒聽見嗎？」

「啊？」她才回神，「你看，好漂亮喔……簡直像銀河耶！」

銀河？童胤恒一進來就看見了，全身都起雞皮疙瘩，這跟亞倫敘述的地方一

模一樣；原本一直隱約聽見的聲音在瞬間消失，在進巷子前他聽到了如雷的砰磅聲響，但一進入巷子便即刻靜寂。

後面兩台機車跟著緩下，不可思議的看著這地面燈海的一切，以及那詭異到高聳入雲霄的建築。

「靠……真的有這種地方……」小蛙簡直不敢相信，頭仰得都要折斷了，依然不知道頂樓在哪裡。

康晉翊亦難掩興奮，看著一花一木，燈海馬路，但更不會忘記身後的引擎聲。

他回頭，兩個壯漢也正陷入震驚當中，仰著頭左右張望。

「汪聿芃！地址！」康晉翊提醒，外送啊！

「啊……啊好！」汪聿芃趕緊查閱黃任欣剛剛發的地址……咦？

大元路三十六巷F區C棟二十六樓，譚先生。

地址變了，剛剛根本不是這個地址，只有巷跟號而已，哪有什麼哪一區、更沒有那第幾棟……不過幸運的是，他們沒有亞倫的ABC區這麼遠。

「F區C棟，二十六樓。」汪聿芃高聲喊著，冷不防探身動手把童胤恒掛著的漢堡餐拿過來，「我的單。」

「還不是一起上去！」童胤恒謹慎的觀察後面的人，朝小蛙使了眼色。

客。

小蛙領會，讓康晉翊往前些，自己壓後，回頭看著還在讚嘆跟吃驚的不速之客。

「大哥！有事嗎？」他的突然出聲，竟嚇得兩個大漢哇啦哇啦叫著。

「哇啊——幹！你是要嚇死我！」高個子低咒著。

「這是哪裡？肖年仔！」較矮的不安喊著，「你們到這裡幹嘛？這附近哪有這種地方？」

「大哥，你們跟了我們這麼久，有事嗎？」小蛙再問一次，「從在吉祥街開始就盯上我們了嗎？」

「你……」矮個子的想說話，但隔壁的高個兒卻伸手一擋，讓他噤聲。

「什麼吉祥街？誰跟著你們了？我們只是剛好閒逛，同路而已。」高個子淡淡的說著，「大家自便。」

自便個頭！童胤恒依然保持高度警戒，要送這張外送單已經夠緊張，還有兩個人來亂。

「小蛙，」康晉翊輕喚，「走了。」

意思是不要理他們。

既是跟蹤他們來的，應該會跟到最後吧？只是就他們的反應而言，康晉翊想著他們似乎跟都市傳說沒有太大關係。

老實說，那就更可怕了。

「F棟喔！很近！」汪聿芃騎得不快，半滑半騎的來到F棟外頭。

有趣的是眞的有兩根柱子，柱頭上也有個圓弧鐵雕，就刻著「F」字樣。

警衛亭裡走出了人，皺著眉打量著六台轟隆隆的機車，「這麼吵……你們找誰？」

「外送！」汪聿芃乖巧的停好機車，「有人叫漢堡全餐、東山鴨頭及臭豆腐！」

忙不迭的把漢堡餐拿到後面的箱袋裡裝好，順道跟小蛙要了東山鴨頭，康晉翊的臭豆腐決定手提，免得影響其他東西的氣味。

標準動作的揹起箱袋，摘下安全帽，汪聿芃輕快的走上去。

童胤恒將安全帽直接擱在後照鏡上，順手拔起她沒抽起的鑰匙，現在這裡只有她一個人還沒意識到，接下來可能會發生的事情。

小蛙熟練的立刻跟上汪聿芃，他沒說汗溼了背，沒想到進來這麼特別的地方，心裡想著的是吳銘棒會在哪裡？也會在F棟嗎？

「幾樓？」警衛回到警衛亭裡問著。

「二十六。」汪聿芃應著，童胤恒跟康晉翊也走了上來。

「好，二十……」警衛一抬頭，「啊外送一個就好，你們這麼多人做什麼？」

「臭豆腐。」康晉翊拎起臭豆腐，「也是同一戶叫的。」

小蛙反應快，「我是東山鴨頭，二十六樓，譚先生。」

警衛皺起眉頭，皮膚好像快裂開似的，眼神瞄向了童胤恒。

「我是老人，帶新人跑外送。」說得臉不紅氣不喘，他可不想被丟在外面啊。

「唉，分開叫是怎麼樣，很亂啊！」警衛低頭唸著，「我看看二十六樓，啊，是譚先生叫的對吧？」

「對對對！」汪聿芃看著紀錄，「譚先生沒錯，二十六樓。」

「好！」警衛像是從牆上拿了什麼東西下來握在手中，從警衛亭走出。

走出時，他刻意打量了他們四人，又看了眼汪聿芃揹著的袋子，像是在確認他們是不是外送的。

「他們又是誰？」警衛越過康晉翊，指向了他身後。

童胤恒回首，不由得緊張的暗自抽口氣，摘下安全帽的兩個男人現在就站在燈光下，正是那個在鐵皮屋外偷窺他們的凶神惡煞。

「找人的！同一戶啊！二十六樓！」高個兒竟然說得自然，「那個就是人多才要叫外送嘛！」

咧開的嘴裡都是菸味跟檳榔味，康晉翊不適的看著他們的眼神，那兩個人的眼睛令人毛骨悚然，說不上來的詭譎，總覺得他們的視線不只是扎人……還帶了

一種惡意。

「好啦，跟著他們！」警衛擺擺手，「這個門走進去，只有一部電梯開著，就那部電梯上去，按下二十六啊，不要按到別層樓。」

汪聿芃看著眼前的中庭花園，也是燈海得美輪美奐，而警衛指著的是緊鄰的另一棟樓……她仰頭望去，詭異的是這棟直線型的建築物，沒有跟其他建築物相連啊！

「這裡嗎？」童胤恒極爲不安，「好小啊，二十六樓只有一戶嗎？」

「欸，說什麼，坐電梯上去，門一開附近就是了，門口會有姓氏。」警衛催促著，「快點快點，你們沒什麼時間啊，十分鐘內一定要離開知道嗎！」

「十分鐘？」小蛙質疑著，這樣怎麼有時間找吳小胖啦？

「對，十分鐘內一定要下來！」警衛動手推著汪聿芃往裡去。

汪聿芃不得不移動腳步，看著眼前的入口，她意識到某件很糟、很糟的事情，只是需要更多的證據佐證而已。

走進門後，裡面比外面看起來寬多了，而且竟然有十餘部電梯，每部電梯都有金屬外框，但中間都是透明玻璃，而一如警衛所說，只有一部電梯大門已開。

「我在冒冷汗……」童胤恒開始感受到心臟的疾速與緊窒了。

「走了！」小蛙也怕，但只有十分鐘，他要找到小胖！

他緊張的趨前，一邊拽過了汪聿芃進入電梯，童胤恒與康晉翊懷著既期待又怕受傷害的心跟著進入，最後是……那兩個男人。

電梯門關上，幾乎是透明的電梯門，看得見外面有點奇怪，汪聿芃默默按下26。

「所以，」她驀地轉向站在最靠電梯門的男人們，「你們爲什麼要跟蹤我們？那天偷窺我們還追出來的也是你們吧？」

啊啊啊啊——無聲的慘叫在電梯裡迴盪，大漢後面的童胤恒跟康晉翊眼珠都要掉了，是爲什麼要在密閉空間裡，突然跟人家開門見山問這個啊！

忍耐，童胤恒下意識上前靠著汪聿芃，他眞怕她突然被幹掉。

「你們幾個跑到那邊做什麼？」高個兒倒是不客氣，一轉頭就露出凶狠樣，「尤其是你，三番兩次到那邊打探什麼？」

他直接指向小蛙。

「我？我打探什麼？第一次開門偷窺的就你們厚！」小蛙不知是不是仗著人多，膽子還大起來，「我是去外送拉麵的，打探什麼啦！」

「外送拉麵？」矮個子拉高了分貝，「誰叫拉麵啊，你送給誰啊？」

「怪了！一層四戶，你又知道別人有沒有叫外送？」小蛙啐了聲，「你們偷窺就是在看這個？人家愛叫拉麵你管太多了吧！」

「外送叫拉麵？你他媽的是在唬爛我嗎？」高個子突然一伸手就揪住小蛙的領子——但在側邊的童胤恒更快，手一橫就推開了高個子的動作，讓小蛙有機會防備。

「我幹嘛唬爛你！那戶就是叫拉麵，他對面也是我們客人，都叫炸雞餐咧！」小蛙低吼著，「你們在監視人家嗎？」

矮個子瞪圓了眼，「不可能！壯哥，怎麼可能……」

「閉嘴！」壯哥低吼著叫他住嘴，電梯裡氣氛緊繃，童胤恒的手依然在半空中，壯哥低首在與矮個兒交換神色，康晉翊則專注看著石英數字。

二十六樓到了。

汪聿芃感受到電梯停下，眼神卻依然放在壯漢身上。

直到電梯門開啓，她才回神的往外看去。

「到了，我們要送外送。」童胤恒一字一字的說著，「借過。」

壯哥眼神向左瞟，落在童胤恒身上，相互凝視中是氣勢的拔河；童胤恒擱在身後的拳頭都已經握到泛紅了，但是他絕對不能示軟。

「借過啦！」汪聿芃不耐煩的往壯哥身上一撞，竟把他朝左撞去，直接閃著身子出去了。

就見壯哥撞上矮個兒，兩個人跌向另一邊的電梯側面，康晉翊也不想掩藏明顯笑意，童胤恒按著開門鈕以防止電梯門關上，笑笑的走出去。

有時他就喜歡汪聿芃這種不按牌理出牌的動作。

一走出電梯，令人驚訝的眼前所見竟是徹底的雪白，白到會發亮那種，牆壁到門全都是清一色的白，小蛙卻不意外，因爲他與方喬重逢就是在類似的環境下……不一樣的是，這是條只有一公尺寬的長廊，左右張望放眼望去，沒有任何岔路，但也沒有盡頭，是長到很誇張的一條走廊。

「譚，譚先生。」汪聿芃連挪移到不必，因爲對著電梯門口就有一戶人家，門上眞的掛著「譚」的牌子。

康晉翊突然倒抽一口氣，拍拍童胤恒指向上方，「看門框。」

所有人跟著他指的方向看去，門的上緣牆上鑲了塊牌子，不是什麼對聯或是牌匾，白色的鐵板，浮雕的門牌號碼：「26F-1023」。

一千零二十三號。

小蛙立刻往右邊走去，這戶是26F-1022。

「這條走廊有一千多戶？」小蛙不可思議的喃喃說著，「再往下又有多少？」

瞧不見起頭與盡頭的走廊，這多可怕啊！

「先送！」童胤恒伸手要按電鈴，立刻被汪聿芃打下。

「我的單！」她堅持著，按下了電鈴。

嗶——電鈴聲聽起來，為什麼有點像慘叫聲？

童胤恒仔細的側耳傾聽，他希望多聽些什麼，但卻沒有……之前聽見的物品移動聲及呼喊聲，現在全部都聽不見了。

甚至連屋內的腳步聲都聽不到。

「誰啊？」門那邊傳來聲音。

「外送。」汪聿芃朗聲回答，「漢堡餐、東山鴨頭跟臭豆腐。」

「喔喔喔！」來人興奮的語氣傳來，然後是開鎖的聲音。

唰啦、喀啦，喀喀……開到第六道鎖時，門外的人心裡都開始覺得太怪了，這戶人家開鎖的聲音還是從門上緣傳來的，像是繞著門框一圈，已經連開十幾道了，門還開不了嗎？

而且，汪聿芃指著門的中間，瞧見了嗎？她用嘴型說著。

沒有門把。

大漢們有點不解的查看他們身在何處，小蛙注意到矮個子刻意用背抵住了電梯門，不讓電梯門關上，他們轉身背對了住戶大門，交頭接耳在商討著什麼令人不安的事。

好不容易，終於最後總算……瞧見眼前白色的門緩緩開啓，推開的時候在廊上的所有人都眞的驚呆了。

他們沒有聽錯，這戶人家的鎖眞的是扣掉門軸的那邊，其他三邊密密麻麻的全部都是閂子跟門鍊啊！所以當他們開門時，門框上緣裡頭紛紛垂下了諸多門鍊，眞是令人嘆爲觀止。

「這裡治安這麼差啊？」汪聿芃劈頭就看著開門的男子說著，「你們可以裝保全啊！」

「啊？」男人年逾六十，花白的頭髮帶著慈藹的笑，「什麼？呃，這是我們的食物吧。」

「是，漢堡餐、東山鴨頭還有……」汪聿芃一邊交接，康晉翊遞上臭豆腐，「臭豆腐在這裡。」

「是了是啦！」男人漾出幸福的笑，「還以爲吃不到了，有外送眞好！老伴！」

「欸，來了，多少錢啊？」後頭跟著一個燙著及肩短髮的女人，穿著挺好看的綠色長裙。

「一共是三百五十五元。」汪聿芃再看一次手機確認。

「來，這麼辛苦遠道而來，剩下的給你們當小費啊！」男人大方的給了五百元，看了一下眼前的人們，「現在外送這麼多人啊？」

「同事同事！大家陪我來的！」汪聿芃說得自然，伸長頸子想往人家家裡窺

探，「那個叔叔，我有問題想請問一下。」

問題？童胤恒立即看向她，她有什麼問題？

「啊？別問我……真別問我，送完快走吧！」男人不打算讓她問，收了東西退進門內，「就這樣，你們上來多久了？得快點離開這啊……」

一瞬間，男人的表情僵住了。

連那該慈祥的笑容都瞬間冰凍，男人的眼裡透出一抹恐懼，疾速的將門立即關上，帶著漫出來的驚恐。

「關門！關啊！」裡面傳來的是手忙腳亂的上門聲，聽得出來是連他妻子都上前幫忙，上鎖聲再次從門板周圍傳來，即使站在外頭，都能感受到他們的恐懼感。

「欸……啊？」汪聿芃大膽上前，竟開始拍門，「喂！叔叔！」

童胤恒心急的一把抓住她的手向後扯，都沒搞清楚這是哪裡，東西少碰爲妙吧！

「快走吧你們！不是只有十分鐘嗎！」裡面傳來焦急的喊叫聲，「快走快走！」

「他們在怕什麼啊？」康晉翊左顧右盼，「這條走廊就只有我……們……」

他邊說著時，視線停在了兩位跟上來的壯漢，他們剛轉過身，剛才的討論似乎告一段落。

是啊，還有兩個不速之客，難道——那老先生是怕他們嗎？

「他們一直說十分鐘，我們現在上來多久了？」童胤恒謹慎的看錶，「五分鐘有了嗎？」

「差不多了，所以時間一到就得離開嗎？」康晉翊也不懂警衛與客戶的催促爲何。

「不行！我得要去找小胖！」小蛙即刻否決，「我們是進來找他的！」

「沒說不找，你不要急……」童胤恒一直看著那兩個男人，「那你們是要來做什麼的？」

矮個兒一樣抵著電梯，壯哥脖子一歪，手插著褲袋跨一步擋在了電梯前。

「就問一句實話，你們去吉祥街做什麼？」

「外送啊！你是哪個字聽不懂？」小蛙暗自握拳，「管太寬了吧！」

「幹！還敢騙老子！」壯哥驀地咆哮起來，「根本不可能有人會叫外送！」

「你是住一起嗎？人家就是叫拉麵了，走廊上還有垃圾袋臭酸成那樣是沒聞到喔！」汪聿芃輕輕推開康晉翊，逕自往前來到壯哥面前，「好啦，借過，我們要找——」

啪！壯哥大掌竟不客氣的直接使勁推了汪聿芃！

力道大到她一路後退差點撞上客戶家的門，是童胤恒上前擋在她身後，只是壯哥這麼一動手，直接點燃了易爆的氣氛！

「你動什麼手！」小蛙二話不說掄拳就揍了下去！

壯哥不只比小蛙還高，重點是身材非常壯碩，他輕易的撇頭閃過小蛙的拳頭，甚至瞬間俯身繞個彎，巨大的拳頭趁隙重擊小蛙的腎臟。

「啊！」小蛙痛得往矮個子那邊倒去，矮個兒這背靠電梯門卡著，一邊則輕而易舉的抓過小蛙，右手不知道那兒就祭出了亮晃晃的刀子，勾住小蛙！

「刀子！」康晉翊才要趨前，看見刀子就嚇得止步了。

小蛙狼狽的曲著腳被人緊揪著頭髮，矮個兒右手的刀子就在他頸間比劃。

「現在年輕人真是越來越不誠實了，外送？拉麵？這種謊話都編得出來，你就當我們是白痴嗎！」矮個兒也跟著露出凶惡的眼神咆哮，「你告訴我——死人要怎麼叫外送？」

死人。

康晉翊眼底流露的恐懼不是爲了流氓的驚人之語，他怕的是矮個兒手上的刀子，但剛剛那席話依然令人難掩激動，他眼尾悄悄瞟向童胤恒，他在震驚之餘，也得到了答案。

死人，眞的不會叫外送嗎？

「他們還在打麻將，所以肚子餓會叫拉麵……」童胤恒無法隱藏自內心湧出的笑容，「我的天哪！眞的是都市傳說……他們不知道自己已經死了！他們眞的以爲自己還活著！」

情不自禁的看向其他同學，汪聿芃一雙眼亮比燦星，咧開了嘴，「所以會有不同人來開門，他們繼續打麻將跟吃飯……天哪！」

「這跟都市傳說一模一樣！但是因爲空間的關係，所以他們重複著過一樣的日子，童子軍你才會一直聽見類似的話在循環！」康晋翊用力握拳低喊著YES，「簡子芸如果在的話，應該也會尖叫的。」

壯漢們被搞糊塗了。

他們不由得錯愕的看著眼前三個學生，他們簡直逼近了欣喜若狂……這有違人的正常反應啊，一旦聽見那邊有死人，都不可能會開心成這樣的啊！

唯有在刀下的小蛙實在笑不出來，這些人……如果他沒在刀下可能也會有幾絲興奮，但問題是現在刀子是架在他頸子上啊！而且，只有那戶拉麵戶嗎？他想知道的是方喬呢？

「他們死多久了？」康晋翊激動的問，「你們知道什麼時候死的嗎？」

流氓們答不出來，或是他們不知道該怎麼答，這些學生……是腦子有病嗎？

「聽不懂嗎？人已經死了怎麼可能會叫拉麵，你們現在在亂哪齣!?」壯哥忍

無可忍的咆哮著，聲音在狹窄的走廊上傳著迴音。

「千眞萬確啊，大哥，你有聽過都市傳說嗎？他們死了卻以爲自己還沒死，繼續打麻將、叫外賣。」汪聿芃興奮的開始摸口袋，壯哥倏地也抄出了刀子，「我沒有武器啦，我只是要給你看我的紀念物！」

餘音未落，汪聿芃從口袋裡拿出了跟店長要回的夾鏈袋，裡面是她外送那杯手搖杯的「百元鈔」。

黃色的冥紙，不管折成什麼形狀都不會有人認不出。

「幹！」矮個子怒吼，「裝神弄鬼！」

「是眞的！我同事送過，我也送了一次，我們拿到的錢在午夜過後都變成冥紙。」刀下的小蛙緩緩說著，「這個都市傳說本來就是死人叫外賣，我們沒有人說謊。」

「閉嘴啦！你們……這群學生有病啊！大哥！」矮個兒其實動搖了，語調裡帶著慌張。

童胤恒在他們談話時巧妙的把汪聿芃移到身後去，他一直專注的看著他們的刀子。

「我比較想知道的是，爲什麼你們知道他們已經死了？」童胤恒平緩的問著，「小蛙去送麵時就說有人偷窺了，那是快兩星期前的事了，連當事者都不知道自己死亡，你們隔壁鄰居卻知道？」

「知道卻沒有報警不是更怪嗎？」汪聿芃早就趁機把強力ＬＥＤ手電筒拿出來了，就藏在身後，「顧著偷窺誰到三樓，甚至跟蹤我們……人該不會是你們殺的吧？」

童胤恒暗在心裡深呼吸，妳說得太快了，汪聿芃，大家都知道他們殺的，但不要直接當凶手的面說出來啊！

「小蛙！」汪聿芃突然把手電筒朝矮個兒眼睛照去，童胤恒機警的閃開不擋住她的動作。

而這角度其實連小蛙都會一直刺眼都睜不開，但至少他知道要直接掙開矮個兒，先往地板趴下就是了。

磅！大地突然震動，措手不及的康晉翊還因此拐了腳不穩的蹲下，童胤恒跟汪聿芃都只是失去平衡感的踉蹌兩步，驚惶的環顧四周——地震？

「這聲音……」童胤恒倒是一點都不陌生，這隆隆巨響就在耳畔，是之前他聽見的聲音！「地鳴……不，好像是什麼東西在移動！」

「哇……」卡在電梯的矮個兒感覺搖晃得更嚴重，畢竟他右半身是踩在電梯裡的，而電梯就只是繩索吊著的箱子罷了，「是為什麼——」

唰——一切只在須臾剎那間，矮個兒卡著的那座電梯，就這麼活生生的自汪

聿芃等人眼前，自右向左邊移動，一整塊消失！

單膝跪在地上的小蛙及一樣背對著的壯哥只感受後面像是有人拿水管噴濺水，噗嘩聲後是大片的血花四濺，矮個兒左半身的手甚至朝康晉翊飛去，自他頭上越過，撞上後頭牆面再落下。

事情發生得太快，汪聿芃連眼睛都來不及眨，只看到鮮血噴出，那傢伙的左手噴飛，左半身與腳都落在小蛙左側。

右邊……不見了。

「你看見了嗎？」康晉翊呆愣的問著，他也是兩眼發直，「那好像是什麼機關……有一面牆把電梯那塊推過去……」

他們都看見了，現在眼前正面白牆上幾乎沒有血跡，那道牆像是本來就存在在那兒，只是把電梯推走而已……力道大了點，所以把矮個兒的身體削掉或是壓爛……

壯哥早已回頭，他完全呆住，看著剩下左半塊的兄弟跟落在地上的腸子，剛剛就在他身後的電梯已經消失無蹤，取而代之的是一面結實的牆。

「這是屋子在移動的聲音……或是牆壁挪移！」童胤恒穩住重心，倏地往在身後的客戶家門看，「對！沉重轟隆聲，這裡的牆、住戶或是走廊是會移動的！我之前跟你們說聽見的雜音就是這個！」

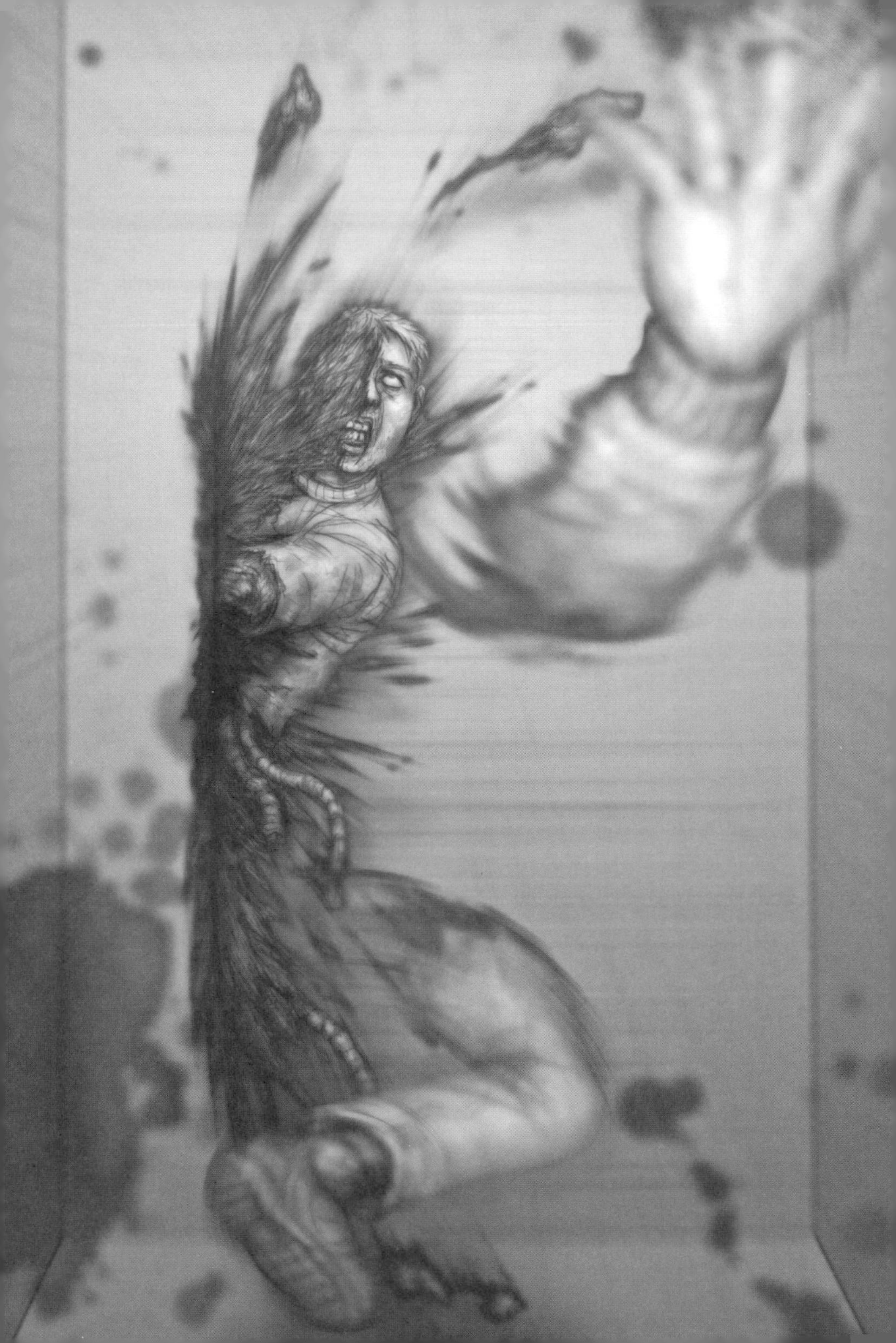

他一掌拍在該是譚宅的門處，但現在卻完全沒有敲擊聲。

因爲剛剛門的位子不知何時變成白牆，什麼譚宅已經不復存在，汪聿芃緊張的看著這樣錯位，牆的位子變成了門、門的位子變成了牆，他們身後的住戶在他們慌亂於地震時也更動過了嗎？

「我的天……」康晉翊就近跑到旁邊的住戶看去，「325986號……三十二萬號……」

一轉眼，只是五秒光景地震後，他們依然在一公尺寬的走廊上，整條走廊觸目所及依然沒有任何岔路，原本的電梯的位子變成了牆，而他們從一千多號，來到了三十二萬號。

趴著的小蛙看著左邊的斷肢殘臂，看著自己髮絲滴下的紅血，他後腦杓一片濕，但是他現在非常慶幸不是自己的血。

「十分鐘。」他站了起來，「剛好十分鐘，警衛提醒我們的時間。」

他們站在徹頭徹尾的白色世界，紅衣黑領制服異常顯眼，四個人站在前無古人後無來者的走廊上，連該往哪裡都不知道。

「啊啊啊啊——」壯哥終於回神，得到的是歇斯底里的吼叫聲，「這是怎麼回事!?我兄弟呢？平仔！」

壯哥右手仍握著折刀，他衝上前就想揪過康晉翊的衣領。

小蛙趕緊先出腳橫向踹他，叫他失去重心的在接觸到康晉翊前便摔倒在地，他驚愕得幾乎動彈不得，沒有邏輯能解釋他剛剛看到的一切。

抬頭看向康晉翊的眼裡泛著紅，還有些閃閃發光。

「歡迎來到都市傳說。」

第九章
物換星移

沒有電梯！沒有樓梯！

除了壯哥外，其他四個人兩兩一組，他們歷經過兩個十分鐘的平安無事後，鼓起勇氣分別往走廊另一頭狂奔，尋找可能的出口，約定好每九分鐘回到原點集合，就怕變動會使大家分散。

身爲短跑選手的汪聿芃衝得最快，她在有限時間內跑得最遠，雙頭都奔跑過，只有增加或減少的數字，沒有任何出入口，連一扇窗都沒有。

「記得消失的房間嗎？以前學長們在春訓時遇到的東西？也是有空間移動的經歷。」康晉翊憶起過去都市傳說社遇到的事，「那種移動甚至還包括了時空。」

「記得，但這裡是地板、牆，或是各宅在移動。」童胤恒看著身後的住戶，「像積木一樣，也說不定住戶這邊是一整條的移動，只是往前或往後。」

小蛙低垂著頭，備受煎熬，「這樣我找得到小胖嗎？說不定他根本沒在二十六樓啊！」

這點其實剛剛大家都想到了，只是沒敢跟他說。

「他媽的這到底怎麼回事？」壯哥的氣燄依舊極盛，「這是什麼鬼地方!?快點讓我出去！」

「有本事你找路啊！」童胤恒挺討厭他的，「從剛剛就只會坐在地上，幫忙

很難嗎？我看你也沒有很想出去嘛！」

「幹！你們要找啊！要不是你們，我會在這裡嗎！」壯哥氣急敗壞的怒吼，眼看著又要動手，童胤恒直接一掌接下他的拳，「你敢反抗！你敢——」

「閉嘴啦！」小蛙涼涼的說，「大哥，你一對四喔！自己想清楚吧！」

壯哥皺眉，看著圍成一個圓的學生，他當然也知道一對四，緩緩收回拳，他到現在還無法接受現實。

「你就別想太多了，首先我們要找到電梯或樓梯吧。」汪聿芃指向了左手邊，「號碼是往我那邊遞減的，如果我們可以走到一號的話，說不定盡頭就有電梯。」

一號……童胤恒做了個痛苦的深呼吸，瞥了眼身旁的住戶，「妳知道我們現在在三十二萬號嗎？」

三十二萬戶，那是要走到什麼時候啊？

「盡頭呢？」康晉翊看向另一邊，「會不會其實只有三十三萬？我們走一段路就可以到鏡頭了？」

「萬一是一百萬呢？」汪聿芃聳聳肩，她也只是推測。

一百萬號！小蛙想得頭都痛了。

「別忘了電梯也會移動！」童胤恒還是抱持樂觀，「說不定我們走一走，電梯會突然出現！」

喔喔喔喔，這個好！眾人莫不亮了雙眼，如果有電梯的話，至少有個出入口。

「有電梯就能出去嗎？」康晉翊依然憂心，「電梯移動，但不一定能坐到樓下。」

「有總比沒有好，我暫時不想想那麼多。」小蛙嘿唷的起身，「我剛想過，移動是左右的，這樣說不定會與其他棟連通……你懂的，社區不同，但記得建築物是黏在一起的，如果一直往這邊推進……」

「說不定有機會找到吳銘棒！」汪聿芃也很奇怪的信心十足。

童胤恒默然的避開眼神，事實上吳銘棒打給店長那時……他聽見了，他們的對話他聽得一清二楚。

但從那通電話後，他耳邊聽見的只有這些牆的移動聲，和另一組新的哭喊聲，卻再也沒聽見吳銘棒的聲音。

「好！走了走了！」小蛙擊著掌，故作振作，「坐在這裡廢不是辦法！」

汪聿芃將背包揹妥，外送箱帶依然斜揹在身上，這裡沒有男生會說幫妳揹之類的話，因爲她是運動員，跟柔弱扯不上關係啊！

壯哥也站起來，他沒有落單的意思，都是這群混小子，害得他落到現在這個

地步。

而且……他在口袋裡的手始終握著折刀，他們原本就是要來解決這些學生的。

現在他們明確知道他們殺了人，就更不該留活口了。

小心翼翼的環顧這天殺的環境，平仔的死狀他一輩子都忘不了，不過如果巧妙利用的話……走在最後的壯哥冷冷抽著嘴角，說不定可以很容易的解決這些學生。

這裡，沒有監視器不是嗎！

大家決定往可能是一號的方向前進，不想去思考三十二萬號走到一號的距離，康晉翊跟小蛙走前面，童胤恒跟汪聿芃走中間，壯哥走在最後面……雖然這令人提心吊膽，就怕背後有人捅刀，但壯哥是不可能走在前面的。

一路往前走，只會看到毫無變化的門與門牌，基本上如果把門牌拿掉，這裡就像是建築物沙漠或是青墓原，一樣的牆一樣的門，找不到任何特殊的景致。

「好安靜喔。」汪聿芃覺得悶，揚聲說著，「你們說住戶會不會知道我們在這裡啊？」

「嗄？」走在左側的童胤恒佩服她現在還在想這個，「誰會知道？」

「可以敲敲門嗎？我們是外送啊，外送員送食物來囉！」她前面一句還在自言自語，下一句就扯開嗓門了，「哈囉，外送喔！好吃的炸雞喔！誰叫外送啊！」

汪聿芃！前頭的康晉翊跟小蛙嚇得止步回頭，童胤恒直想摀住她的嘴叫她不要再喊了。

但是就這麼高分貝的喊叫，壯哥回首，似乎沒有動靜啊。

「沒用啊！」汪聿芃一臉失望，「看來要真的有叫外送的才會開門吧！」

「我說汪聿芃啊，妳現在又在想什麼？妳就不怕這樣喊會出什麼事嗎？」康晉翊覺得心臟好累。

「有人能開門就更好了啊！住戶要離開這裡怎麼辦？他們一輩子都關在裡面嗎？要下樓總要有電梯吧？」汪聿芃嘟囔著，「就不能有人好心幫我們弄部電梯嗎？」

是啊，這麼多住戶……就真的沒一個人開門嗎？就算這裡是另一個世界，也總是有正常人吧？剛剛那客人就很正常啊！

隆……又是一陣震動，康晉翊最先軟腳。

「來了！大家聚在一起！」他趕緊大喊！

四個人即刻緊緊牽握並且蹲下身子，瞪大眼睛觀察著每一座牆面的移動，但這次速度好快，每個人都能看到一角而已，康晉翊指尖觸著地板，確定只能感覺到振動，童胤恒留意著身邊的牆，卻因爲一片白而根本不能確認有沒有移動，來不及盯住門牌之際，地震已停止了。

轟……叩，但那巨響依然緩緩從牆裡或是天花板裡傳來，彷彿在這走廊內部有著許多機關，依然在運轉著，叩……隆……隆……

壯哥自然是抓住汪聿芃的背包不放，他早決定賴在一起。

地震一停，汪聿芃瞬間跳起想查看，卻因爲背包上的重量讓她一站起又跌坐，「啊！」

「急什麼！」壯哥還怪她，鬆手時狠推了她一把。

哇……原本向後跌的汪聿芃還沒落地前就被往前推，結果癱在地上扭曲成奇怪的姿勢。

「你不許再對她動手！」童胤恒亦不客氣的推了壯哥一把，「憑什麼動手動腳！」

「就只是抓一下背包叫三小！」壯哥低吼，及時用手撐住地面，「你敢推我？」

「爲什麼不敢！」童胤恒嫌惡的攙扶汪聿芃，低聲問她有沒有事。

汪聿芃無奈的嘆著氣，小小聲的附耳，「我討厭他。」

「嗯。」

「喂……喂！」康晉翊瞠目結舌的看著旁邊的門牌號碼，「我們現在在一萬多號耶！」

什麼！大家紛紛跳起，不可思議的看著兩邊的住戶，他們真的到了一萬多號！

「總比幾十萬強啊！」童胤恒喜出望外，「雖然還抓不準規律，但是至少是個希望！」

「那走快一點！」康晉翊吆喝著，幾乎疾走起來。

小蛙也難掩興奮，想著一次移動幾十萬號就很開心，汪聿芃倒是不以為然，大家都忘記一開始外送的地址只有一千多號啊，他們還是很遠很遠的。

「吳銘棒——」不知從什麼時候開始，小蛙開始呼喚吳銘棒的名字了，「吳銘棒聽得見嗎？」

他的呼喚只會在走廊裡傳著，壯哥不爽的皺著眉，心底不能否認這種呼喊只是讓他更毛，不只擔心兩旁的門內有些什麼，更想著這群學生外送拉麵給那戶人家……到底誰叫拉麵的？

什麼叫明明已經死了，卻以為自己還活著？但他們每次窺探，學生都沒有進屋，如此他們又是怎麼知道那一群他們的確正在打麻將……他到現在還記得桌上的麻將是金色的，混著金沙。

愉悅的氣氛漸漸平靜下來，因爲大家走得再快，也才走完一千號而已。

「喂，這裡面還有吃的嗎？」壯哥突然粗暴的扯汪聿芃斜揹的袋子，「我肚子餓了！」

「哇啊啊！」汪聿芃整個人被向後扯，滑步往後，「你幹嘛啦！」

童胤恒回身一拳就尻下去，尻得壯哥措手不及，小蛙也倏地掠過汪聿芃身邊，突然跳撲上去就朝壯哥一陣亂打。

「殺人！揍人！你這混帳！」一陣亂拳，讓壯哥只能曲起手臂暫護住臉龐。

康晉翊懶得勸阻，他趨前問汪聿芃有沒有事，她扯著背帶搖頭，然後留意到社長手上的手機。

「能通嗎？」她有點期待。

「沒辦法，死機。」康晉翊心裡也是存有一絲希望，想著吳銘棒既然有機會打給店長的話，或許或有某個瞬間與外面相通。

「啊啊！」壯哥驀地大吼，起身撞倒小蛙，下一瞬間刀子就出手了。

童胤恒滑步上前揪住小蛙的衣領向後拖，以一寸之差閃過了刀割臉頰的危機。

「不許動！」壯哥揮舞著刀子，「再秋啊！再秋啊！敢打我？呸！」

一口血和著口水，直接啐到了小蛙臉上！

小蛙氣得想再往前，卻硬被童胤恒壓下了！身爲籃球選手的他，臂力一點都不弱，小蛙吃疼的感受到肩上的痛楚，他被掐住到連施展都有問題。

「有刀才是老大！搞清楚，武力才是一切！」壯哥抹了抹臉上的血，「那個女的！把食物拿過來！」

汪聿芃皺著眉，她心底實在千百萬個不願意，但偏偏這個大哥說得對，武力似乎決定了一切，武力與權力有時是畫上等號的。

「好吧！」她回得很勉強，「大哥，但是你不能全吃吧，薯條跟雞塊可以給我們四個分嗎？」

壯哥倒是只猶豫了兩秒就點頭，「大家都要吃！」

在這瞬間康晉翊意識到壯哥雖然是殺人犯，也沒有在客氣的，但是並不是絕對的惡啊……

「那我們坐下來吃吧，反正這裡也沒有人會經過……」康晉翊微笑著上前，極爲客氣，「大家剛剛都是誤會，找路重要，是不是就先暫時沒事了？」

童胤恒手又掐了小蛙一下，他咬著牙點頭……靠夭！他怎麼覺得童胤恒的威脅感比較重啊！

四人圍著圈席地而坐，壯哥點了根菸，汪聿芃把箱子裡多餘的餐點拿出來，拆開保溫袋；美味外送的保溫袋算是多功能，材質是厚的鋁箔墊，將周邊的拉鍊

拉開後就能變成一張地墊。

她這時突然好感謝那個想要訛她一百元的阿姨喔，因爲她點超多的餐，所以現在他們才有東西吃；當然，她不會說出背上的背包裡還有些什麼。

「這裡還有誰叫外送啊？」小蛙塞入薯條時終於意識到，「這麼大份餐點居然沒送？」

「有奧客說她沒錢，要我幫她付一百，黃任欣就說這單取消，我本來要送回店裡的。」她聳了肩。

「要妳付一百？」壯哥粗嘎的開口了，「沒錢是屁話啦，叫外送不付錢，根本是故意的！」

「……嗯啊。」汪聿芃點點頭，他講話好凶喔。

「多得很，還有說我們服務不好，叫我們全付的。」小蛙冷冷笑著，「我上次還遇到自己叫錯飲料，朝我潑可樂的咧！」

「幹！這種人就是欠教訓！」壯哥咬下炸雞，「揍一頓就知道乖了。」

「很想啊，但我還想要這份工作！」小蛙沒好氣的扯著嘴角，看著壯哥握炸雞的手上，依然握著那把銳利的折刀。

刀光閃閃，總是令人心驚膽顫。

「這種很煩的，要送回原本的店家，還要紀錄，浪費外送員的時間、精力，這些餐最後搞不好還是丟掉。」童胤恒嘆息著，「所以我眞的支持綁定支付，這樣就不會有這種賴帳的可能性。」

「可、是、啊……」汪聿芃用輕快的語氣說著，「要不是那個阿姨要坑我，我們現在怎麼能坐在這邊野餐呢！」

愉快的堆滿微笑，她咬了一大口雞塊。

呃……其他四位男性實在笑不出來，野餐咧，她眞以爲是來玩的嗎？

「這樣如果能出去，還得去感謝她！」康晉翊忍俊不住，「妳怎麼就不會怕呢？」

「怕！爲什麼不怕！我很怕啊，怕不知道怎麼出去，怕大哥的折刀，又怕變成剛剛那個人那樣。」汪聿芃不解的蹙眉，「但我們不是在討論餐點嗎，我們在這裡四小時了，晚餐又沒吃，應該要好好感謝那個阿姨啊！」

呃……壯哥開始認眞打量汪聿芃，他瞥向小蛙，那是一種：「這女的是怎樣」的眼神。

「好好，塞翁失馬，焉知非福。」童胤恒苦笑一抹，高舉起薯條，「說得有理，感謝阿姨。」

康晉翊跟小蛙終於還是笑了出來，一人也拿根薯條向天，「感謝阿姨！」

「肖仔！」壯哥搖搖頭，根本沒理他們。

席間的壯哥變得比較可親近，康晉翊開始技巧性的跟他套關係，如果能讓氣氛和諧，至少不要在面對都市傳說的同時，還得面對生命危險，說實在的，連都市傳說都比人類感覺和藹可親多了。

「剛剛那個是小弟嗎？」童胤恒也加入計劃，「那個矮個子。」

「嗯，我兄弟平仔，我們一起混十年了。」提起矮個兒，壯哥就一臉悲傷。「他是不聰明，但是做事很認眞，跟著我……什麼都做！怎麼就……就……」

「大哥很講義氣，我相信你很照顧小弟們的。」康晉翊低垂眼眸，「看起來不像那麼壞的人……」

「嗄？他殺人耶！」

怕人聽不到似的，就坐在大哥旁邊的汪聿芃分貝超高，用不可思議的口吻外加左手食指，直接大喇喇的比向他。

哇啊啊啊啊……所有人在內心發出慘叫，童胤恒更是直接採取蹲姿，已經隨時準備要保護她，就怕壯哥驟然出手——

「哼哼……哈哈哈……哈哈哈哈哈！」

不過壯哥卻只是笑，他先是低低的笑著，接著又從冷笑到了狂笑，笑到一種很浮誇的境界，整條走廊充斥著他的狂笑聲。

「小女生啊，如果可以過正常日子，誰要過這種生活！」壯哥冷哼著，「每個人都有自己的不得已啊！」

汪聿芃向左歪著頭看向他，「殺人也是不得已嗎？不得已就可以殺人嗎？」

「汪聿芃！」有別於斜對面的童胤恒，小蛙可沒好聲好氣，坐在右邊的他粗魯的扯了她的右臂。

「噢喔！」她忿忿的轉向右邊，「會痛耶！」

「口無遮攔耶妳！」這什麼地方什麼環境，壯哥右手那是刀耶！她就坐人家右手邊還講得這麼直白！

「問問啊！我不懂這邏輯。」她是認眞的在問問題，因爲生活上的不得已，所以壯哥他們就可以把別人殺掉嗎？

壯哥從鼻子裡冷哼，童胤恒連把對面的她移動都不敢，康晉翊覺得自己只是盤坐在地上，卻有種緊張到全身虛脫的感覺，拇指指甲扣著肉，才能壓下無法克制的顫抖。

汪聿芃啊！妳這傢伙簡直比都市傳說還可怕！

小蛙喝著可樂，其實他每個細胞從開始就繃著，拼命的叫自己不要問不要問，可是汪聿芃就這樣直接出口，壯哥似乎也沒在意，但是——

「對面的那個女生，你對她怎麼了嗎？」

咦？童胤恒跟康晉翊眼珠都快瞪出來了，還來！？小蛙不是剛剛才叫汪聿芃閉

嘴嗎？他現在插什麼花啊!?

「對面哪個女生？」壯哥突地坐直身子，童胤恒緊張了一下，結果他只是為了沾蜂蜜芥末醬。

「打麻將那間對面，住著一個女生。」

簡子芸發現的，方喬門口那凌亂的足印，門框上曾有指甲的抓痕，蒙塵的鞋架，搬家卻依然放著的鞋子們，久未出現的女孩，以及……不存在的巷子。

他在一樣雪白的樓層裡見到方喬，這代表什麼？

壯哥的眼神瞬間轉冷，用力吸了口菸，還夾帶了幾絲殺氣，那種殘酷是從眼神就能分辨出來的，康晉翊佯裝若無其事的改變了坐姿，方便等等逃難用。

「這就是你去吉祥街的主因啊……」壯哥吐出了煙圈。

「不，眞的是外送，只是對面那個女的也常叫外送，那層樓我常去。」小蛙迎視著壯哥，「所以那個女的，怎麼了？」

壯哥扯著嘴角，把菸朝紙盒裡捻熄，一臉平靜，「只能算她倒楣了。」

算她倒楣了？

那個女生果然也出事了，汪聿芃詫異的看著壯哥，可是小蛙還是有送出她叫的全家炸雞餐啊！所以又是一個不知道自己已死的情況嗎？跟拉麵戶一樣？

童胤恒倒是不意外，康晉翊更是早就想到了，從小蛙說在不存在的巷子裡送餐開始，他就覺得不是那位女生出了事，就是小蛙一開始遇到的就不是正常人。

「是什麼事，你連無辜的人都下得了手？」小蛙立刻把可樂杯往壯哥砸過去，「啊啊啊——」

哇！汪聿芃被飛過的可樂照樣弄得一身，她直覺的往後閃身，誰叫她右邊的小蛙要撲向左邊的壯哥咧！當初她卡中間就是怕他們一觸即發啊，根本沒用！

壯哥的折刀不客氣的朝小蛙捅去，但小蛙挺厲害的在撲上去前拿了自己的背包擋住，右拳狠狠的往壯哥臉上搥，童胤恒趕緊趴過來拉過汪聿芃，還不遠離戰場！

康晉翊把地上的東西往旁撤離，該拿的東西上肩，而小蛙跟壯哥移往左邊扭打而去，小蛙用力壓制壯哥的右手，試圖逼他繳械，但壯哥氣力可不小。

「不要離他們太遠，萬一又移動就糟了！」康晉翊推著大家往小蛙那邊靠近，「我們得在一起。」

「這樣打下去不行啦！去幫忙好了！」汪聿芃往地上找，最後選擇抽起自己的水瓶。

「等等等……汪聿芃！」童胤恒拉住她的手，「妳急什麼啊，這種事也是我們來好嗎！」

康晉翊彎身拾起沒倒盡的胡椒粉，「我承認我弱雞，我當後備行嗎？」

童胤恒沒出聲，恰好局勢扭轉，小蛙被壓在壯哥身下，壯哥正用刀柄狠狠的往他額骨上砸去，而童胤恒冷不防的自左方撲向了壯哥，兩個人扭向更遠之處！

喀嗟！清楚的開門聲突然傳來，康晉翊倏地回首，在遙遠的地方，看見有扇門開了！

簡直令人難以相信，有兩個人從右手邊其中一戶走出來了！

「啊啊……對不起！您好！」康晉翊扯開了嗓子。

走出來的住戶果然錯愕的回首看向他們，在這同時汪聿芃親眼看到明明遠到沒有盡頭的走廊上，就在那住戶前方不遠處，突然橫向插進了一堵雪白的牆，咻咻咻地直到出現電梯而停下。

住戶要出門了！所以電梯出現了！

康晉翊在瞬間懂了，這幾十萬戶的住戶，電梯只在需要時出現，這就是爲什麼外送時警衛要問號碼，電梯門一開就會是要外送的客戶家！

「請等我們一下，我們要出去！」康晉翊焦急的往前喊著，「我們走了很久一直找不到電梯！」

距離太遠根本看不清住戶的表情，但是他們沒有停下，而是掉頭就走！

「啊啊……喂！電梯！」汪聿芃焦急的朝著還在打架的人喊著，「有電梯啊，別打了！」

童胤恒才剛跟壯哥分開，他位在最遠處，呈彎姿隻手撐住地面，聽見汪聿芃的叫聲，也驚覺到遠處那不知何時出現的電梯！

「請等等我們！」康晉翊焦急忙慌的收東西，「拜託你們幫幫我們，我們只是要下樓而已！」

緊接著突然喀噠喀噠，一聲接著一聲，延伸整條走廊居然左右兩邊的門都開了，紛紛探出好奇的住戶們。

壯哥抹著血，踉蹌的站起，趕緊要抓過地上的包包，路過小蛙旁時還踹了他一腳。

「啊啊！」小蛙殺紅了眼似的，抱住壯哥的腳迫使他跌倒。

「不要再打了！」童胤恒看著又打在一起的兩個人，無奈的往前大吼，「汪聿芃！跑！妳先去！」

跑啊！身爲短跑選手，這距離不過近兩百公尺，以她的爆發力是沒問題的吧！

汪聿芃沒有遲疑，背包一揹妥，直接如箭矢般往前衝去！但要搭電梯的住戶回頭一見，卻像嚇到般，竟然加快了腳步！

「等一下啊！喂！讓我們搭電梯啊！」汪聿芃情急的大喊，「我、我是火車好朋友耶！」

瞬間，所有前方看熱鬧住戶倒抽一口氣的聲音同時傳來，連要出門的住戶都倏而回頭用一種驚恐的眼神看向他們，緊接著是同步迅速關門落鎖的聲音，而那住戶竟然也開始邁向前方奔跑！

什麼啊……夏天學長，你人緣也太差了吧！

爲什麼她報出火車好朋友，大家反而跑更快了？

轟咚！康晉翊往前一滑，地震又開始了！

「地震！你們快點啊！再打誰都別走了！」康晉翊轉身就開始跑了，「童子軍！走！」

刀子逼近小蛙的頸部，他用手擋著壯哥的刀，對一個已經殺了六個人……七個人來說的他，再多殺一個根本不成問題！童胤恒直接從壯哥右邊衝，一腳就往壯哥的頭踹去！

「哇！」這一踹不只壯哥翻滾，刀子飛出，連童胤恒也跟著不穩得四腳朝天。

摔在地上的他，可以感受到這次的地震好大，地板移動得好快速，天花板……還有這轟隆聲不只是近，移動的區塊比剛剛的規模大多了！

「小蛙！走！」

童胤恒立即跳起身，抄起地上的折刀，拔腿狂奔！但他才跑兩步，壯哥就伸手拉住他的褲子，這讓小蛙緊接著再撲上壯哥背後，扯掉他拉住童胤恒的右手。

住戶來到電梯前，按下電梯鈕，康晉翊只能眼睜睜看著電梯門開啓，他是跑不到了，不可能跑到！而汪聿芃已經近在咫尺，她回頭看著同學們，卻發現爲什麼距離這麼遠！

「童胤恒！」她緩下腳步，這太遠了。

「走！走啊！」童胤恒大喊著，他奔過了康晉翊，看著移動的住戶牆、移動的天花板、地板，還有突然從前方、自左邊橫向出來的牆——「走！」

他右手向後拉遠，緊接著使勁的抛出了手上的刀——

住戶已進入透明門的電梯，面無表情的把電梯關上，汪聿芃只差一點點就可以碰到電梯鈕了，她就只是——磅！電梯瞬間往下消失，新的白牆取而代之，一柄刀擊上她右側的牆面，鏗鏘聲響，削下了牆上一點白漆，反彈落地。

汪聿芃煞車不及直接撞上了牆，她及時側身讓手臂承受撞擊並護住頭部，但整個人還是疼得要命，反而向後摔上了地，滾了個四腳朝天。

「啊啊……」咬著牙撐起身子，她左半身撞得好麻，眼前該是電梯的地方，此時卻變成一道牆，「等我們一下！」

不管怎麼搥，都是一堵實心的牆面。

「爲什麼不幫我們？」

她無力的低下頭，微喘著氣，才留意到爲什麼這麼安靜……童胤恒他們的腳步聲呢？搭不到也該往這裡跑吧？

她緩緩回頭，看見的……卻是另一堵牆。

她的身後沒有不見盡頭的走廊，童胤恒、康晉翊、小蛙或是壯哥，任何一戶人家都沒有。

新走廊開在剛剛電梯位置的右手邊，她現在就站在新走廊的末端，三面都是牆的，一公尺平方寬的地區！

「童胤恒？」她回身搥著牆，「不要開玩笑了！康晉翊！小蛙！童胤恒！童胤恒——」

擲出刀子後，童胤恒整個人往前仆倒，他也懶得再掙扎，只是等待地震的停止，這次地震太大，連走路都走不穩……瞧瞧，原本的走廊都硬生生被切斷了，他撐起身子，看著五公尺遠前方的新牆面，已經不知道該有什麼情緒了。

康晉翊氣喘吁吁，上氣不接下氣的跪坐在地，他也剛爬起來，就在童子軍掠過他不久後，他就滑跤了，腦袋一片空白不知道該思考什麼，只能聽著像地鳴的轟隆聲，直到一切平靜。

抬起頭時，童胤恒已經站起來了，他回身朝他走來。

「還好嗎？」他朝康晉翊伸出手，一骨碌拉他起來。

看著眼前的牆，牆面移動時他看得見，並不意外。

「汪聿芃……她被隔在那邊了。」康晉翊擰著眉，「她會沒事吧？」

「火車好朋友……我希望她不要再搬這個出來，好像沒有很通用。」童胤恒嘆了口氣，「沒辦法管她了，先管管我們自己。」

「啊！小蛙！」康晉翊趕緊回身，卻瞬間傻住。

他們身後，沒有小蛙、沒有壯哥，也沒有長廊了。

那沒有終點的長廊被約莫十戶人家的短廊取代，接著明顯的有條往右的岔路，放眼望去唯一熟悉的，是地上用畢的餐點，還有外送箱袋。

「天哪……他們離我們這麼遠嗎？」康晉翊簡直傻眼，「兩個都在那扇牆後？」

「差不多，我們跑了好一段路。」童胤恒開始喘著，不是因為剛剛的奔跑，而是因為這突發狀況，「他們又繼續扭打，說不定離我們更遠。」

大家被拆開了，沒有人知道各別的狀況，一堵牆便能隔絕了一切。

康晉翊嚥了口口水，終究還是難敵腳軟的蹲下身，他需要一點時間平復，汪聿芃在前面、小蛙在後面，而且小蛙還跟那個男的在一起。

「叮叮。」

口袋裡的手機突然傳來訊息聲。

什麼？童胤恒立刻看向他，康晉翊則飛快的抽出手機，看見的訊號出現兩格——手機通了！

下一秒即刻來電，是簡子芸！

『喂？康晉翊！謝天謝地，終於打……』

「找出口！這就是都市傳說！帶我們出去！」康晉翊劈頭就大喊，「別忘了這是都……」

他沒喊完，突然喘著氣住聲，畫面已顯示斷訊，一如他所預料。

「斷訊了？」童胤恒焦急的問。

「從那個小胖打給店長開始，我就在猜他能打幹嘛拖到十天後，應該是在某個瞬間訊號才會滿格。」康晉翊凝視著手機，「不是也沒幾秒嗎，所以那時我就想如果吳銘棒可以講關鍵字的話，他該講些什麼。」

「找出口……」童胤恒像是苦中作樂，「我們連自己怎樣都找不到，她怎麼找？」

「就是我們找不到才要他們找，我跟簡子芸之前研究過學長姐遇到的都市傳說，無論什麼地方，都會有個突破點。」他緊緊的握著手機，「我現在只希望，簡子芸至少聽到了前兩句！」

第十章 一個出口

簡子芸握著手機的手顫抖，整台手機都快掉出手掌了，蔡志友趕緊將她的手機拿起，就怕摔機。

黃任欣趕緊箝住簡子芸的肩膀，「妳要不要坐一下？」

「……打通了，我剛剛眞的打通了！」淚水唰啦地就從簡子芸眼中滑出，「你們都有聽見吧？剛剛那是康晉翊的聲音！」

「有有，聽見了！」蔡志友趕緊安撫她，「但他鬼吼鬼叫的，我聽不懂他在說什麼！」

「找出口！」黃任欣清楚的說著。

雖然還未報案，但是店長已經確認小蛙等人的失蹤，回來的李育龍跟陳國宏也失去了小蛙的座標；發地址的是黃任欣，她當然知道那是詭異的地址，但沒料想他們眞的進去了。

兩小時後，小蛙他們都沒人回來，算是百分之百確定，電話不通、座標未現，但又說好暫時不能報警，不過可以聯繫簡子芸。

於是，十一點半，簡子芸跟蔡志友都抵達了小蛙打工的店家，瞭解來龍去脈，他們不驚不懼，像是已有了心理準備。

店長知道這夜是場硬仗，已經讓李育龍他們去買了宵夜回來，他也不想置身事外，因爲他現在有兩名員工都在那什麼都市傳說裡啊！

叮鈴，玻璃門打開，黃任欣錯愕的看著穿著不同制服的人走進來。

「您好？」店長有點狐疑，那是競爭外送啊。

幾個男孩拎著一大堆吃的，尷尬的站在他們店裡，「那個……我們聽說你們有人去找失蹤的外送員，我們想一起等可以嗎？」

「咦？」李育龍頓時領會，「你們是前幾天不見那個鄭同學的……」

幾個男孩點點頭，「我們買很多飲料跟宵夜來喔！一起吃！」

「你們聽誰說的？」簡子芸比較好奇這一點，「我在社團只有說在調查，但沒有說到今天的事啊！」

蔡志友先是蹙眉，然後喃喃唸著：「不會吧，」接著，「啊！」

簡子芸瞄向他，「蔡、志、友！」

叮鈴，門被男孩們擋住，「借過，喂，借過一下！」

輕快的女聲從大男孩身邊鑽了出來，還一臉匆忙模樣，看著眼前陌生的人後，總算在右手邊瞧見了熟悉的人。

「于欣，」簡子芸搖了搖頭，「不跟妳說，就是不讓妳報導！」

「懂！事情結束後報總可以吧！」于欣，校刊記者，同時也是童胤恒同班同學趕緊跑過來，「我聽蔡志友說時嚇死了，這種事怎麼能不通知一聲？童子軍呢？」

「妳又不是都市傳說社的，我跟妳說幹嘛！」簡子芸對著蔡志友碎念，「你幹嘛講啊？」

「沒說不能講啊……好啦，我知道不該講！」蔡志友很無力，「但這種事悶著很難過耶，尤其妳在社團一發文，她就跑來找我了。」

「呃……好了！大家隨便坐吧，我去搬凳子。」店長尷尬的笑著，「還是我們都到內場去，我辦公室也可以坐。」

最後一通電話進來，正常單，由陳國宏接手。

「我最後一單，還要買什麼嗎？」這是慣例，最後一個人要買宵夜。

黃任欣搖搖頭，這些男孩都買這麼多了，況且她眞的沒什麼心情吃。

「小蛙還沒回來咧，什麼最後一單！」李育龍不客氣的唸著，「等他回來，他得負責帶宵夜給我們吃！」

「啊……」陳國宏鼻子一酸，深呼吸壓下酸楚，「對，還有胖子咧！那傢伙送一張單送有夠久！」

店長肯定的微笑，陳國宏拿著安全帽就往外去了。

所有人移動到內場去，簡子芸借用了辦公室，她暫時需要安靜的環境以釐清思緒。

康晉翊說的是：「找出口，這就是都市傳說，帶我們……」

她只聽見這幾個字，後面變成模糊雜音且中斷，但是卻是事關重大的事……找出口？這就是他們討論過以前的事情，不管什麼空間，誤闖後都是需要一個出口，找到突破點，就能離開。

他們被困住了，跟吳銘棒一樣，在某個地方失蹤，走不出來。

「打不通啊！」于欣直接推門而入，「蔡志友說妳跟康晉翊剛聯繫上，但我打童子軍的就是打不通！」

「手機訊號不是一直有的，可能要時空剛好跟我們這邊的重疊吧……如果這麼容易聯繫，就不會有失蹤的外送人員了。」簡子芸不耐煩的用手指指門，「關上關上！我需要靜一靜。」

「靜什麼？」餘音未落，蔡志友跟著鑽進來，「我關我關。」

唉，簡子芸真的是心浮氣躁，「我要空間跟時間去找突破點、找出口，你們要進來，就不要出聲！」

蔡志友轉了轉眼珠子，與于欣交換眼神，副社長現在急得很呢。

于欣看了手邊的飲料，不理簡子芸的直接擺到她面前！

「越急什麼都想不了，我覺得妳現在應該是深呼吸，吃點甜的，對心情好。」

于欣還幫她插上吸管，硬遞過去，「來，喝一口。」

「唔……」吸管直接往唇邊刺來，簡子芸不得不張嘴喝了幾……可惡，罪惡的珍奶眞的很好喝。

「深呼吸……來……」于欣笑了起來，「眾志成城，我們都在，別急。」

簡子芸默默的嚼著珍珠，眼睛盯著桌上攤開的筆記本，淚水就這麼滴答滴答的落下。蔡志友趕緊找衛生紙要遞過去，于欣卻突然轉過來，朝他搖了搖頭。

現在開始，才是「靜一靜」的時刻。

簡子芸咬著唇，她現在怕的是沒有時間讓她思考啊！康晉翊他們已經不見四小時了！

她趕緊打開筆電，重新檢閱學長姐遇到的都市傳說，總會有那麼一個突破點的存在，學長姐是怎麼發現的？在過去所有外送的都市傳說裡，沒有提到過他們去了哪條巷子，外送之後出什麼事啊！

因爲這根本沒有紀錄……咦？

「都市傳說。」她看著社團的標題：A大「都市傳說社」，「對，這是都市傳說。」

「呃……對，我們都知道不是嗎？」蔡志友小心的開口，「一切都是從外送得到冥紙開始的！」

「是啊！」簡子芸向左看向坐在沙發上的社員，「都市傳說不是不存在的巷子、不是失蹤的外送員，是叫外送卻給冥紙的客人。」

這才是都市傳說！康晉翊說的話是這個意思！「找出口，這是都市傳說！」

「對，我來前做過功課了，不是本來就是這件事嗎？」于欣狐疑的挑了眉，「誰可以告訴我現在在幹嘛？」

「但是現在康晉翊他們是外送而失蹤了，可是他們並沒有去送拉麵，我必須把重心放回來。」簡子芸即刻翻開下一頁，「重新把事件整理好，先後順序，還有所有……」

「那個……」于欣舉起手，「身為校刊社與未來記者的一員，我對我的統整能力還蠻有信心的！」

「妳整理了？」蔡志友才莫名其妙，「妳都沒來社團整理什麼？」

「你們社團臉書有寫啊，而且我還超積極的跟這一帶所有外送工讀生聊了一下……」

喀啦，話都沒講完，簡子芸已經跳起來直接朝她衝過來了！

于欣即刻上繳她的迷你筆記本，雖然本子很小，字跡還算整齊，只是她是條列式，無法一目瞭然……簡子芸左顧右盼，她開始懷念社團裡的白板了。

「外面有塊白板，他們寫班表用的。」蔡志友貼心提醒。

簡子芸轉身疾走而出，向店長徵求同意後，黃任欣協助拍下上面的資訊，李育龍則幫忙擦掉白板；這時陳國宏送餐回來，又外帶了新的宵夜，只怕這夜會很漫長。

「于欣。」簡子芸回眸朝她瞥了眼，筆可不只一支啊。

「就來！」于欣趕緊上前，協助簡子芸劃上時刻表。

一條橫軸在最上方，最右邊的尾端記載康晉翊等人失蹤的時間與地址，再上一個是小蛙送方喬的炸雞餐、再前一個是小蛙送拉麵戶、再往下則是陳國宏送拉麵戶。

這當中在場的其他外送同學紛紛出聲，表示他們也有送過奇怪的地方，簡子芸讓蔡志友負責登記。

「那個我在上星期五也送過炸雞餐。」李育龍咬著蔥抓餅走來，「在陳國宏之前。」

「是特殊地址或巷子嗎？」簡子芸狐疑的問。

「我覺得正常，就是陰森破敗了點，但是是沒去過的地方——小蛙跟我確認過，他覺得那個就是吉祥街的方小姐。」李育龍聳了聳肩，「不同地址，但同一時間、同一種餐、同一個人。」

簡子芸正在思考，李育龍補充說明治安不好、不要回頭還有粗嘎聲的呼喚後，她轉身把李育龍的遭遇寫上去。

「吳銘棒失蹤至今，剛好第十二天。」于欣正在標記日期。

「這件事是突然開始的對吧？之前都沒有這種奇怪的單？」簡子芸回頭問著外送員們。

「沒有，最多就是奧客或亂訂餐！」

「對啊，我之前覺得訂五十杯整我們已經很過分，現在想想好像沒什麼……」

「還有不想付錢還揍人的！」

外送員們你一言我一語的討論起來，這也是另一種都市傳說了。

「所以這是從什麼時候開始的？一定有個開頭吧。」蔡志友知道簡子芸在想什麼，「這樣說的話，第一個遇到怪異事的是李育龍嗎？因為他遇到吉祥街那個方小姐？」

「嗄？但我不是送到吉祥街啊！」李育龍才莫名其妙。

簡子芸看著時間表，突然想起一個人，「不，還有更早的！」

藍筆在靠左邊的地方，標出了「亞倫」兩個字──那個靠北外送的男生，是最早進入五一巷的人啊！

「亞倫是之前在靠北外送寫進入奇特地方，警告大家。」蔡志友回頭補充說明，「結果大家婊他寫創作文。」

下頭幾個工讀生明顯心虛的別過頭，彷彿自己也是酸他的其中一員。

「誰知道會是真的啊！那真的像創作啊！」

「問題是他寫的是眞的嗎？這附近哪有地方長這樣？」

亞倫在靠北外送裡寫的是「昨天」，回推斷日期，是距今第十六天前，他進入了那遠得要命社區。

「寫那個文有時日期不一定對，要不要再確認？」于欣覺得每次查證後，亂寫的機率高達六成。

「他聯繫上我們時怕得要死，就已經用假帳號了，根本不會理我們……但那不重要，就暫時用他發文日的前一天算吧。」

蔡志友上前補上剛剛聽到的怪異事蹟，聽說的不能寫，就已經夠琳瑯滿目了。

簡子芸蹙眉，退後兩步重複看著所有事件，如此推算，至少在亞倫進入五一巷的那一天或之前，發生了什麼讓都市傳說出現的事情吧？雖然總是說都市傳說出現沒有原因、沒有理由，但她總覺得一定有什麼變化，導致這個東西憑空現身。

問題是亞倫去的五一巷根本不存在，線索少到驚人，她根本無從得知更詳細的事，而且跟吉祥街距離超遠！

那個叫拉麵的才是都市傳說，可是沒有關聯啊！

正在苦惱，于欣卻涼涼的越過她面前，在最最左邊劃了記號，書寫上日期、

名字、還有……冥紙？

「外送？這什麼？」蔡志友好奇的先問了。

「我問到的啊，上上星期一，就十七天前有人外送拉麵，對方說不必找，結果那個外送員不想分小費，就拿整數回店裡，千元鈔擱在皮夾裡。」于欣嫣然一笑，「結果隔幾天打開皮夾一看，登愣！」

「變冥紙了？」蔡志友詫異的越過她看向簡子芸，「這件事沒傳開啊！」

現場已經倒抽一口氣，這些外送員慶幸自己沒收到。

「怎麼傳啦！他暗槓錢耶！哪有臉講！」于欣得意的回首挑眉，「這是我線人跟我說的……」

簡子芸皺起眉，可以再繼續演，線人咧。

「好啦，我不是去問外送工讀生，有人知道我在採訪這次的失蹤事件，還跟都市傳說有關，這個人私下找我談的——私下，所以我不會漏露消息者的名字！」于欣再三強調，「他不能確定是不是就是客戶給的那張，因爲他皮夾本來就有許多千元鈔，但是他看到都市傳說社寫的外送後，整個人毛起來，認爲就是都市傳說！」

在亞倫之前就開始了！簡子芸嚥了口口水，「妳有問……地址嗎？」

「有啊！」于欣翻了翻本子，「喔，吉祥街。」

這又是都市傳說！

一切都是吉祥街開始的，已死卻未死的人，該死卻不知道自己已身故的人，都市傳說是這個！

「走！我們走！」簡子芸突然動了起來，「黃任欣！我需要吉祥街的地址！」

「這就是都市傳說？」

壯哥叼著菸，緊蹙的亂眉帶著不可思議，靠在左邊牆上，小蛙坐在他對面，兩個人稍事休息時，壯哥問了小蛙的背景。

他們跟社長走散了，一堵牆隔絕了一切，什麼都沒有的他們也只能繼續往前走，只是無力與焦躁感襲來令人不快，不管走多久，一旦變動就去得更遠，有時看似更近，但不管怎麼樣，沒有出口就是白搭。

壯哥覺得走路是消耗體力，沒有食物的他們應該減少消耗，因此找處地方坐下，乾脆不動了，期待某次變動可以直接把他們變到電梯前。

小蛙當然不認為這有效，但是他也根本想不出其他辦法，就他對這個都市傳說的瞭解，那就是——不知道。

是啊，都市傳說從沒提過這裡，外送的都市傳說指的是收到冥幣及死人用餐

啊！

壯哥的菸一根接一根，看得出他的不耐煩，他們兩個人臉上都是互毆的傷，小蛙很感謝他失去了刀子，至少他威脅感不會這麼重；但是，他也知道這只是危險的平衡，壯哥想殺他，他也是。

壯哥問了他的背景跟都市傳說的事，他簡單講完後，只是他顯出更深的困惑。

「換我了。」小蛙冷冷的凝視著他，「什麼時候動的手？爲什麼要殺無辜的人？」

壯哥吞吐菸的動作驟停，低垂著頭卻睜眼，向上瞪看著小蛙時眼白居多，透出一種凶狠。

「兩個多禮拜了。」他再吐出煙圈，「目標是大毛那家，他們吞了三百萬，我們是去找錢的，然後出了點……小意外！」

「小意外……失手殺了人嗎？」小蛙不解的就是這個，「你們的紛爭就在裡頭處理就好，爲什麼會扯到別人？」

「學生眞單純啊，你吞了錢不會防備？我直接敲門會有人開？那女的倒楣剛好回來，我就請她幫個忙了。」壯哥看向遠方，「出狀況後，當然就不能留了，處理一個跟十個是一樣，你懂吧？」

「我不懂！我怎麼會懂！我只知道無辜的人死了！就算那些人吞了錢，殺人就是不對啊……」小蛙忿忿握拳，「你們就這樣草菅人命……然後你們還住在其中一間窺探？還偷窺什麼？殺了人不是就該跑嗎？」

「跑什麼，我沒拿到錢啊，我在想他們是不是把錢交給別人了，就等相關的人上門。」壯哥擰眉，「結果每次都看見你小子在門口自言自語。」

「我們沒有自言自語，我們送麵，他們付錢。」小蛙剛剛解釋過都市傳說了，「你們也不怕人去報警……兩個星期……」

「不怕，我們住在那裡天經地義，假裝住戶只要說不知情不認識，很容易被排除嫌疑的……而且眞的住在那邊的也不是我。」壯哥得意的勾起嘴角，「不過等了十幾天了連臭味都沒有……我早該知道有問題了。」

平仔那時一直說有煞或是屍變，那種穿鑿附會的話他根本沒在信！都已經動手了還怕他個鬼！

「那可是喜歡都市傳說的人才會知道的……但是發生什麼事，他們會不知道自己死了？」如果是被殺，那死前的恐懼跟痛苦不至於不知道啊。

在原始的都市傳說裡，那些人是因爲暖氣的煤氣外露，一氧化碳中毒身亡才不知……也或許因爲太恐怖了，所以造成斷片？

「想知道？」壯哥冷不防把菸彈向小蛙，「不如你親自去問問他吧！」

四下無人，又只有一個人的情況下，此時不動手更待何時？

壯哥直接撲向了小蛙，雙手準確的圈住他的頸子，狠狠的就往氣管上壓……在這裡殺人是最完美的，沒有監視器，也無人知曉還是什麼莫名其妙的都市傳說！

在不存在的社區裡殺人，連條法律都沒有！

這些學生知道太多了，先解決這一個，等等遇到其他人再一一解決掉！

唔……小蛙猝不及防，卻也扯不開壯哥的手……雖然他沒有刀，但是他的氣力實在太大了！

太……氣管，他快不能呼吸了！

小蛙痛苦的踢腳掙扎，他不想死在這裡……他是來找吳銘棒的，對，他是來找小胖的——有沒有搞錯啊，爲什麼殺人凶手不但殺了那個女生，現在還想反過來殺他？

啊啊啊！小蛙最後的求生掙扎，拿出車鑰匙就朝壯哥的眼睛戳下去，雙腳再狠狠踹開！

「幹！」伴隨痛苦嚎叫，壯哥往小蛙右側翻去，小蛙根本喘不過氣，但也沒忘記迅速起身往後退，拉開與壯哥的距離。

但……他根本站不穩，頭暈目眩再加上喉間的痛，踉蹌得朝左邊的牆壁貼去，驚恐的看著十一點鐘方向、摀著眼睛、已經站起來的壯哥。

逃，他得跑，不能再跟壯哥在一起！

「你以爲你逃得掉嗎？」壯哥咆哮著，「先解決你，我再去——」

喀！貼著牆的小蛙嚇了好大一跳，因爲他身旁的住戶猛然開門，門是由右向左開的，門板瞬間遮去了壯哥的身影。

小蛙跟著驚恐的貼著牆往左滑動！天曉得這些住戶是什麼東西啊！

「啊！」住戶走出家門，從容的把門給關上。

小蛙瞪大了眼，看著那白色的門關上，但門的後方已經沒有壯哥的身影了——剛剛有地震嗎？

尚在思考，住戶彎身拾起了他掉落在門前的車鑰匙。

「你的嗎？」熟悉的聲音傳來，「辛苦了。」

咦？原本腦子一團亂的小蛙登時愣住，盯著地板的他緩緩抬頭，簡直不敢相信眼前所見。

「我剛好要出門，你要陪我走走嗎？」女孩溫柔的笑著。

「……方小姐？」

汪聿芃停了下來。

她右手緊緊握著那把刀，看著通亮的白色走廊、白牆、白門，漫長且毫無盡頭的廊道上，只有她一個人。

剛剛又歷經她落單後的第五個地震，朝右手邊的門牌望去，她眞的忍不住笑了起來，決定拿起手機自拍。

她很專業的連自拍棒都準備好了，讓自己站在人家門前，拍下一張無奈的神情。

照片裡的她彎著眼笑，戴著口罩，上頭的門牌是26F-89745631。

她已經不知道該說什麼了，老實說她也不太想走了，每次走個一百號，一場移動就可以讓她退後幾百萬號，太不划算了啊！經過了十幾次的地震，不管位子、方向，完全沒有規律可言。

「好煩，我會先累死還是餓死？」她悶悶的說，忍不住緊皺著眉，如果她有第三副口罩的話，她一定會再套上的。

因為在剛剛的地震後，走廊上傳來某種令人作嘔的氣味。

就算想吃點零食聞到這味道也懶了，早知道她剛剛就先拿出來吃一點，她有

帶蘇打餅乾、巧克力碎片、夾心酥，隨便拿一片出來吃可能都叫她安心一點，反正她現在也不必想著找童胤恒他們了，都經過幾次變化了，她現在在八千多萬號耶，說不定還第一名咧！沒人比她遠！

一定要拍照紀念的，她現在每地震一次就拍一張，剛剛還把腳架立著，在走廊上玩跳躍跟擺各種姿勢，說真的這種純白的地方拍起來，人都超美！

已經半夜了，她跟童胤恒走散已經超過三小時了，她都不知道走了多久，連算都懶得算，反正就只要注意下個地震、或是下個要出門的住戶比較實際。

她沒有哭，也沒有崩潰，她腦子裡想的是有住戶一出門電梯就會出現，這才是這邊的機制，十分鐘的電梯也像是一種保全系統，她只是外送人員，本來就不是大樓住戶嘛。

是他們無視人家的規定，老實說有點活……

汪聿芃停下腳步，她瞇起眼注意到走廊遠處，不再純白，有個黑點……不，她繼續往前走，紅色的制服，紅色的箱子——是人！是他們外送公司的人！

喔耶！

「喂——喂！」汪聿芃立即往前衝，「嘿喔！你好，同事！我們同公司的！不要再睡了，嘿！」

對方大喇喇的趴在地上，根本無視於她的叫喚，汪聿芃腎上腺素爆發，欣喜若狂的數秒內就衝到了對方身邊，準備來個「喚醒之腳」，對方說不定沒氣力了，她可是有帶食物的喔！

「這邊有吃的喔！」她開心的滑壘到對方身邊，舉起的腳瞬間頓住。

對方趴在走廊上，睡得非常非常熟，汪聿芃緩緩蹲下，看著腫脹的臉跟泛黑的膚色，有綠色的蟲剛好從眼窩裡翻出來，還不小心在臉上摔了跤，前滾翻一路翻到了地上。

「看樣子是不會醒了。」汪聿芃歪著頭，靠得越近腐臭味越嚴重，她早該知道這是腐爛的氣味，「嗨，您好，我叫汪聿芃！」

她是想握手，但是來人的手指上全是傷口，也正是腐爛最嚴重的地方，一堆小綠蟲正密集的在那兒啃蝕著。

「我跟你同一家公司的，我想你就是吳銘棒吧！我是小蛙的朋友喔，他有跟你提過都市傳說社嗎？我們都是同一個社團的。」她禮貌的頷了首，「是這樣的，小蛙好擔心你，我們好想知道都市傳說，所以大家都到你公司應徵，變成外送員過來找你了。」

汪聿芃蹲在吳銘棒身側，有點無奈的下巴在膝蓋骨上頂著，搖晃著身體。

「我想你應該是出不去了啦，那我沒辦法揹你走，不是你太重的問題，我有肌肉我扛得動……但我現在是自己也出不去。」汪聿芃嘆了口氣，「唉，說實話

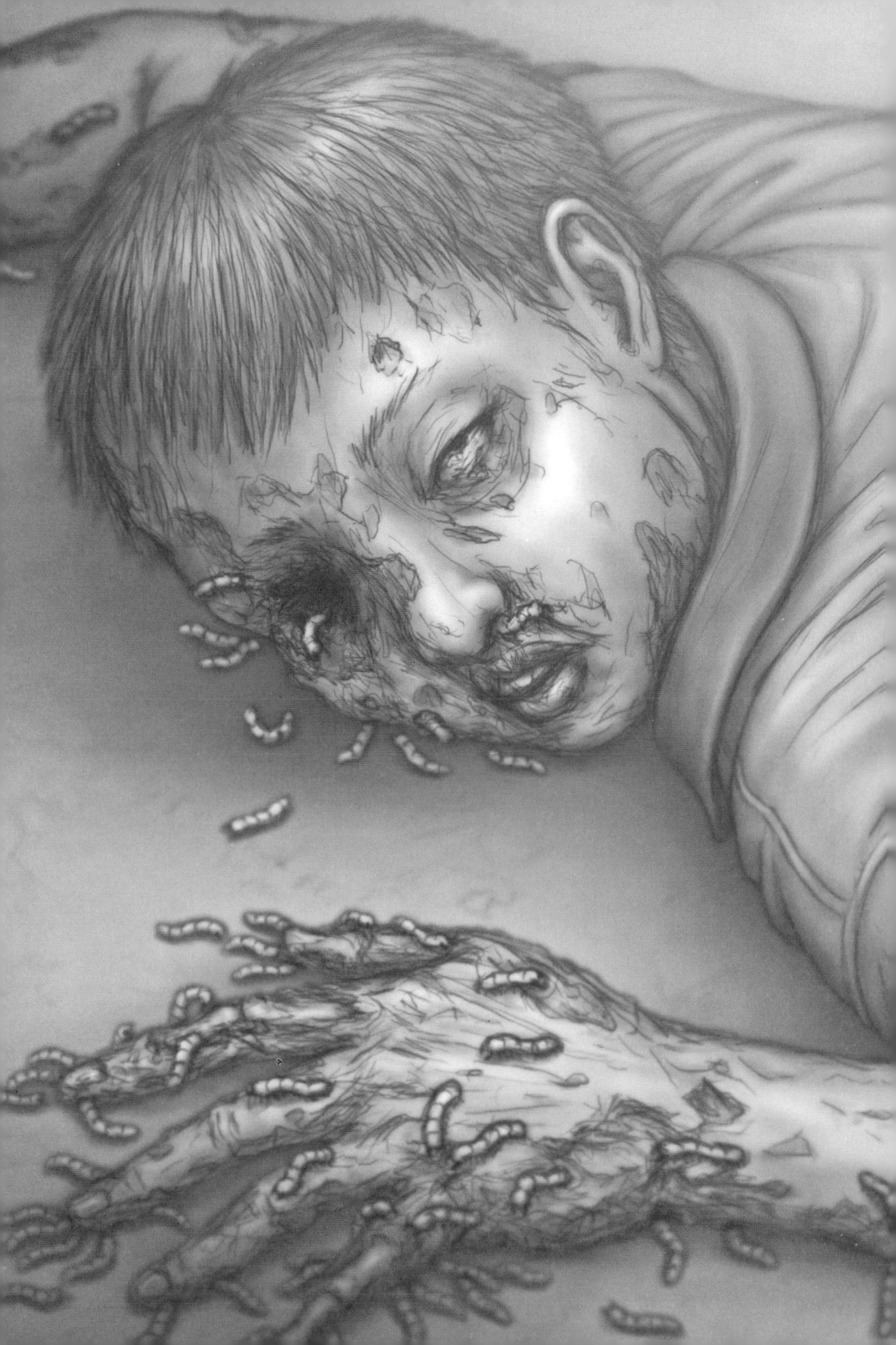

你因爲在爛了，我不敢揹你走，不好意思。」

她認眞的鞠躬，還停留了十秒。

「但是我想可以把你的遺物帶出去，手機或是包包什麼的，拿些在腐爛液體沒泡到的地方，好嗎？」她雙手合十，好整以暇的跪下來，「你可以不必回答我啦，你現在如果回答我其實我會比較怕。」

好！汪聿芃很輕易的找到手機，因爲吳銘棒死的時候手機就在右手邊，看來可能是垂下的，因爲手機距他有三十公分的距離；接著她開始掏口袋，一邊觀察著吳銘棒身上的蟲，那些東西不像蛆，可能這裡沒有蒼蠅這種生物，只是普通的東西吧？

但如果把牠當蛆來說，吳銘棒大概死個三天左右，她有在看生命科學頻道，也上網查過，可以從蟲判斷腐爛的天數；而且這裡不是在水裡也沒有泥土，根本完全沒有大自然的因素，應該可以非常正確的判斷。

「這些蟲從哪裡來的啊，跟著電梯上來嗎？又沒窗戶……」她咕噥著，找到吳銘棒的皮夾、車鑰匙跟家裡鑰匙，男生身上的東西很簡單，喔，還有收錢的腰包。

公司的保溫袋就在手邊，裡面已經沒東西了，汪聿芃將拉鍊拉開，愼重的蓋在吳銘棒身上；再拿出塑膠袋，把吳銘棒的遺物全部裝進去，剩下那支手機。

「小蛙會很難過的，但是我覺得如果幫你拍照很不禮貌，所以我就不拍了。」

她試著開機，果然電源耗盡，但翻轉手機時，卻在透明手機殼裡發現一張寫有數字的紙條。

汪聿芃有點狐疑，看看手機，再看看吳銘棒。

「我有帶行動電源耶，還有萬用線，如果你不介意的話，我充電了喔！」她坐到屍體對面，靠著牆開始充電，「然後我沒猜錯的話，你寫密碼的意思是我可以看嗎……你也不必回答我，我解不開就不會硬解的！」

插上電源，不知道是不是習慣了氣味，已經沒一開始那麼難聞，仗著有電，她嘗試開啓吳銘棒的手機，並且輸入了後面附的密碼。

解鎖成功，這果然是手機密碼。

汪聿芃望著鋁箔墊下的屍體，吳銘棒是餓死的吧？看體型比照片消瘦很多，逐漸的虛弱、走不動，然後就只能躺在這裡等死嗎？或許他也有行動電源、或許他保留電力直到死亡前，剛好訊息通了便打給店長。

但是，他知道自己大限將至，飢餓一刀刀的折磨他，他在孤單與無助中等死，才有機會寫下密碼。

她也會嗎？汪聿芃左右張望，她現在也只有一個人。

只剩她一個人。

進入手機，她第一件事是找相簿，因爲如果換作是她，她會選擇錄影，是哪有閒功夫打字啊！

點開錄影，果然如她所想，最新的影片停留是吳銘棒的自拍畫面，他是坐著的，憔悴疲憊的靠著牆，汪聿芃下意識越過手機看向躺在那兒的屍體，有種弔詭的感受，一方是死，一方是活。

『我出不去了，找電梯！一定要進電梯！我剛剛就差一點點……』一點開他就泣不成聲的，『我眞的很想出去，我不知道我在哪裡……爸媽，我好愛你們，對不起對不起，我是眞的出不去了……』

螢幕裡的吳銘棒兩眼無神的盯著地面，再緩緩抬頭，『小蛙，不怪你，不要自……』

錄影結束，沒有結尾只怕是沒電的關係。

「謝謝你，吳同學。」汪聿芃開始利用藍芽配對傳送影片，「你果然瞭解小蛙，他的確很自責，我跟你說拉麵戶也沒多好……」

拉麵戶，那個都市傳說。

汪聿芃默默的備份影片，這也是以防萬一，甚至效法吳銘棒也在自己手機殼裡夾了一張密碼，萬一她死在這裡，別人就不必花時間破解她手機了。

「對啊，都市傳說明明是外送食物拿到冥紙，爲什麼變成現在這樣？」汪聿

芃好奇的對著吳銘棒聊天，「你說，小蛙喜歡的女生也在奇怪的巷子裡，拉麵戶都死了還一直叫外賣，他們會不會也在這裡？」

爲什麼叫外送會叫到詭異的地方？蔡志友畫的都是平行線，不管走到哪邊，都可能是這個區塊，只是以不同形式出現對吧？

如果李育龍遇到的那個女生就是方小姐，那他跟小蛙遇到時根本不同地方，但是都在這個區塊，地圖上那一大個範圍啊！那位方小姐也都叫他們不要回頭，快點離開，爲什麼要快點？

因爲不管長怎樣的大樓，都會有十分鐘限制的電梯嗎？

汪聿芃等影片傳送完畢後，關機將吳銘棒的手機收好，然後整裝待發，她並不累，不需要休息。

「謝謝你的指引喔，吳銘棒，你眞是好人。」汪聿芃站了起來，「我一定會找到電梯的！」

她恭敬的朝著遺體一鞠躬。

「那麼，很高應認識你喔！掰！」朝著屍體揮揮手，汪聿芃握緊刀子，繼續往前走。

她有個想法……很怪，很瘋狂，反正童胤恒一定會這樣說，小蛙在的話還會說她外星天線又亂接了。

管他的，反正有沒有試，最後都是跟吳銘棒當鄰居對吧！她就要試試看，這一次可沒人阻止她了。

「因爲，」她嚴肅緊張的蹙緊眉心，「只剩我一個人了。」

溫熱的淚水悄悄滑下臉龐，在她無可預料之際。

她緊緊握著刀子往前走，打算先離開吳銘棒一段路程，任淚水拼命的流，鼻子酸得難受，她只能一個人啜泣。

「好煩！」靠著自言自語來排解無聊，「說好要一起的，爲什麼現在只有我一個人在這裡……」

偶爾停下回過頭，總希望童胤恒他們能出現，但是每次都只換來失望。

又一次地震來襲，她都已經選擇比賽預備姿勢，一來穩住重心，二來萬一有出口出現還可以立即衝刺。

這次的地震後，帶走了吳銘棒，她來到了十八萬號。

「學長！夏天學長！」她驀地喊著，「你能不能幫個忙啊！上次幽靈船都可以提醒我們，爲什麼這次沒有？」

「而且你人緣好差喔，一報出我是火車好朋友，看熱鬧的住戶都火速關門耶！一副不想跟你扯上關……」她止了聲，「對啊，你們會開門的嘛！」

汪聿芃緊握拳頭，卸下背包先拆開一包小巧克力塞了一口，接著拿出裡面的

瓶裝飲料跟夾心酥，拿個袋子裝妥。

外送才能進來對吧？她抹了淚水，然後大膽的在左右兩邊的住戶拼命敲門，每一戶都敲！

「外送！抱歉！外送喔！」砰砰砰！

下一戶也使勁敲門，「對不起，外送！有人訂了飲料跟零食！」

她一路敲了二十間，就等待看誰會回應，不會沒關係，她換下一批！這在吉祥街時一樣，反正先敲再說！

更何況，她今天可是有穿制服喔！

「誰？」突然間，有了驚奇的回應！

汪聿芃衝到那扇門前，從容回應，「我是外送，有人訂了一瓶奶茶跟夾心酥！」

「沒人叫外送啊……」喀噠，這道門沒有那對夫妻的多重鎖，根本一轉就開了。

白門開啓，裡面是個很正常的中年男子，門鍊未解，他從縫隙打量著汪聿芃。

「美味外送，您好。」汪聿芃深怕他瞧不見制服似的，還往旁挪一步，好讓對方看清楚，「您的飲料跟餅乾。」

「是不是送錯啦，地址有沒有錯？」男人皺了眉，「我是32568號耶！」

「是啊，32568號的先生。」汪聿芃當然先瞄過門牌了，「加上運送費，一共是一百三十二元。」

「我沒訂啊！」男人戒心十足，「妳有訂購者姓名吧？」

「……」汪聿芃藉故拿手機而上前一步，「我看一下喔，是……陳先生。」

「那不是！」男人笑了笑，「妳送錯了。」

眼看著門就要關上，汪聿芃飛快的上前，將右手的刀柄硬插在門縫裡卡住！這嚇得男人大驚失色。

「哇！妳幹嘛！？」

「先生，我沒有要傷害你的意思……我只是外送的，然後我想離開這裡！」汪聿芃連腳都卡進去了，「我需要電梯，您可以幫我叫嗎？」

男人在瞬間領會，挑高了眉，露出絕對不懷好意的笑容。

「騙子啊……」男人低笑，「妳早就錯失電梯了對吧？」

「不幫我叫也行，我可以跟警衛室聯繫嗎？」汪聿芃誠懇的望著他，「我們眞沒想到十分鐘不下去會發生這種事，我們只是想離開而已，拜託你讓我跟警衛室通電話，請他派電梯上來！」

男人冷笑著，用輕蔑的神情睥睨她，那眼神彷彿在說：妳以爲這是什麼地

方！

「電話要付費嗎？我可以付你錢……」汪聿芃見他不說話，趕緊從腰包掏出千元鈔，「一通電話，這樣夠了吧？」

「這種錢對我沒有用了。」男子準備動手攆她離開了，「趁我還客氣時自己走，不然……」

這種錢對他沒用了？汪聿芃望著手上千元鈔，他不是不要，是說沒用耶！

男子突然離開視線範圍，汪聿芃不知道他想幹嘛，但是她絕對不能放棄這個機會！她把門拉到最開，試著扭轉手腕看能不能把門鍊給拉開——她沒有想進屋，但是對講機……照理說應該就在門邊對吧！說不定她不必踏進這奇怪的屋子裡啊！

手還沒搆到，就看見男子折返，手上握著一把亮晃晃的菜刀！

「啊？」汪聿芃看著自己手上的刀子，人家跟她比大把的啦！

她嚇得趕緊抽回手，腳依然先卡著，再把雨傘拿出來卡住，至少不會剁到她的手吧。

「對不起對不起！我只是想離開而已啊！」她火速先示軟，「要怎麼樣您才可以借我電話……不然——我有別的錢！」

她慌亂的從口袋裡拿出夾鏈袋，戰戰兢兢的塞進門縫裡。

「妳居然有這個！」男人突然狐疑的想接過夾鏈袋細瞧，但汪聿芃怕被搶走又抽回來。

「可以嗎？讓我跟警衛室聯繫？」她緊張的嚥著口水，拜託說好啊，就一通電話又不會少你一塊肉！

「這也不是我用得到的，妳該去找他們才對吧！」男人突然指向了她的身後，「妳外送給誰的，就去找誰啊！」

咚！地震又來！腳底明顯一震，汪聿芃嚇得即刻抽身，她可不想掛在人家門口時被移動，矮個兒噴來的手現在還歷歷在目！

四腳朝天的坐在地上，對方也立刻關門，汪聿芃回首看他指的方向，他隨便一指是什麼意思？這裡位置一直在變啊！

外送是送給誰的……她捏著夾鏈袋，這筆錢是珍奶的金額，不管怎樣，是吉祥街的人給她的錢。

問題是，這裡又不是吉祥街啊！

地震很快的停下，頻率總是有時長有時短，汪聿芃重新握好刀子站起身，門號又換了，只是剛剛男子指著她身後的住戶也不同了。

「沒關係，再接再厲。」她抬高下巴，「吳銘棒沒東西吃可以撐十天，我有食物可以撐更久，我就一直敲門一直敲！」

鼓起勇氣重新上前，這次打算採取奪命連環敲門的攻勢！「外……」

「運氣來誰都擋不住啊！」

「剩一支你也可以自摸？拉莊啦幹！」

「開門！來，七索！」

汪聿芃瞪圓了眼，這個聲音……她大膽的貼近門邊，聽見的是那天童胤恒說的話，一模一樣——

「開門！喂！開門啊！」她用掌心拼命拍著門，「外送啊！聽見沒有，外送！」

「外送？」裡面很快的傳來了聲音，而且還是那天跟她對話那個人！

「先生，我是那天送珍奶的工讀生！」汪聿芃不顧一切的喊著，「我找不到電梯，可以請你幫我嗎？」

裡面突然沒有聲響，連麻將聲都停了，汪聿芃緊揪著一顆心的站在門口，突然看見白色的門極度緩慢的開啓……

天哪！她下意識的退後，但是卻沒有忘記對方視線的角度，必須讓他們看見她的制服……她穿著制服喔，手上還拿著那天的費用。

門縫開得極小，但汪聿芃可以感覺到有人在看她。

「這是您給我的錢……我找不到出口。」她沒敢抬頭看，「如果可以的話，錢還給你，我需要電梯。」

「拿來。」對方的聲音今天不只低沉，還帶了冰冷。

汪聿芃顫抖的伸長手把錢遞上，但是距離不夠……只能硬著頭皮再往前一寸、兩寸……

「不是那個。」男人竟沒接過夾鏈袋裡的「鈔票」，「那是夾心酥嗎？」

呃……汪聿芃狐疑的看著左手的提袋，哇塞，他們眞的很愛吃耶！不過打麻將配零食也算天經地義啦！

「我……」她還想開口，眼尾卻看見右邊遠方唰地一陣亮光出現，有道牆橫空出世。

電梯，電梯門緩緩敞開，像是在等待著她的到來。

「趕得上妳就……」

汪聿芃哪聽他說這麼多啊，飲料夾心酥全部贈送，轉頭拔腿就跑，這距離近一百公尺，她上次跑一百的紀錄保持是十一秒六！

她也知道，一旦電梯門關上，電梯就會消失，她現在只有打破自己的紀錄，才有可能及時趕到！

她拼死都要趕到！她不要再走了！也不想再看下一具屍體了！

她要離開這裡！

她要找到童胤恒、找到康晉翊、找到小蛙，然後大家一起回去，還要在她的都市傳說集點卡上蓋章！

電梯門緩緩關上，汪聿芃什麼都不再看得見，用盡洪荒之力的直接跳撲進電梯裡——磅！

第十一章
拯救者

童胤恒嚴肅的擰緊眉心，蹲踞在一具散掉的枯骨邊，觀察那被屍水與血液浸黃的制服，早已經看不出模樣了，感覺應該有相當年代，因爲這具屍骨爛得非常徹底。

「這太詭異了，一具屍骨就這樣在走廊上腐爛？」康晉翊忍不住瞄向童胤恒，「你家走廊會這樣嗎？」

「基本上我家外頭也會有樓梯好嗎！」童胤恒忍不住回頭，「這些住戶還眞能忍。」

「如果不是普通人，這樣的事也不足爲奇吧。」康晉翊嘆了口氣，「我看這制服樣子很久了，像不像五十年前的衣服款式？」

「有可能……連手錶都很舊。」童胤恒指著在腕骨上那早就停止的錶，樣式的確非常古老。

「所以有人五十年前就來了，到死都沒走出去。」康晉翊看著屍體腳旁的木箱，那正是早期年代的外送箱。「也是送外賣的嗎？」

「越說我心越涼了，在這裡除非在移動時被跑出來的牆壓死，或是卡在中間被分屍，照這種狀況看起來，活活餓死的機會比較高。」童胤恒站了起身，沉默數秒，「康晉翊，你覺得那個吳銘棒……」

康晉翊立即朝他瞥了眼，搖了搖頭。

「我原本其實就沒很好的預感，尤其店長說接到他電話時的虛弱，現在看到這具有年代的屍體就……唉，除非他有帶食物，好好分配還能吃久一點。」

「吳銘棒最後送的是鹽酥雞，再怎麼會分配，十天也都壞了。」童胤恒相當無奈，其實他心底早覺得吳銘棒凶多吉少。

兩個男生同時向屍骨合掌作揖，繼續走向未知的前方。

他們走得很閒散，一點都不急，說實在的，急沒有用啊！因爲每次地震都會把他們帶到不同的方向，還不如仔細觀察有沒有人要出門比較實際。

手機他們調到最大聲，等待訊息突然接通的時刻，剛剛與簡子芸聯繫連五秒都不到，康晉翊做了最壞的打算。

「小蛙應該沒事吧？」康晉翊心裡掛念的是他，「那個流氓絕非善類！」

「現在我們什麼也不能做了，至少刀子在汪聿芃那邊，減少了威脅。」童胤恒肩上還揹著外送箱袋，「現在還是考慮我們兩個比較實際，到底要怎麼出去？」

「我原本想了一堆方法，但剛剛那具屍體讓我心寒……根本沒人會管我們的死活。」康晉翊不爽的往就近的門上一拳敲下，「喂！幫個忙啊！」

他們一路都這樣敲，根本沒人理他們，有具屍體在那邊爛五十年只剩白骨了，這邊的人依然視而不見啊！

所以康晉翊只能寄望簡子芸。

童胤恒也只有嘆息，在這裡他們的確什麼都做不了，他從箱子裡拿出一罐洋芋片，剝的打開時，康晉翊倏地回身，雙眼都亮了。

「哪裡來的洋芋片？」他渴望的伸手。

「應該是汪聿芃放的，她在裡面放了零食。」童胤恒倒是笑了起來，「我連她什麼時候放的都不知道！」

「……她爲什麼會想到要放？絕對不是因爲不重，因爲外送箱也一直是她在揹的。」康晉翊這時就會暗暗佩服她，「她說不定比我們想得更遠。」

「也更不合邏輯。」童胤恒將洋芋片蓋上，分配制，他們可不能一下就把食物吃完。

天曉得他們會待多久？五天？十天？二十天？

「我現在只希望簡子芸知道我在講什麼，都市傳說一直都只有一個。」康晉翊沉吟著，吉祥街的拉麵戶，他覺得要從那邊下手。

「那些人連自己已經死了都不知道，該怎麼寄望他們幫我們？」童胤恒其實不瞭解康晉翊在想什麼。

「我不是希望他們救我們，我是覺得……」磅！餘音未落，又一個地震。

他們培養了絕佳默契，一遇地震就會緊靠在一起，聽著巨石移動聲，童胤恒

每次聽都會起雞皮疙瘩，他寧願在自己的世界聽見這種聲音，也不喜歡這種「身歷其境」。

這次持續了一分鐘以上，越久越令人害怕，但背對背的他們依然原地緩速旋轉，好留意三百六十度的變化。

終於各處的轉換停下，兩個人也暈了。

「啊……」康晉翊累得趴上地，「感覺像什麼都沒變，但其實眼睛很花。」

童胤恒的不適感向來比較輕，也是最快能提高警覺的，這次最大的變化是前方又插出新的牆面，而且沒有岔路產生，他們就這樣站在走廊盡頭的死角，得往來時路走。

「又得回頭了，不過那具屍骨不見了。」

「死路耶！真不錯，有一種終於走到走廊底的感覺啊！」康晉翊還有心情開玩笑，朝旁一看，「哇，童子軍，你看看這幾位數！」

童胤恒趕緊朝就近的門牌一瞅，真不得了，26F-26885317！

「千萬戶的話，恐怕不只蔡志友畫的那片範圍了，會不會拓到更遠的地方了？」這是多大的社區啊!?

「說不定疆土根本沒有邊際。」康晉翊輕笑出聲，「汪聿芃說的，遠得要命社區！」

「哈哈哈！」兩個人像是在壓力中找輕鬆，一點點小事也能笑得開懷，走約莫兩百公尺後新的岔路出現，這次是左拐。

只是還沒走到，童胤恒就戛然止步，打橫左臂要康晉翊停下。

怎麼？康晉翊蹙眉，突然倒抽一口氣。

聽見了！有說話聲，而且還是兩個人——康晉翊立即用嘴型說小蛙，童胤恒搖頭，他不確認是不是小蛙，但至少另一個不是壯哥。

難道，在這裡還有別人？

童胤恒立即拉著康晉翊靠牆，他們刻意站在長廊路口的斜對角，這個角度讓彼此雙方都可以最早看見彼此。

「眞的，我有聽見說話聲！」

「我剛是聽見笑聲……會不會……會不會是……」後面這聲音聽起來很害怕，每個字都在抖。

「不要亂想，這裡沒有阿飄啦！」這聲音有力得多，緊接著小跑步，聲音根本逼近路口，「快點！跟我來——」

人影倏地衝出路口，瞧見童胤恒時還嚇得大叫：「哇！」

那邊也是兩個男生，都是大學生模樣，前一個大叫，後面那個簡直是慘叫，哇啊啊啊的一溜煙不知道退到哪邊去了。

而童胤恒跟康晉翊倒是鎭靜許多，兩個人便是靠著牆，瞪大眼看著撫著胸口的戴格紋口罩男生……超面熟的傢伙？

「咦？你不是……」康晉翊先一步往前，指著男孩驚愕不已。

「你們！」對方先聲奪人，筆直衝到康晉翊面前氣急敗壞，「我不是說過不要找嗎！不要進來嗎！那不是我貼文的動機！」

靠！亞倫！

童胤恒半晌說不出話，得自己用手把嘴巴闔上，現在是發生什麼事？那個貼靠北文的亞倫出現了！

亞倫繼續歇斯底里的罵著，康晉翊一句話都無法反駁，他罵得很氣忿啊！

「好了好了！」童胤恒連忙上前勸阻，「你就別再唸了！」

「我……」亞倫有點說不出話的氣結，「虧你們還是都市傳說社，特地來問我了不是嗎？」

「呃，基本上就是因爲我們是都市傳說社，才會……」康晉翊轉著眼珠子，後面不好說。

啊就是他們喜歡都市傳說，才想一探究竟嘛！

「我們都進來了，而且正當外送啊，誰曉得電梯會不見！」童胤恒留意到在後面偷看的男生，「那位是……」

「啊！」亞倫趕緊回身，「鄭同學啦，我在另一邊撿到他的。」

「鄭……鄭同學？」康晉翊拔高了音量，「你該不會是YAMI外送前幾天失蹤的外送工讀生吧！」

鄭延然聞言，瞬間淚如雨下，只差沒跪下來了。

「大家知道我不見了嗎？真的有人在找我嗎？」嗚嗚咽咽，「我以爲都沒人知道我不見了，我出不去……」

亞倫忙不迭地拉著他，不讓他又腳軟，鄭延然簡直逼近嚎啕大哭，可能是覺得有了點希望。

「你站好，站好……」亞倫扶著他，有點擔憂。

「怎麼了嗎？是不是幾天沒吃東西了？」童胤恒留意到他的表情不好，「啊，他失蹤幾天了？」

「四天。」康晉翊朝他使了眼色，給點食物補助熱量，但不要把所有東西都攤出來。

大家也是要爲長遠計量，必須有長期抗戰的準備。

所以童胤恒頷首，與康晉翊交換位置，由他去向鄭延然與亞倫攀談，童胤恒就躲到旁邊，悄悄摸出零散裝的蘇打餅乾。

「鄭同學，我這邊有兩包餅乾，要吃一點嗎？」童胤恒抓著兩包餅乾出來，

鄭延然雙眼簡直亮到刺眼了。

「啊啊……」他飛快的接過兩包餅乾，手忙腳亂的要拆開，越急越難拆開，還是康晉翊接過手替他撕開包裝的。

「吃慢一點，不要噎著，沒多少水可以分的！」康晉翊先做提醒。

「好好……」一頓，將手上那包轉給亞倫，「你也吃點吧？」

「我又不餓。」亞倫皺眉，「都給你吃！」

瞧著他狼吞虎嚥，才進來四天就已經餓壞了，看來他外送的食物也已經送掉了。

「你……外送到這裡後發生什麼事？怎麼會被困住？」童胤恒終於抓到機會問。

鄭延然頓住了，他看著手上的餅乾，竟悲從中來，淚水掉得更凶了！

唉，照他這種哭法，要聽完一件事情得要很～久很久啊！康晉翊心急如焚，一來他覺得不宜在這裡太久，二來他也擔憂其他人的安全。

「先別哭好嗎？我們需要知道你發生什麼事了。」

「我聽見有人求救……如果，如果他也能吃到餅乾就好了！」捏緊餅乾，突然間吃不下了，「他是……咦？他穿跟你們一樣的制服！」

吳銘棒。這個名字同時閃過康晉翊與童胤恒的腦中。

「叫什麼名字？」康晉翊溫聲的問。

「我沒問，他虛弱的躺在地上，說餓很久了沒力氣，我那時沒搞懂，跟他說我扛他下樓。」鄭延然抬起頭望著康晉翊，淚眼汪汪，「我們就已經到電梯前了，結果唰地一下電梯就不見了……」

「十分鐘到了吧，上來時警衛應該有跟你說。」童胤恒拍拍鄭延然，「然後呢？」

「警衛……啊！那個十分鐘是這個意思嗎？」後知後覺，到這時才知道，「我不知道啊！我跟他都傻了，接著我說我去找人幫忙……我一直叫一直敲門都沒人理我，然後發生地震，我就跟那個男生分開了。」

鄭延然遇到了吳銘棒，連步行的能力都沒有了嗎？

「就說不要進來，我真不敢相信都說了還這麼多人故意進來！」一旁的亞倫扶額感到頭疼，「早知道我就不寫了！早知道就……」

「這不關你的事，你那是好心警告，我們是進來找人加上……」康晉翊後面還是選擇保留不說，「那你為什麼又進來了？你又外送嗎？」

「怎麼可能？還不是因為你們！我聽說有外送的被困在這裡了，還是A大的一掛……不知道為什麼，我直覺就想到你們！」亞倫搖了搖頭，「結果還真的是！」

「可是你怎能順利找到這裡的？」童胤恒不解的問，「我們得要接到外送單才能過來，你怎……」

亞倫一怔，自己也陷入了困惑中。

「對啊，我聽到大家在傳，說有外送的人失蹤了，聽說跟都市傳說社有關，我就想該不會是你們吧……所以我騎到上次外送的地方，我一進來就是了。」亞倫蹙著眉，「我直接問警衛，但我是說外送漏件，他才告訴我你們在哪裡。」

「空間開放嗎？」康晉翊心一跳，「這可一點都不好，活像大家都可以騎進來一樣……亞倫，那電梯呢？你要怎麼出去？」

「我……不知道。」亞倫頹然的垂下雙肩，「我上來後立刻就找到鄭同學了，但電梯已不見了。」

啊……童胤恒望看向天，再度被強烈的失望打擊，原本想說亞倫進來能帶點生機的啊！

「現在不就是多兩個被困在這裡了！」童胤恒無力的搖著頭，「沒有電梯、沒有出口，我們根本哪裡都去不了啊！」

「……眞的嗎？」鄭延然咬著唇，再度嗚咽的哭了起來。

康晉翊很不想這麼絕望，現在還不是失望的時候，還不到二十四小時呢！

「再說，說不定會有轉機，畢竟不是沒看到電梯過。」康晉翊重新振作，

「而且我們還得找我們的朋友們。」

鄭延然一陣驚訝，「朋友？還有人在這裡？」

「對，我們社員。」童胤恒在說這話時，明顯的感覺到亞倫銳利的目光：就說不要來，你們當郊遊嗎？還一票!?

「那也剩不久了。」亞倫看了看錶，「我有另外跟警衛說我會比較久，因爲怕找不到你們，所以警衛說那一小時後會再來接我。」

「喔，還專機接送喔！」童胤恒原本想打呵呵，卻突然梗住，「什麼？」

「不是專機啦，就是我一小時後才要走的意思。」亞倫擺擺手，有點小尷尬說著。

一小時後？康晉翊簡直不敢置信，撲上前搖著他，「所以你來多久了？」

這動作大到嚇到鄭延然了。

「……才半小時左右？」這是鄭延然回答的。

「噢噢噢噢——」康晉翊倏地轉向童胤恒，兩個人手勾著手開始狂歡，「半小時！有電梯了！有電梯了——」

鄭延然站在一旁，突然能感受到他們的欣喜若狂，他轉頭看向一臉不悅的亞倫，再三道謝。

「我是不是說不要來？」他歪了嘴，還是有點生氣。

「可是我沒看到靠北文耶，他們在說什麼？」鄭延然困惑的問。

「你沒看見？我被酸成那樣你沒看見？」亞倫嘆了口氣，「算了，喂！祈雨舞跳完了沒？不是還有人沒找到嗎？」

「對對對！」兩個男孩終於停了下來，童胤恒才發現自己喜極而泣了呢！

「還有兩個……」

不，是三個。

但是康晉翊很有默契的不說破，壯哥的事，等真的找到人再說。

「無論如何，如果有電梯來就先進去。」康晉翊是這樣盤算著，「反正只要我們在那個電梯上，至少可以一直按著開門鈕吧！」

「嗯……」童胤恒有點質疑，電梯也是會跑的啊，「我覺得應該是說，無論如何電梯都能帶我們到一樓，這比較實際對吧？」

鄭延然其實不理解他們在說什麼，他只知道可以離開了，終於可以離開了！

「好了，所以找誰呢？」亞倫指著前後兩個方向，「往哪兒？」

「往你們那邊吧，我們剛從那邊來！是死路。」康晉翊指向他們來的方向。

亞倫跟鄭延然立刻回身，問著要找的人是誰？叫什麼名字？是男生還女生？那天在月台上有看見嗎？

康晉翊一邊說明，一邊卻留意到後面的人沒跟上來。

「童子軍！」他回首時相當驚嚇，深怕一閃神又不見一個人。

童胤恒倒沒不見，只是站在原地若有所思。

聽見康晉翊的呼喚才回神，趕緊跑了過來。

「怎麼了嗎？」康晉翊對他那表情感到不安。

「有點不對勁……」童胤恒瞇起眼，又側首，「你們有聽見……麻將聲嗎？」

電梯門敞開，眼前依然是那雪白的長廊，汪聿芃歪著嘴按下關門鈕，無助的看著石英數字顯示的「1」，然後按下「26」。

「有沒有搞錯啊？根本到不了一樓啊！那個一樓不是我們上來的一樓啊！」她在電梯裡抓著頭，「找到了電梯卻出不去是怎樣啊啊！康晉翊烏鴉嘴！一語成讖！」

她每一個樓層都試過了！打開來除了長廊還是長廊，雪白通亮，長得一模一樣，簡直像有擺張布景在那邊，連放……好，她沒按二十六以上，因爲電梯按鈕佈滿整個側邊，直到一百樓。

然後一百樓下還有一個鈕，寫著「100+」，她可不想按到幾千萬樓去，所以她最高只到二十六樓；一到二十六樓每層都按，就是沒有出口！

「眞的好煩啊！」她一個人在電梯裡尖叫。

電梯抵達二十六樓，她就按著開門鈕，然後地震來襲時門會瞬間關上，接著電梯會開始或上或下的移動，挺妙的是在她沒選擇樓層的前提下，電梯還是會在二十六樓，只是出現在別的地方，或是——

砰咚，電梯停下，箱子還有些許搖晃，玻璃外一片漆黑，汪聿芃這時就會坐上地板，她現在可能在某面牆內吧？反正都是封死的，她就稍爲休息一下。

是，在電梯裡至少比在走廊上多個希望，的確一定要先進入電梯，她剛剛進入也是千鈞一髮，整個人跳進來撞上牆的瞬間，電梯就移動了，眞不敢相信慢一秒會發生什麼事。

「我破個人紀錄耶，我覺得我一定跑出了十秒內以下的成績，可以破世界紀錄了呢！」她泛起微笑，「下次在這裡比賽好了，說不定我可以發揮最強實力呢！」

沒事幹，她拿出手機，重看一次吳銘棒的遺言畫面。

「小胖先生，我巴著電梯不放了，但是……還是出不去啊！出口在哪裡……」

咻——電梯劇烈一震，接著開始往上升。

「咦？等等！誰！？誰按電梯！？」汪聿芃嚇得跳起，這電梯簡直大怒神吧！拉得也太快了！

她情急之下瞬間把所有按鈕都按了一遍，務必讓電梯在最近的樓層停下來——她不要去一百樓以上！

電梯像是急煞一樣，往上浮又頓住，這力道迫使汪聿芃在電梯裡踉蹌。

她撐著牆面才穩住重心，電梯停在九十八樓。

「開延長，拜託調另外一台電梯過去！」汪聿芃死命按著電梯，就是不讓電梯移動。

只要不要有地震，她可以按它個一小時沒有問題！

不過……她看著手指下的按鈕，如果是有住戶要離開呢？他們搭乘這座電梯，要離開——啊啊啊！

這樣子，是不是可以一起抵達一樓呢？

漫長的走廊上，靜寂無聲，小蛙只是跟在方喬的身後走著，幾乎沒有交談。

方喬穿了他很喜歡的那件綠色洋裝，一樣的簡易編髮，垂下的是黑色帶淺棕的長髮，就像平常那樣。

他不知道該說什麼，但心裡覺得什麼都不該問，不管是壯哥怎麼了……他管他怎麼了，或是她爲什麼在這裡，這些像是禁忌，他深怕問了，方喬就會消失。

「每次送餐的都是你，第一次我還有點害怕。」右前方半步的女孩開口，回眸淺笑，「因爲你的耳環。」

「噢……」小蛙有些不知所措，摸了摸耳骨上那一排耳環。

「後來每週見到你，我沒想到這麼巧。」她又笑開了，小蛙覺得自己快飛起來了！

天哪！她笑起來也太好看了吧！

「其……其實不是巧……啊！前幾次眞的是巧合，但是後來……後來……」小蛙尷尬的扭著衣角，幹！你幹嘛大嘴巴啊！「我就發現妳固定星期五會叫炸雞餐，啊我就說我要送這單。」

「哦？」輕脆的笑聲傳來，她突然抓住他的手，「先等一下。」

餘音未落，地鳴又響，地震讓小蛙失去重心，但對於方喬來說絲毫沒有影響，她漂亮的側臉看著遠方，像是在等地震結束。

「好了。」她突然一百八十度回身，「我們回頭，從岔路走。」

哇，她知道怎麼走耶！小蛙心跳得好快，可剛剛握著他上臂的手，沒有溫度。

「我不是變態喔！我只是……想說妳都固定叫炸雞，我就固定送！」小蛙趕緊補充，「當然我是很喜歡妳啦，不是不是，我是說——哎！」

轉身後變成在他左側的方喬笑了起來，「你好可愛！」

唔……小蛙滿臉通紅，啊啊，平常的流利口才到哪裡去了啊？

「我是喜歡妳的聲音，聲音……但我不是說妳不漂亮喔！妳超正的！笑起來像天使！」小蛙繼續實踐越描越黑，「但我好喜歡每次妳說『謝謝你，辛苦了』，聽見那個聲音啊，我就覺得不辛苦了！」

「哦？是嗎？」方喬清了清喉嚨，「謝謝你，辛苦了？」

「對！對！我同事也有送過妳的單，說妳聲音超好聽的！」小蛙趕緊拖人下水。

「謝謝。」方喬看起來很喜歡被讚美，「我也很驚訝，居然會發現我搬家了。」

小蛙有些啞然，沉痛的看著眼前的女人，她不是搬家了吧？她是……已經死了；但依照都市傳說而言，她不知道自己死了對吧？

「因爲妳的點餐是固定的，上上星期五沒有叫炸雞餐我就覺得奇怪……當然，我留意到妳最近好像不太開心。」小蛙抿著唇，「呃，妳爲什麼這麼突然搬家呢？」

方喬停下腳步，看起來也有點疑惑，「對啊，爲什麼呢……啊，應該就是因爲不開心吧！我，太寂寞了。」

她不想說嗎？還是眞的不知道？小蛙只能揣測，但他不想猜，不想說任何破壞現在氣氛的事。

「那個我在這邊……跟我同學……有點迷路了。」他試探的開口，「剛剛那個不是我同學喔，那個——」

「我知道。」方喬突然又停下，認眞的看向他，「放心好了，你同學已經找到電梯了。」

「什麼？」小蛙不可思議的大叫，「妳怎麼知道——」

「你在這裡等電梯來吧！不要隨便離開。」方喬壓著他的雙肩，「就站在這裡，不要走喔……啊小心！」

又是一陣天搖地動，這一次很誇張得連站都站不穩，他得蹲在地上才不至於跌倒……但是眞暈，頭暈到他覺得都快吐了。

「很開心能知道，世界上還有人關心我。」方喬的聲音輕揚，「謝謝你……辛苦了。」

咦？小蛙尷尬得面紅耳赤，怎麼突然用這麼溫柔的聲音說話啦！他緊閉雙眼，好不容易地震停了，他卻站不起來。

「我快吐了……」他抬起頭想說什麼，眼前卻已經沒有綠衣女孩的蹤影了，「咦？方小姐？」

他跳了起來，不穩的扶著牆緊張的前後張望……方喬不見了！

「方小姐？方小姐!?」

怎麼突然不見了？她距離他很遠嗎？變動到哪裡去了？但她應該是住在這裡的人……不必擔心她對吧？

幹！反胃湧上，他眞的暈到不行……

「我聽見了！那是小蛙的聲音！」

咦？前額貼著牆的小蛙吃驚的聽見遠方的喊叫聲，那是童子軍的聲音嗎？

「我也聽見有人在喊！」

不只一個人，好幾個人嚷著，聲音來自於前方……方喬叫他待的地方再往前不遠有條岔路，紛沓的足音從遠處焦急的奔來。

小蛙內心有點激動，尤其聽見熟悉的聲音……拜託不要有地震，他想跟同伴們會合，他不想再落單了！

童胤恒的身影奔出時，小蛙眼淚直接是噴出來的！

「是小蛙！」童胤恒欣喜若狂朝後大喊，「我就說是他！他在喊人！」

小蛙緊握著拳與童胤恒互擊，兩個人用力緊窒的擁抱，明明不過幾個小時，卻覺得他們像是闊別已久!!

「小蛙！」奔來的康晉翊也激動的上前，三個人抱在一起，連童胤恒都忍不

住熱淚盈眶。

康晉翊趕緊打量著他，狀況比分開時還慘，不說臉上的瘀青紅腫，眼睛有一隻都腫到快看不到了。

「還好……沒多慘……」邊說時，康晉翊看見了他頸子上的黑印，緊張的扯下衣領，「這是怎麼回事？他掐你？」

壯哥！這時童胤恒才想到壯哥，驚恐緊張的向小蛙身後看去，幸好沒有人。

亞倫跟鄭延然站在一旁不知道該說什麼，但覺得氣氛剛剛好像瞬間變得很緊繃，而且他的同學……看起來有點糟啊。

「他本來就打算殺我們，而且我也知道他什麼時候下手的，方小姐她……」提到方喬，小蛙潛意識的回身遠望，多希望能再見到綠衣女子，「她也是當天就慘遭不測了。」

「壯哥人呢？」這是很奇妙的現象，看不見壯哥，比他就在旁邊更叫人神經緊繃。

「不見了！我們後來分散了！」小蛙這才覺得舒服一點，但依然撐著童胤恒，好奇留意到陌生的同學，「他們是……」

「YAMI外送失蹤的那個，還有亞倫……貼靠北文那個記得嗎？」康晉翊指指亞倫，「你還差點要揍人咧！」

呃……小蛙是眞的不認得，喔喔，不過他記得那個口罩！

「歹勢！」小蛙跟亞倫致意，「厚，我眞的會被地震弄到吐，怎麼你們都不會暈的嗎？」

大家搖搖頭，每個人都已經各有方法應付這個地震了。

「你剛在喊什麼？我怎麼覺得我聽見你在喊？什麼小姐？」童胤恒沒錯過，其實他聽得清楚，小蛙是在喊：方小姐。

只是？方喬？那個吉祥街的炸雞小姐？

只見小蛙深深吸口氣，嚴肅的頷首，「對，在剛剛之前，是她帶著我走過來的。」

「咦咦？」所有人莫不驚愕，「你居然有嚮導？」亞倫才更加不可思議。

「什麼……什麼嚮導啦！就剛好！」小蛙回得心虛，「好像也是她把壯哥弄走的，我們打架到一半，她突然開門，門關上時壯哥已經不見了。」

「她住這裡……啊……」是啊，這並不叫人意外，童胤恒也知道那位小姐的出現，應該不是巧合，「她是認得你的對吧？」

小蛙有些羞窘的點點頭，「上次在二十三巷時就跟她攀談過，她說要出門，問我是不是陪她走走。」

說是陪她走，但其實是她領著他。

「居然有認識的人嗎？」鄭延然好訝異，「我、我一直叫都沒人理我！完全沒有人要幫我！」

「呃，外送認識的。」康晉翊幫忙用個粗淺的理由敷衍掉。

「她有說什麼嗎？她既然要出門，能跟她的電梯嗎？」童胤恒在意的是這點，要出門的住戶啊！

「沒，我不知道，她突然就不見了！但是她叫我站在這裡不要動，電梯等等就來！」小蛙其實很難相信，因爲大家還是在這通白的廊道上啊！

哇……此時扣除小蛙，其他人同時都看向了亞倫！

看來那位方小姐知道亞倫一小時後要離開嗎？所以電梯會出現在……童胤恒走向旁邊那道沒有住戶的白牆，這裡？

「我不知道，但一小時的確快到了。」亞倫擰著眉，「說好我一小時後要離開的。」

「這什麼意思？對啊，爲什麼你會在這裡？」小蛙算是後知後覺，這才想到問題所在，「還有……等等！外星人呢？」

「你腦子就塞一個方小姐喔？」康晉翊沒好氣的笑了起來，「反應這麼慢啊？」

「噓——噓！」小蛙尷尬的勒過康晉翊的頸子，「小聲點啦！說不定她就在附近，你講那樣她會誤會的！」

「喂……呃……」康晉翊被勒到快喘不過氣了。

「我們跟你分開時，汪聿芃也跟我們分散了，那時兩道牆阻隔了我們，就此分散了……已經十小時了。」

十小時，康晉翊沉下眼色，「外面已經天亮了吧！」

「嗄？所以她只有一個人嗎？」小蛙有點不安，「她一個女生……」

「這沒辦法，我們什麼都不能做。」童胤恒也很無奈，再擔心也是枉然，「我只希望她平安無——」

唰唰唰——電梯是從下方突然竄上來的，原本的牆向上退出，透明玻璃的電梯倏而衝上，叮的一聲清脆聲響，電梯門緩緩開啓。

靠著牆的女孩打了個大大的呵欠，隨便探頭瞥一眼，回身就按下關門——

咦！

噠噠噠噠！她火速改按開門鈕，死命按著開延長，就怕門眞的關起來。

再度探頭，圓溜溜的雙眼看著外頭，這次不是長廊，門開在走廊中間，而門口居然有著一大票熟悉得不能再熟悉的人！

第十二章 突破口

「汪聿芃！」童胤恒也是遲頓了好幾秒才反應過來，「妳爲什麼在電梯裡!?」

「天哪！妳找到電梯了！」康晉翊也是震驚，「難道那時妳衝到了？」

「嘿！外星女！」小蛙心裡暗暗讚歎，是爲什麼她能找得到電梯啊？

汪聿芃沒說話，淚水撲簌簌的直接湧出。

「你們……你們把我扔下來了！」她開始抽抽噎噎，「我就只有一個人跟這把刀子，都沒人理我！爲什麼沒有跟我在一起!?」

她哭得狂亂，左手的刀子上揮下揮，嚇得童胤恒完全不敢靠近！好不容易趁機抓住她的手腕，防止那柄刀在那兒嚇人。

「好了好了！沒事……我們又不是故意的，誰能像妳跑那麼快！」童胤恒趕緊往電梯裡走，「大家先進來再說！快點！」

他可不敢用身體抵著電梯門，矮個兒那四肢內臟噴飛的情況他沒興趣嘗試。

「煩死了！我一個人耶！」汪聿芃直接趴在童胤恒的胸前嗚咽大哭，「我都只能一個人說話，還有跟屍體說話，然後我還遇到已經爛掉的小胖，還有……」

什麼！小蛙愣住了！

他呆滯的看著哭泣中的汪聿芃，背對著他的童胤恒緊張的回首，康晉翊則趕緊上前安撫……汪聿芃怎麼這麼流暢的把地雷說出來啊！

「妳剛說小胖怎麼了？」小蛙果然激動的上前，扳過童胤恒的肩頭，要找汪聿芃問個清楚！

這情況嚇得還在外面的鄭延然與亞倫卻步，而童胤恒扭開肩膀護住汪聿芃，要小蛙冷靜！

「有的是時間問，你不要問人問題都像要揍人好嗎！」他帶著汪聿芃往裡靠，「先讓其他人進來好嗎？」

汪聿芃完全不知道發生了什麼事，依然繼續碎碎唸，康晉翊把小蛙抵到左邊後方角落去，趕緊招呼鄭延然進來，鄭延然情緒爲之起伏激動，但是……這群美味外送的人好像遇到比他更多的事，讓他都分心了。

進入電梯後他趕緊走到中間最後面去，好騰出位置給亞倫。

亞倫才要踏進，康晉翊卻突然整個人卡在門口，雙手撐出門的邊緣。

「幹嘛？」亞倫皺眉。

「你知道你不能進來的。」康晉翊對著亞倫淺笑。

什麼？鄭延然錯愕不已，趕緊上前，「喂！你們在做什麼!?爲什麼不讓他進來!?」

汪聿芃暫停哭泣，先是探頭看著陌生同學，然後原地轉了半圈，看向電梯外的亞倫。

「啊！亞倫耶！」她這才留意到，「嗨！」。

「呃……嗨！」亞倫實在不認爲現在是打招呼的時刻，「請讓開，我特地進來找你們，你們想把我扔在這裡嗎？」

「現在是怎樣？」小蛙也丈二金剛摸不著頭腦，「先讓他進來啊，要吵不是有時間吵嗎？」

「特地進來找？不是吧！」汪聿芃眨了眨淚眼，「你不是一開始就在這裡了嗎！」

童胤恒忍不住低頭瞅著前頭的後腦杓，汪聿芃居然知道？

「他特地進來救我們的，他聽說有外送員被困在這裡了……爲什麼要這樣忘恩負義！」鄭延然不能接受，開始扳著康晉翊，「進來，亞倫你進來——」

童胤恒半側身出手，輕輕一推把鄭延然朝小蛙那邊推去，「別亂。」

「亞倫，你應該知道吧，你永遠走不出去了。」康晉翊嘆了口氣，「我們眞的很謝謝你相助，但是你不可能跟我們離開。」

「在胡說八道什麼啊！」亞倫咆哮著，「我要離開！你們不能這樣對我！我在這裡會走不出去的！」

「你已經出不去了吧！你在這裡十六天了，我是沒遇到你，但我猜你沒撐下去。」看著亞倫，「你只是……不知道自己已經死。」

你不知道自己已經死了。

亞倫睜大瞳孔，不敢置信的搖著頭，「我已經死了？我怎麼可能……我還到月台去找你們……」

「所以很謝謝你，你知道方小姐也是持續叫外送，她死得比你早。」康晉翊是誠心道謝的，「你應該記得，你說你沒送披薩，送到警衛室就逃出來了對吧？」

亞倫立即點頭如搗蒜，「沒錯，我一看到那個可怕的地址我就走了啊！我不是都有寫？」

「如果是這樣，你就不該會知道電梯的事。」童胤恒語重心長，「你只是希望你沒進來過而已。」

亞倫那天在月台上說了，他看到非常多座電梯，一上去就看到五萬號……潛意識的說出口，表示他不是在警衛室就逃開了，他走進隔壁的電梯區，甚至上了樓。

剛剛才跟鄭延然說這裡沒有阿飄的他，不知道自己就是。

亞倫瞪圓了眼，「不，我……我那時就走了，我沒有進來！」

「警衛讓我們搭電梯時我也意識到，你不可能只送到警衛室，你知道電梯的情況，所以你確實搭電梯上來了，所以我猜……你可能被困在裡面。」童胤恒嘆口氣，「幾小時前，康晉翊在看記事本時，掉出了你給的紙條。」

delicious
BC區
D棟
56690号

康晉翊從容自口袋裡取出那天他寫在紙上的門牌號碼，他的外送目的地，本該是寫在一張便條紙上，但是康晉翊翻開簡子芸臨行前塞給他的本子時，看見的卻是……一張折疊整齊的冥紙躺在他手心。

因爲沒有紙，他身上只有收來的錢，直覺性的寫在了「紙鈔」上。

「不可能！我那時就離開了，我沒有被困在這裡！」亞倫激動的無法接受，「拜託你快點讓我進去！我是來救你們的耶！」

「你看一下你的衣服好嗎！」汪聿芃拉拉自己的衣服，「從外套到裡面都是，你還穿著制服呢！你不是離職了嗎？爲什麼制服會一直穿著？而且那天到今天，你都沒換過衣服，也沒換過口罩喔！」

制服？亞倫緩緩低頭，看著自己的衣服……藍色上衣綠色袖子！對，這是超速外送的制服啊！天哪！汪聿芃在月台那天就留意到了嗎？

因爲超速外送的外套看起來跟普通外套類似，Logo是在裡面的制服上的，所以不管是誰都沒有注意到——所以汪聿芃在月台上時看見裡面的Logo了嗎？

亞倫被自己嚇到了，他看著自己雙手，看著電梯裡的人們，鄭延然在後面嚷著怎麼回事！

「到底爲什麼說亞倫死了，他不是好端端的站在外面嗎？」他死命想拉開康晉翊，「是他救了我！」

「在這裡的人很多都已經死了啊！」小蛙幽幽的嘆息，「只是自己知不知道而已。」

「發文時你應該還活著，只是你不知道自己什麼時候出事的吧！但你眞的是個熱心的好人，即使身陷困境還想著幫我們。」童胤恒心底其實很難受，「聽見我們的求救聲，或是喊外送的聲音，就過來幫忙了。」

亞倫望著他們，淚水泉湧而出，絕望的搖著頭。

「不不，你們不要這麼自以爲是好嗎！爲什麼這麼確信我死了？我可能、對，我可能記憶錯亂了，但是或許我還活著啊！」亞倫的恐懼透過吼叫聲傳達出來，「你們眞的把我扔下來的話，我才眞的──」

唰，一個透明夾鏈袋倏地伸出電梯，映在亞倫面前，他模糊的視線看著袋子裡……熟悉的手機，還有──他的口罩！

亞倫戴的口罩是藍綠咖啡格紋狀，不是一般普通常見的圖案，他慌亂的撫上自己的嘴，一模一樣！

「這我的……我手機！」亞倫緊張伸手向後要摸口袋，「咦？我手機呢？」

汪聿芃晃著袋子，「就在這裡啊！我能拿的都拿了，你爛得比吳銘棒嚴重，其他我不敢拿，口罩你後來是放在口袋裡、還有手機，我就拿這兩個囉，再幫你帶出去。」

邊說她還可憐的抽口氣，遇到兩具屍體眞是嚇死她了！亞倫是在電梯後遇到的，因爲電梯就開在他屍體旁，她也是火速拿取遺物，幸好先遇到吳銘棒，心裡建設比較勇健一點了。

亞倫彷彿遭受重大打擊般，呆站在原地無法動彈，淚水潰堤，無法相信自己已經死了。

他明明看到警衛寫出地址後就跑的，就……好奇特的地址，他想知道這麼長的號碼是怎樣的社區，所以他送上去了。

他送上去了！亞倫痛苦的閉上雙眼，他送達之後看著一萬多號太新奇，一路往下走，想看看是否延續，一路拍照，然後再回頭時卻再也找不到電梯了！

他在通白的樓層中被困住，叫天不應叫地不靈，敲門請人幫忙也無人理會，發文在靠北外送裡，卻無論如何都傳不出去……正急躁時，感受到天搖地動，他就……

「你在哪裡遇到亞倫的？」童胤恒低聲問著。

「電梯移動時，他很早就死了，因爲他只剩上半身而已。」汪聿芃皺著眉，「跟矮個兒的狀況應該是一樣的。」

在變動中死去，下半身不知道在哪裡。

「所以你才能發文啊，跟我們聯繫上……這跟訊號無關，是因爲你已經……」

康晉翊嘆氣，電梯突然叮的發出聲響，「咦？」

電梯門關上，亞倫不再搶進，他絕望的任淚水橫流，硬擠出扭曲的笑容。

「謝謝——」鄭延然扣著康晉翊的肩頭上前，「謝謝你！」

唰——電梯門關上的瞬間，電梯迅速上移，一群未習慣的人們狼狽摔地；唯汪聿芃馬步紮實，童胤恒也是及時扣著她才勉強沒四腳朝天……不過電梯裡沒有任何扶桿，眞是可怕。

叮，電梯停止，開門後亞倫自然不在，又是那雪白長廊。

「四十八樓？」童胤恒按下一樓，「我們快點離開這裡吧。」

「希望囉。」汪聿芃懶洋洋的說著，半轉身靠著角落聳肩。

跌坐在地上的同學們狐疑不已，「什麼叫希望囉？」

「我在電梯裡六小時了耶，一樓我去過N次，都長這樣。」汪聿芃指向外面的模樣，「就算是一樓，也沒有出口。」

「妳說什麼!?」童胤恒無法接受這個答案，汪聿芃也不多說，反正他剛選了一樓嘛！

康晉翊等人都站了起來，期待的看著電梯終於抵達一樓，叮——電梯門開啓，正對著某戶人家。

「噢，偶爾這樣，跟我昨天外送上樓時一樣，電梯開在走廊中間。」汪聿芃

嘆了口氣，「我用簡單的話來說，就是我們從困在樓層，改困到電梯的意思！」

四個人覺得天空似乎劈了道雷，劈碎了他們的希望。

「不過至少有電梯嘛！」汪聿芃又打了呵欠，「我們就等出口出現吧……欸，我都沒睡讓我睡一下，你留意千萬不要讓電梯跑到一百樓以上。」

「嗄？」童胤恒根本還無法反應，「一百樓……」

「電梯會亂跑啊，有時抽上去天曉得最高到幾樓，只要覺得往上就隨便按按鈕讓電梯停下，一直撐到別台電梯上去就好了！」汪聿芃根本隨便交代，疲憊的把童胤恒往按鈕邊推，自己到他身後角落坐下，「我眞的超累的，我想睡一下。」

「……」

現在是睡覺的時候嗎？小蛙很想吼但吼不出來，他也沒睡啊，而且他還被揍得鼻青臉腫……不，這不是重點！

都有電梯了，爲什麼出不去？

「這是什麼意思？我們還是不能離開？」鄭延然眼看著快崩潰了，抱著頭嘶吼。

「歇斯底里沒有用，要想辦法！」康晉翊揉著眉心，他自己也不知道該怎麼辦，「我也很累，暫時無法思考……只能先寄望簡子芸了！」

「副社？」小蛙嚇了一跳，「他們在外面能做什麼嗎？」

電梯門緩緩關上，又一次的變動，童胤恒搖了搖頭，被絕望侵襲著，「突破口嗎？好像也只能暫時寄望簡子芸了。」

一分鐘後，電梯在變動後停下，童胤恒往外瞥了眼，一成不變的白色長廊。沉悶漫開，小蛙無奈的看著手機，沒網路連打個遊戲都不行，「喂，外星女，說一下妳遇到小胖的事。」

「唉……」汪聿芃嘆了好大口氣，「我以爲遇到人，結果他已經死了……我不太想講耶！」

後面帶著哽咽，康晉翊回首朝小蛙搖頭，「不要逼她。」

「我逼她？」小蛙才覺得誇張，「我就想知道我朋友怎麼了！」

「他餓死了啦！」汪聿芃突然氣急敗壞的吼著，「變得很瘦已經在爛在浮腫了，留下手機密碼給我，我有把手機帶回來，就這樣！」

康晉翊眼珠都快瞪出來的暗示，請不要刺激汪聿芃好嗎！自始至終她都只有一個人啊！情緒緊繃理所當然啊！

「最長會待多久啊？」童胤恒趕緊扯開話題。

「一小時，看他們高興，只能等它自己關，或是又地震才會變動，有時會在牆裡半小時也說不定。」汪聿芃懶洋洋的說著，睡眼惺忪，「就是……」

「喂——喂——」

突然間，一陣嘶吼劃破了寧靜。

小蛙登時打了個寒顫，他該死的認得這個聲音！「壯哥！」

他即刻跳了起來，一旁的鄭延然驚恐得不明所以，汪聿芃藉由壓著他起身，拜託他坐下不要說話。

壯哥在很遠的地方，腳似是受傷了，一拐一拐的朝他們這裡走來。

童胤恒嚴肅的向左與康晉翊交換眼神，他的指頭已在關門鈕上。

「快點！快點啊！」啪的有個人從後面上來，直接按下開延長。

童胤恒跟康晉翊不可思議的看著由後探身、卡在他們中間的汪聿芃，她在積極的招什麼手啊？

「外星女妳瘋了嗎？他想殺掉我們耶！」連小蛙都不可思議的扯過她的外套，「妳想死嗎？」

「嗄？說什麼……難道要見死不救嗎？」她不敢相信的回頭看著小蛙，再左右看著同學，「你們太狠了吧？明知道在這裡死路一條，還要這樣做？」

「不是我們狠心，汪聿芃，他進來的話，死的是我們。」康晉翊沉重的說。

「怎麼會？」她倏地抽出那把折刀，「刀子在我手上啊，不然給你好了——」

她突然把刀塞給童胤恒，「有刀才是老大，壯哥他說的啊，救他但是限制他的活動，對！我們可以把他綁起來！」

童胤恒看著手上的刀，有刀才是老大，這的確是壯哥說的。

「這是在冒險，不小心沒制住他，或是他掙脫，一被奪刀我們就死定了！像電梯這種密閉空間……」康晉翊持反對票！

「一打五耶！」汪聿芃不以為然，「我不信我們會輸一個……瘸腿的壯哥！」瘸腿？是啊，看壯哥那樣傷得不輕，只是不知道是怎麼傷的。

「喂！過來幫我啊！我腳受傷了！」壯哥咆哮著，所有人無動於衷。

包括支持他進來的汪聿芃。

童胤恒越過卡在右邊的她，看著站旁邊的康晉翊，「要冒險嗎？」同時，向右後回首問著小蛙。

「我都這樣了，我差點就被殺掉了——」小蛙絕對是百分之百反對！

「好了！我們不能見死不救，他能不能進來是一回事，但我們先關門就是不對！」汪聿芃莫名的堅持，「這是條人命耶，今天外面那個如果是吳小胖呢？」

「不一樣，小胖不會要殺我們！」小蛙在後頭咆哮。

他上前，扳住汪聿芃的肩頭就想把她往後拖！可童胤恒更快，他握住小蛙的手腕倏地扯開，將他往角落扔去！

「停！」他指著小蛙警告，「我知道她的意思了！」

「幹！翻譯啊！」

童胤恒正首，看著依然在努力的壯哥。

他依然非常遙遠，說實在話，若不是這長廊狹窄且沒有其他人，根本沒人會看得到遠方有人；他的呼喚也是因爲密閉廊道還能有迴音放大效果，因爲目測上來說，至少還有兩百公尺以上的距離。

「我們電梯停在這邊剛剛已經超過十分鐘了，或許這次會停半小時，或許是一小時，誰都不知道。」童胤恒深吸了一口氣，「汪聿芃的意思是，是條命就不能見死不救，但能不能趕上電梯是他的造化……可我們也不需要出去幫他。」

康晉翊斜眼看向汪聿芃，「那萬一趕上了呢？」

「我有繩子，我還有多餘的刀子，切水果的跟瑞士刀都有。」她一邊說，立刻彎身從地板拿起背包，「趕得上，在進電梯前就威脅他，把他手腳都綁住……啊你們男生不是很會綁這個嗎？」

「……」童胤恒忍不住紅了臉，「誰跟妳說男生很會綁？」

「可是我看那個……」

「不是每個人都玩那套。」康晉翊輕咳兩聲，她是去哪裡學的啊？「刀子！」

水果刀遞給小蛙，他幹聲連連，剛剛才差點被殺死的他，現在竟然又要面對壯哥……還在這麼窄的空間裡，根本是不定時炸彈啊！

「那個……」地上的同學舉了手，「我對繩縛有點研究……」

哇……三個男生立即低頭看他，忍不住投以敬佩的眼神！

汪聿芃乾脆的把繩子交給他，「那就麻煩你……」

磅！電梯陡然一震，汪聿芃不支得往牆邊倒去。

「一百公尺。」童胤恒專注的看著壯哥，「除非他是短跑選手，否則他跑不到。」

撐著牆直起身的汪聿芃回頭，「開玩笑，就算一百公尺他也跑不進來！這樣哪可能破世界紀錄！」

叮，電梯門緩緩關上了。

「喂——等我！等等我啊！」

四個學生沒有說話，他們站在透明電梯裡，看著往前狂奔的壯哥，在眨眼間他們進入了黑暗裡。

數秒後震動停止，他們還是在黑暗裡。

汪聿芃回收刀子跟繩子，重新坐回她的角落，這叫仁至義盡，她眞的要睡覺了。

小蛙也重新坐了下來，向右看向三秒睡死的汪聿芃，連問她怎麼找到電梯都來不及，或許還有其他方式可以思考，但現在的他們只覺得身心俱疲。

「先靜一靜吧。」康晉翊邊說，從容席地而坐，盤腿再度拿出筆記本要鑽研，「童子軍，先麻煩你，等等再跟你輪替。」

「好。」童胤恒手指擱在按鈕上，完全不敢輕忽大意。

緩緩沉下雙眼，耳裡傳來的不是汪聿芃的磨牙聲，也不是鄭延然的低泣聲，而是那不絕於耳的麻將聲。

他幾乎可以確定，拉麵戶就是突破口，但是身在這裡的他們根本無能為力。

簡子芸，拜託……拜託妳一定要找到突破口啊！

「咳，鄭同學是吧？」小蛙壓低了聲音，「我想跟你請教一下關於繩……」

「小蛙！」

「什麼叫做不一樣？」

美味外送店裡，熬夜的陳國宏一臉疲憊的問著。

「跟上次去的時候長得完全不同啊！一模一樣的地址，卻是不同的模樣！」蔡志友焦急的解釋，他也是相當困惑。

簡子芸站在白板前，整間店裡睡了一堆學生，簡直屍橫遍野，已經早上八點鐘，令人訝異的是沒有人離開。

她與蔡志友昨天半夜去了吉祥街三樓，但是令人驚愕的乾淨整齊，沒有斑駁的牆壁，也沒有昏暗老舊，更沒有垃圾臭味，跟上次明明是同個地方，卻不同面貌。

而且三樓還圍上封鎖線，油漆味取代垃圾酸臭，三樓公共區塊正在重新粉刷。

明明已經半夜，他們才踏上三樓卻立刻被質問，一口氣出現三、五個彪形大漢，凶惡的問他們找誰、夜半鬼祟為何、半驅半趕的叫他們出去。

他們立刻明白那些人可能就是正對電梯的偷窺戶，現在明目張膽的盯著他們行動了嗎？即使簡子芸說要找方喬，他們卻說整層三樓都沒有人在，因為油漆粉刷，這兩天請居民撤離了。

這種鬼扯的話也說得出！

他們不死心的在樓下捱到天亮，再去一次，這次連電梯都沒碰到就被趕回來了！

不過，氛圍還是與首次去時截然不同！

「那怎麼辦？上不去嗎？還是我們全部一起去？看他們怎麼攔！」李育龍出了怪招。

「重點不是上不上去，是根本不同地方……為什麼呢？」簡子芸喃喃自語，

「那天小蛙帶我們去時，明明是令人汗毛直豎的灰暗啊！」

「該不會就因爲是小蛙帶我們去吧？」蔡志友看著白板上斗大的都市傳說四個字，「他是外送員嘛！又去不只一次！」

簡子芸驚訝的看向他，聽起來不無道理，總是要外送者才能獲得特殊權利……這是都市傳說，她必須專注於都市傳說上。

「天哪！對啊！」她驚愕的喃喃自語，「是因爲有人叫外送，才會有人外送，小蛙是外送員，因此能進去那裡——這就是爲什麼康晉翊他們要來應徵……那些奇怪的巷子也只有外送員能進入！」

「很像有供給才有需求的概念。」店長揉著眼睛，他聽見外頭的爭執轉醒，「某方面來說好像也有自己的規則。」

「呃……所以我們要有外送單才能去嗎？」黃任欣難以理解，「這樣萬一他們不再叫單怎麼辦？我們得在這邊傻傻的等嗎？」

「不，不需要。」簡子芸回眸，看著未曾換下衣服的李育龍他們，劃上微笑，「我們來創造需求吧！黃任欣，我需要拉麵戶留的電話資料！」

簡子芸即刻往外走去，黃任欣不解的看向店長，店長只讓她照簡子芸說的做。

別說電話了，連訂購者的姓氏都有啊。

「簡子芸，妳要幹嘛？謹慎點。」蔡志友憂心的步出。

「他們都在裡面，我哪可能不謹慎！」簡子芸直接拿起店裡電話，黃任欣接上線，她按照電話撥打過去。

接啊……如果你們依然覺得自己還活著的話，拜託一定要——

『喂？』聽見對方回應時，簡子芸呼吸都停了。

「顧先生您好，跟您確認一下，你要六碗醬油拉麵對吧？我們現在送過去喔！」簡子芸握著電話的手死緊。

『嗄？我們沒有叫啊！』對方相當困惑，『怎麼最近常有送錯的啊！』

「是嗎？啊，可能我們搞錯了！」簡子芸掩住話筒，假意朝向門口喊著，「啊！喂！哎呀！真抱歉，我們外送員沒等我確認就出去了，我等等試著攔下他們！那如果他們沒注意到通知的話，先跟您抱歉，您不要收就好了。」

她也沒忘記，連一杯送錯的珍奶他們都很貼心的收了！

『……啊不必那麼麻煩啦，我們剛好也餓了。』顧先生淡淡的說，『怎麼好容易餓啊，好像幾天沒睡了……那個讓他送來沒關係！』

「好，麻煩了，真謝謝您。」隨著對方手機切斷，簡子芸也放下了電話。

「呼……」

蔡志友瞠目結舌，「妳也真大膽，妳直接說要外……萬一他們不要怎麼辦？」

「那時我就會說外送員已經出去了，這份餐點送他，因爲是我們的疏失！我要的是他們知道有外送。」簡子芸逼自己平心靜氣，「李育龍或陳國宏，你們願意去一趟嗎？」

咦？兩個男生聞言嚇得臉色蒼白，「去去去……拉麵戶？」

「嗯，只要上去而已，我會一起去的。」簡子芸望著他們，「我需要眞的外送員。」

陳國宏嚥了口口水，緊綳著身子，「我去好了……第一次送餐時也是我。」

「陳國宏，不要勉強……」李育龍很害怕，但他膽子比陳國宏大些，「還是我去……」

「沒關係，我去！」陳國宏意外的堅持，「不過我想知道，這時去那邊做什麼？」

簡子芸揚起慧黠的笑容，「我們要完成都市傳說。」

「簡子芸？」蔡志友心慌，「等我，我一起……」

「你別去……」她看著從裡面走出的于欣，正睡眼惺忪，「你跟于欣得處理另一件事。」

「什麼啊……亂七八糟的！」于欣拖著步伐走來，「妳要再去吉祥街嗎？」

「是啊，都市傳說必須讓它做個完整的結束。」簡子芸只能這樣賭了，「我需要一個立刻結束的捷徑！」

「完整……」于欣突地雙眼一亮，「妳打算馬上終止這一切嗎？怎麼做？破門而入？」

看見陳國宏戴著安全帽步出，簡子芸立即跟著旋身。

「外送囉。」

「拜託快點！我們的工讀生被扣住了！」

喝！童胤恒倏地跳開眼皮，吃驚得左顧右盼，他爲什麼聽見了于欣的聲音？狐疑的探頭往電梯外看，他們現在在七十樓，一樣的靜寂，電梯裡只有汪聿芃一個人在呼呼大睡，小蛙擰著眉嚴肅的坐著，康晉翊正在想辦法，鄭延然依然縮成一團低泣。

砰！有車聲、引擎聲與甩門聲，眾多人的腳步紛沓，跟麻將聲混在一起！

「在哪裡？」

「三樓！我們的工讀生送麵去後就沒有出來，男生說裡面的人把女孩抓進去，他拼命跑出來的！」

咦？咦！童胤恒聽得太清晰，這是店長的聲音吧！他的口音他認得，因爲說

話很溫！

「喂！你們聽見了嗎？」他緊張的看著地板的同學們，「我聽到于欣跟小蛙他們店長的聲音了！」

什麼!?康晉翊倏地跳起，「你聽見誰？」

「超清楚的，還有很多人！」童胤恒閉眼聆聽，好多人上樓了，「相當多人，麻將聲也很清楚……不大聲但是很雜亂。」

大家立即豎起耳朵仔細聆聽……但是除了汪聿芃的濃重的呼吸聲外，什麼都沒有啊！

「你不是只聽得見都市傳說的聲音嗎？」康晉翊不可思議，「進來後不是聽不見了？」

「對啊，但遇到亞倫後，我就隱約聽見拉麵戶的麻將聲跟聊天聲，與那天聽見的一樣。」童胤恒略擊了掌，「我在想，會不會是當我身在這裡時，我們的世界對這裡而言，就變成另一種都市傳說了——啊！」

聲音突然放大，頭痛襲來，他不支得蹲下，「突擊……」

磅磅磅！警察們用力敲著門。『警察！請開門！不然我們進去了喔！』

啊啊……童胤恒用力握拳，警察要突破拉麵戶了嗎？要打破那層詭異的封印，讓他們體認到自己已經死亡了？

簡子芸製造了一種迫使警方立即破門的情況嗎？

「簡子芸……好像……咦——」說時遲那時快，整座電梯倏地急速往上拉，這一次快到跟雲霄飛車差不多啊！「啊！」

「哇啊啊！我們要死了！要死了啦！」

一電梯人東倒西歪，卻驚醒了汪聿芃，她狐疑的看著眼前的人們，有幾秒的意識不清。

「你們怎麼……」等等！她倏地看向右上方那飆升的數字，「電梯！」

扶著牆站起，她趕緊按下高樓層的按鈕，但已經來不及了，數字直接飆破了一百，他們到一百樓以上了！

「停停停啊！」她看著一直往上跑的電梯，慌亂的看著這些只到100+的按鈕，「怎麼辦？快停下來——」

啪！大掌用力往最上面的紅鈕按下去——「緊急停止」！

汪聿芃撐著牆站起，死命按下去，蒼白著一張臉，感受著電梯沒有停止的跡象——咚！電梯一秒急煞，這反作用力又讓所有人震顫身子的跌成一團。

電梯上半部在兩百七十樓，下半部在黑暗之中。

「為什麼……不是說要顧著嗎？」汪聿芃氣急敗壞，電梯門沒有開，但從上半部看，外頭與其他樓層相同景致，「到底怎麼了？」

「童子軍他說他聽見了！」康晉翊蹲下身探視抱頭的童胤恒，「聽見于欣的聲音、店長的聲音……還有什麼……」

咚——警棍敲向木門的瞬間，童胤恒顫了身子，整座電梯竟也跟著抖動。

「哇啊！哇啊……」鄭延然已經快嚇到魂飛魄散了，「我不想死！我不想死！」

「閉嘴啦你！」小蛙受不了鄭延然在密閉空間的鬼吼鬼叫。

「童胤恒還好嗎？」汪聿芃手依然按著停止鈕，但不解的看著晃動的電梯。「還有聽到什麼事嗎？」

「……警察要突圍了！」他咬著牙，「他們要進入拉麵戶了——」

「什麼!?」小蛙瞪圓雙眼，「這樣那些人就會正式死亡了啊！」

康晉翊瞬間一怔，看向了汪聿芃，「突破口！對！這就是——」

喀，電梯上方傳來啪的聲響，當汪聿芃向上看的瞬間，電梯倏地下墜了。

從兩百七十樓的高處，自由落體的往下墜落。

「哇啊啊啊啊——」

磅！警察破壞鎖後，終於撞開木門，擎著槍往裡照。

「趴下！通通不許動！」警察們疾速的衝入，「全部趴下！」

詭異的氣味傳來，先進入的警察發現根本沒有人在掙扎，所有人早就「趴下」了。

「燒炭啦！」裡頭大喝著，「有傷者！救護車快點！」

「被脅持的女生呢？」

「還在找！同學！」警察高喊著，「同學，這是警察不要怕！出來！」

樓梯間湧上了其他警察，狀況變得相當混亂，明明是綁架工讀生，怎麼進去一屋子都是燒炭味？

叮。

電梯聲響起，在電梯前的警察警覺的立即回身，擎著槍對準突然到來的電梯。

電梯門緩緩開啓，裡面卻是一群倒地的……外送員？

「啊……」趴在地上的汪聿芃最先抬頭，看見外面有人時都傻了。

「簡子芸嗎？」警察喊著，「妳是簡子芸嗎？」

汪聿芃搖著頭，拉了拉身邊的童胤恒，「喂……」

「這怎麼回事啊？這幾個是怎麼樣？同一間外送的！不要動！雙手舉高！」

外頭的吆喝聲令人覺得吵雜，但康晉翊回首時，淚水卻忍不住盈眶。

別說舉高雙手了，要他跪下他都願意啊！

童胤恒轉過身，高舉雙手搖著頭，喜極而泣的笑了起來，「哈……哈……」

第一次看見警察，可以高興成這樣啊！

樓上衝下了熟悉的身影，簡子芸停在三樓半，激動的看著電梯裡的人們。

「……我、我是簡子芸！」她忍不住哽咽大喊，「拜託你們也看一下對面的住戶……每一層住戶！」

學生們疲憊的步出電梯，小蛙看見的是熟悉的乾淨樓層，扣除掉某些刺鼻的油漆味，警方正在敲著方喬的門詢問。

他們被往樓下帶去，康晉翊看著那敞開門的拉麵戶，忍不住泛起微笑。

他知道，接下來解剖會發生什麼事，他早知道，這就是關鍵的突破口，因爲外送的都市傳說本就是從這裡開始。

他更知道，新的都市傳說，就在剛剛被他們社團發現了。

第十三章
外送

『失蹤多日的鄭姓同學今天平安被尋獲，這數日發生了什麼事尚未詢問，據說是因爲迷路所以流浪數天，至於何以會在熟悉的市區裡迷路，網路上謠傳與都市傳說有關。』記者面色凝重，『沉寂已久的都市傳說似乎在近半年來又開始活躍，上個月的火災悲劇與幽靈船……』

警察拿起遙控器，將電視音量關到最小，一排學生難掩失望的看著離開的警察大哥，啊他們有在看耶！

章警官緩步走來，蔡志友見狀立即微咳幾聲做暗號，一排學生迅速低頭賣乖。

「進來！」章警官看著一排學生，實在無奈至極，嚴肅的要他們到裡面去。康晉翊領頭，依序是童胤恒、汪聿芃及蔡志友，簡子芸跟于欣在另一間做筆錄，小蛙跟鄭延然等人在醫院裡，美味外送的人則在另一間。

章警官一關上門，瞬而回身，眼神銳利無比。

「對不起！」汪聿芃竟搶白出聲，「但是我們不得不這麼做啊！」

左右兩邊的蔡志友跟童胤恒嘖嘖稱奇，這傢伙賣乖得也太快了吧！

「你們……既然都已經來跟我說過了，爲什麼還擅自行動？」章警官惱怒的坐到他們對面，「你們知道這有多危險嗎？」

一排學生點點頭，章警官看著這似曾相識的景象，心底明白這群傢伙根本口

是心非。

「大致情形我瞭解了，那個什麼……遠得要命社區？」章警官看手上的筆錄，想也知道那一定是汪聿芃的，「所以吳銘棒應該是出不來了？」

學生們又搖了搖頭。

「章警官，那個……亞倫，我們不知道他的名字，但是他是超速外送的工讀生，他失蹤至少十六天了。」康晉翊訝異的是亞倫沒有上新聞。

「有，我們找到了，因爲他本來就不太常上課；翹班也是司空見慣，所以沒有人注意他是否眞的失蹤，期末考後學校才開始找人，因爲缺考。」章警官嘆了口氣，「一個人失蹤十六天卻無人問津啊……」

愛玩？童胤恒回想著熱情的亞倫，或許愛玩，但他卻是個善良的人。

兩天前簡子芸破釜沈舟，製造外送需求回到吉祥街，果然回到那昏暗令人窒息的地方，縱使多了粉刷味，但依然令人發毛；怪異的是這次沒有大漢擋下，他們順利送了拉麵，拿到鈔票後，簡子芸選擇藏匿到樓上去等待。

而店長報警，佯稱女外送工讀生被脅持，陳國宏指證歷歷，于欣在樓下演路人演得慌亂驚恐，讓警方認爲這事刻不容緩，在門外敲門溝通卻無人相應後，決定破門而入。

不管警方眼前所見的是乾淨、或是昏暗的三樓，那都不重要，簡子芸要的是破門！擊破都市傳說的結界，讓那六個人迎接眞正的死亡！警方進屋後看見的是六具屍體，並且有燒炭的痕跡，初步判定是燒炭自殺。

接著簡子芸出現，謊稱聽見三樓還有慘叫聲，和盤托出她沒有被挾持，但是知道三樓出了狀況，有命案發生卻無人知曉，拜託警方調查。

於是警方不只進了方喬家，在盤查偷窺戶時，抓到了意圖逃跑的五個人，查獲大批槍械彈藥與毒品，然後在最右邊那戶，也發現了一對老夫婦的屍體。

「三樓的住戶全部被他們殺掉了。」章警官將照片遞出，「這是住在邊角的譚姓夫婦，這是……」

「咦？」童胤恒他們不由得倒抽一口氣，汪聿芃整個人都站起來了，「譚先生！」

這是叫外送的譚先生啊！那對門板上全是鎖的夫婦！

「我們進去遠得要命社區就是因爲他們叫外送……啊！」童胤恒痛苦的闔上眼，「我終於知道他們爲什麼上這麼多鎖了，因爲他們害怕……還有那時鐵定瞧見了壯哥他們，才會嚇成那樣，立即關門！」

康晉翊也想起來了，「我記得他們看到東山鴨頭時很開心，還說以爲再也吃不到這個了。」

章警官擰眉，從一旁的證物袋中挪出一包冥紙，「這五百元是譚先生給的？」

「對，多的是小費。」汪聿芃覺得有點難過，「他們是怎麼死的？」

「驗屍報告還沒出來，但目前推斷是先打暈再燒炭，基本上死者在還沒醒前就死了，混帳們想刻意營造出他們燒炭自殺的樣子吧！」章警官嗤之以鼻，「真是愚蠢，這種傷驗屍就能查出來，生前是否有傷痕、遭受重擊，一目瞭然。」

「那，打麻將的六個人呢？他們也都是一氧化碳中毒身亡嗎？」蔡志友比較關心這個，「同時放倒六個人，感覺有點強……」

「那個叫壯哥的是老大，他們帶了七個人進去，要撂倒他們很容易……卑鄙的是，他們是利用對面鄰居去敲門，才讓大毛他們失了戒心。」章警官嘆口氣，「那位方小姐眞是無妄之災。」

「譚先生他們呢？」汪聿芃不滿的指著譚先生的照片。

「老夫妻吃飽飯散步回來，什麼都沒看見，就看見壯哥手下忙進忙出，也就被一併解決了！」章警官不由得暗暗握拳，「他們一開始就沒打算留活口！」

眞的很殘忍！童胤恒瞄了眼汪聿芃，那時在電梯裡時，她還想讓壯哥進來……現在很難想像，萬一眞的讓壯哥進電梯，現在會是什麼情況？

會否就算簡子芸找到了突破點，也是一電梯的屍體跟活著的壯哥？

不，他堅毅抬首，他才不會讓壯哥得逞，他們都不會是坐以待斃的人！

「這聽起來有點匪夷所思，他們找不到錢，製造了這麼多人的死亡，然後還能待在三樓等待了十八天？屍體沒臭沒被發現不覺得怪嗎？」蔡志友覺得邏輯不通啊，「怎麼耐得住性子？如果是我，會想說該不會錢在哪個我漏找的地方……」

「其他人都認為自己活著，沒有失蹤疑慮，更別說他們已經在遠得要命社區活動，說不定還真如簡子芸所說的，覺得自己在過正常生活。」康晉翊先回應了蔡志友，「另外壯哥認為污錢的把錢轉給別人，所以他們在等那個別人出現……總之，你不能用正常邏輯去看這件事。」

章警官輕哂，「有件事倒可以，他們之所以不再進屋去找，是因為既然製造了燒炭自殺的樣子，當然不能再進屋，如此就破壞密閉空間的證據了。」

「不過再怎樣還是抓得到對吧？他們以為自己可以弄什麼完美密室殺人嗎？」汪聿芃看著桌上譚姓夫妻的照片，真心覺得可惡！

章警官微笑點頭，的確那些人根本不可能製造出完美的殺人密室。

「壯哥跟平仔……也不會出來了對吧？」章警官小心翼翼的問著。

大家紛紛點頭，童胤恒帶點遲疑，「呃……那個說不準，因為壯哥現在還活著。」

咦？康晉翊驚訝的看向他，「還聽得見？你看起來很正常啊！」

「因為只是偶爾聽見他在罵髒話，聲音很微弱，連那邊移動的聲音我都聽不

太清楚了，所以只是一點點煩躁的頭痛。」說不定……等一會兒就什麼都聽不見了。

汪聿芃張著小嘴，「是不是因爲這個都市傳說快結束了？」

慢慢的，即將淡出他們的世界？

童胤恒只能聳肩，他也不知道，不過如果這個都市傳說始於被殺害的污錢六人組，的確該在警方破門那瞬間結束。

「章警官，解剖時可能會發生一些特別的事，要麻煩留意一下。」康晉翊婉轉的提醒。

「我知道，我去你們社團看過了，胃裡可能有剛吃完的食物嘛！」章警官更加無奈了，「基本上屍體腐爛的程度不過兩天，一點都不像死亡十八天，九名死者都一樣，這點法醫已經留意到了。」

「他們還有丟垃圾喔！」汪聿芃好心提醒。

「有，三大包，吃得可眞多。」章警官嘆了口氣，再荒誕的事他都遇到了，也算處變不驚了，「好了！差不多就是這樣，簡子芸她們雖然是捏造事件報警，但我會處理，畢竟是發現命案……那也的確是個不需要搜索票、就能讓我們直接進去的好辦法！其他人還得在醫院觀察，你們幾個——」

「我們會好好反省的！」汪聿芃強而有力的回著。

明明是最沒有說服力的人，說這麼大聲好嗎？

「拜託最近不要再出事了，好好的寒假悠閒過啊！」章警官勸慰著，「回去吧！」

「謝謝章警官！」康晉翊起身，再三感謝。

童胤恒也用力鞠躬，聽起來簡子芸跟于欣她們應該能平安過關。

一票學生離開警局，原本討論著要去看小蛙，但他被壯哥打的傷口遭受感染，現在都在昏睡中，暫時不宜打擾，所以大家決定先回社團辦公室等簡子芸她們回來。

學期結束，學校的人所剩無幾，他們今晚收拾後，明天也要陸續回家了。從遠得要命社區回來後，大家身體疲憊不堪卻睡不安穩，一來因為小蛙住院，二來是想起在那裡發生的事情，就難以入眠；更別說簡子芸她們還得接受筆錄跟詢問，同學在警局其他人也難以心安。

回到社辦，氣氛依舊低迷，大家也不知道該說什麼，直到等簡子芸跟于欣回來，所有人才放下心中大石。

「我就知道妳辦得到！」康晉翊二話不說，上前就給了簡子芸一個大擁抱。

唔……簡子芸有點錯愕，尷尬得紅了臉，一雙手不知道該放哪兒，「還、還好啦！就、就我們之前聊過嘛！」

「幸好有妳們！」童胤恒也是銘感五內，「不然我們現在還卡在那邊不知道該怎麼辦！」

「好說好說！」于欣賊溜溜的笑著，「別忘了我的第一手報導啊！校刊要比新聞強，我就太威了！」

「欸，慢著。」簡子芸回頭制止，「妳不要寫得太詳細，我這幾天也思考過，我們社團的紀錄是否要斟酌言詞了，不然有時眞的有點趨向製造恐懼。」

「同意。」童胤恒第一時間回應，「我們可以談論都市傳說，我們遇到的、我們經歷的，但是一些引發慌亂的措詞，或許可以避重就輕。」

每個人都點頭，唯汪聿芃皺起眉疑惑的看著他。

「爲什麼？不能照實寫嗎？」她感覺換氣得很辛苦，一直在深呼吸，「像我遇到爛掉的亞倫，還有小胖……」

「那個我們寫，但我們可以輕描淡寫的說看見廊上的屍體就好。」簡子芸微皺眉，「那個爛掉這部分就……」

可是……汪聿芃一臉委屈，眼淚突然就這樣掉了下來。

「我覺得很可怕啊！」她驀地尖叫，「明明一起走的，爲什麼扔我一個人？就我一個，你們都兩個人！」

哎呀，童胤恒趕緊拉過她，好生安慰。

也差不多啦，事隔兩、三天後她的記憶體才處理得到這部分，只是今晚有點累，因爲她應該會哭整晚。

「爲什麼跑這麼慢？刀子扔給我就沒事了嗎？我一個人怎麼辦？刀子很利、小胖又很臭！」她嗚嗚咽咽的哭著，無組織的話串在一起，「在電梯裡時都不敢睡，我好怕電梯跑到幾千萬樓去，我再也下不來該怎麼辦……」

呃，蔡志友轉了轉眼珠子，其實他有一堆想問的耶！

康晉翊示意到他辦公桌這邊來，有什麼問題他幫忙回答，不過汪聿芃隻身冒險那段，只能等她哭完再說給大家聽了。

「好了啦，他們也不是故意的啊！」簡子芸幫忙安慰，「妳一個人怕什麼，只有妳找到電梯耶！」

「我還聽說妳留了食物給他們！」于欣協助分心，「竟然想得到這點！」

汪聿芃哭腫的眼看著她們，抽抽噎噎，「我怕壯哥搶食物，我想、我想分散風險。」

嗯……童胤恒抿著唇不好說破，啊壯哥要搶就是全搶了，都揹在妳身上，這哪叫分散風險啊！

「妳有留我們就感謝萬分了，雖然出來得很快，但當我發現有食物時很激動的！」童胤恒輕聲說著，「那些足夠我們在那裡撐很多天呢。」

汪聿芃只顧著哭，繼續發抖著訴說一個人的恐懼與無助。

其實簡子芸覺得她很勇敢，換作是她呢？說不定她根本找不到電梯，她會歇斯底里，她會崩潰，什麼都無法思考。

「叫點吃的好了！」童胤恒終於開始覺得肚子餓了，「外送也能送到山上來吧！」

「欸，這個好！就打給小蛙他們店！」于欣最積極，開始問著大家要吃什麼。

汪聿芃根本什麼都不想吃，她閉上眼都可以想到小胖的屍體模樣，還有亞倫那沒有下半身的慘狀……鼻間的氣味無法消散，還有那死前最後的錄影，啊！

「吳小胖的手機，亞倫的……」她抽抽噎噎，「我都帶回來了……」

是啊，她帶回來的是最棘手的東西。

「我們會想想該怎麼做。」康晉翊出了聲，有些嚴肅，「章警官說他無法處理，因為很難跟家屬解釋東西是怎麼拿回來的！妳講都市傳說誰會信！」

「匿名寄送呢？」蔡志友好奇的問。

「那也得匿得完美啊，這個我再問問學長怎麼辦。」簡子芸很是為難，下意識的看向社團裡那具假人模特兒。

社團裡的假人模特兒長相奇特，一半有皮膚一半是肌肉束，看起來像是塑膠製品，但其實是貨眞價實的某位學長；他在試衣間的都市傳說裡被拉進那裡的世界，出來後卻成爲了假人。

學長們帶了他回來，但沒有寄回去給他的家人……先不說會不會嚇到人，只怕家屬根本無從接受。

「至少，要讓小蛙知道，不怪他！」汪聿芃用力搖著頭，「吳銘棒說了，不怪他！」

「好，知道。」童胤恒摟過她的肩，讓她哭個痛快，「欸，影片可以傳吧？最後傳出來的影片之類的。」

「這……倒可以！警方要查ＩＰ讓他們查，我還很期待查得到。」康晉翊沉吟數秒，「但亞倫的就有困難，不是我們學校，又不熟……」

「我覺得亞倫反而容易，簡單來說他就是個沒人在關心的人，只要製造撿到手機的假象就可以了。」簡子芸持相反意見，「只是給家屬留個念，如果他們想懷念他的話。」

童胤恒聽著有點悲傷，副社說得很實在，一個人失蹤超過十六天卻沒有人在乎，那熱心助人的背後，沒人知道他的人生是什麼。

就像小蛙在意的那個方喬，眉宇間的悲傷也勢必有原因，章警官說她患有憂鬱症，房裡都是藥，還翻出了寫好的十數封遺書，日記裡盈滿悲傷與絕望，若不是遇到壯哥，只怕沒多久自己也會走上絕路。

有親屬但相當疏離，個性內向少朋友，亦沒有情人。

唯一的幸福，就是每週五晚上叫上全家炸雞餐外送，配上啤酒，看自己喜歡的劇，還有——

「我要去醫院一趟，訪問一下鄭同學，有沒有要我轉交的東西？」于欣一刻也閒不下來。

「啊，把這張影本給小蛙吧！」童胤恒趕緊指向自己還沒放下的包包，汪聿芃巴在他身上啊！「蔡志友幫我一下！」

蔡志友趕忙過來，坐上沙發揭開他側背包外層，那兒有張列印的紙張。

「這什麼？」

「給小蛙吧！聊表安慰。」童胤恒微微一笑。

蔡志友好奇的打開那影本，簡子芸也好奇的湊上前看，康晉翊淺笑著，他當然知道那是什麼。

方喬日記的一頁，章警官聽完他們的都市傳說歷險記後，突然拿給他們的。

「啊！還有！」汪聿芃終於鬆開抓著的衣服，默默的從背包裡拿出一張都市傳說集點卡。

她蹲在茶几上，豆大的淚還在滴，汪聿芃只得抽衛生紙在她眼下輕拭，那張卡是小蛙的，別弄濕別人的卡了！離開吉祥街公寓前，知道要分道揚鑣前小蛙塞給她的。

她拿出印章，謹慎的在上面用力蓋了印。

小蛙的第四個都市傳說。

「好！你們好好開趴吧，我處理完事情就回來，吃不夠的再跟我說，我買回來！」于欣輕快的笑著，「換我當你們的外送員！」

「放心，一定不會放過妳的！」簡子芸認眞的想著，「那個麵包老爹的起司蛋糕可是七點後才開始賣的，就交給妳啦！」

于欣把東西全放進包包裡，「沒問題，你們列表後再傳訊給我啦！要什麼、幾個，條列清楚啊！」

汪聿芃噘高著嘴坐回沙發上，吸著鼻子，「送到五一巷ＺＺＺ區，Ｚ棟一千樓一萬號好了！」

「汪聿芃！不要再提五一巷了！」這簡直是世紀敏感的巷弄名！

「我討厭你們啊！」嗚哇一聲，她又開始了，「我一個人在那裡很害怕啊，學長也都不幫我！」

呃……學長在列車上，妳在遠得要命社區啊！而且那天報火車好朋友根本反效果好嗎！

「好啦好啦，先說要吃什麼，說完繼續哭！」童胤恒非常專業的接過簡子芸

遞來的筆。

「我要炸雞、豆花、百香果綠茶……」哭得再可憐，也不忘把餐點說完，

「對，我一百公尺破世界紀錄了！」

「好，好厲害……啊，妳要吃烤香腸嗎？有賣割包那間。」

「要！」

童胤恒一邊寫著，一邊感受到那隱隱的頭痛漸而遠去，包括那牆壁移動的巨響，還有那若有似無、遙遠的呼喊聲。

『救……救命！馬的，你們給我開門啊！開……門……啊……』

尾聲

女孩悄悄的向家屬頷首打招呼，表示沒有要打擾患者，她只是轉交個東西。于欣把東西放在櫃子邊，拿小蛙的手機壓著。

小蛙的媽媽頷首道謝，重新躺回躺椅上，櫃子上的手機下壓的是都市傳說集點卡，再下面則是折疊完整的紙張。

『今天外送的男生好酷，他頭髮超炫，頸上的刺青很活，外頭因為下大雨所以我看他臉都濕了，就拿毛巾給他擦，結果他笑得好可愛。真不知道還有沒有機會再見到他？』

『今天發生一件好事，上星期那個外送男孩又來了，好巧喔，同一個人我認得，不知道他記不記得我？』

『第三週！天哪，這是緣份嗎？我好沒用，只敢說：謝謝你，辛苦了。不知道他認不認得我呢？唉，他每天送這麼多外送，哪會知道我？』

『第八週……我刻意同時間叫一樣的餐，好像沒引起他的注意，他認不得我，我們除了給錢跟拿炸雞外，什麼話都沒說。我啊，不管在哪裡都跟空氣一

樣。』

『我已經不知道我該期待什麼了，我原本今天想問他好嗎，結果說不出口……方喬，妳這人怎麼可以失敗成這樣！活著到底有什麼意義？』

『今天的我有點怪，我說不上來，腦子空空的不知道該想什麼，世界變得好安靜，這幾天外面那些可怕的流氓好像走了；今晚來外送的人不是他，但我好怕他被那幾個流氓傷害，只能叫他趕緊走，之前那個男生呢？沒做了嗎？我連他叫什麼名字都不知道。』

『他認得我！他記得我！天哪！我簡直不敢相信！他真的記得我！但是……是有點晚，但總比從未有過好吧！』

『我想保護他，我知道自己不一樣了，但我就是想保護他。那些流氓一直在四周，實在吵得令人受不了，我一定要想辦法，讓他們再也不能煩那個男孩。』

『他叫小蛙。:)』

我，絕對不會讓那個流氓再碰他一下。

後記

香港「外送」的都市傳說已經流傳好久，也有許多節目跟電影取材，因爲這在當時不僅僅是個都市傳說，還是個眞實「案件」呢！

明明已死亡的人們，卻還在叫外送、而且服務生都有收到錢，可回到店裡卻都變成冥紙；爾後報警，警方破門而入後才發現死亡多日的屍體，解剖胃時，依照消化狀況看，胃內容物是二十四小時內攝取的食物……

這一時間可是沸沸揚揚，引起一陣恐怖旋風，眾說紛紜，我印象比較深的是有風水師說，那間屋子風水特別，導致人死後卻不知道自己死亡，仍按照活人狀況生活，直到警方破門，方才破了風水。

整件事玄到不能再玄，雖然很多人使用過這個題材了，但我還是想寫個自己的版本，當然又加了很多其他元素進去。

現在外送行界變得相當旺，什麼都能送，有當日配、下午配之類的新興行業，科技果然來自於人類的惰性啊！

重點當然不能離開叫外送跟收到「異世界貨幣」的主軸，但是呢，我當時就

想到很多奇怪的點……以爲自己活著的話，他們都沒出門耶！無緣無故警方可以破門而入嗎？連打三天麻將不會覺得修誇怪怪嗎？還是在那間屋子裡時，他們的狀態也不若我們想的「正常生活」？

或是根本是另一個世界？

於是「遠得要命社區」就誕生了！寫這種天馬行空的東西最有趣，可以設計自己想要的場景；想想如果有一天，你身處一個沒有任何出口的大樓或公寓，只能面對無止盡的走廊時，你究竟該怎麼辦？

當然身處在裡面的人不會太開心啦，所以這也算是外送員的風險吧？

各行都有風險，外送的朋友我最先想到的是車禍，以前同學在披薩店打工時，都有限半小時送達，他們都是用飆的，有時連交警都會放他們一馬，因爲沒在時間內送達，那餐顧客免費，可扣的是誰的錢啊！

現在外送項目多了，我又想到沒有很強只有更強的奧客文化，可能凹東西、可能訂一堆餐然後不收、或是客訴，如果奧客可以是一種行業，那鐵定是最有創意的行業了。

本次受苦受難的角色由小蛙挑大樑，他也是個本來就喜歡都市傳說的人，所以遇到特殊狀況時，能接受的程度與速度都比常人快得多，因爲還帶了一點點「我終於遇到」的心態。

不過我想正常人應該是不會太希望收到啦，那種感覺是一整個毛。然後不談「遠得要命社區」，之前就聽過很多外送的例子，送到很奇怪的地方……例如經過辛亥隧道的狀況可能就很多，那條隧道太「豐富」，什麼都有可能發生。

但我有聽過地址是送到墓仔埔的，或是經過那裡，也有送到荒郊野外，還眞不是惡作劇喔！眞的在野嶺之中就一戶人家，那個眞的要送到門口也多少會頭皮發麻。前一陣子上新聞還有個開玩笑的外送，但也經典，外送地址註記著：停屍間第幾號屍櫃，請外送員拉開櫃子放進去就好。

我是外送員，可能會拒單（嘖）。

我不知道從事外送的人如果看到奇特地址時會怎麼做呢？或是當你越騎越偏僻時，是否依然堅持送達呢？收到「異世界貨幣」時呢？又該怎麼辦？

本次的外送故事裡，按慣例保留了原始的素材，其他部分就是笭菁版的天馬行空，還希望大家會喜歡。

時值二〇一八年年初才幾天，但就好多好消息！

首先謝謝大家的支持，讓我能成爲二〇一七博客來年度暢銷作家No.1，在這種零下四十度的冰凍書市裡，還能受到大家的愛護守護眞的好感動，你們不知道我看到公布時眞的感激涕零，是傻在電腦前的！

沒有你們，我真的根本不可能寫下去啊！

再來呢，今年我的出版將會到達二百本（已交稿），比較資深的天使會知道，或許會有一場「200Party」活動喔！屆時再請大家注意粉絲專頁與部落格資訊，好久沒辦趴踢了，好期待看見大家呢！

最後，一定一定不能省的，誠摯感謝購買此書的您，購書是對作者最直接有力的支持，因爲有購買，作者才有寫下去的希望，謝謝！太愛你們。

祝大家狗年旺旺，平安順利喔！

新年快樂！

笭菁敬賀

境外之城 076

都市傳說 第二部4：外送

作　　者／笭菁
企畫選書人／張世國
責 任 編 輯／張世國
發　行　人／何飛鵬
副 總 編 輯／王雪莉
業 務 經 理／李振東
業 務 主 任／范光杰
資深版權專員／許儀盈
版權行政暨數位業務專員／陳玉鈴
法 律 顧 問／元禾法律事務所　王子文律師
出版／奇幻基地出版
　城邦文化事業股份有限公司
　台北市 104 民生東路二段 141 號 8 樓
　電話：(02)25007008　傳眞：(02)25027676
　網址：www.ffoundation.com.tw
　e-mail：ffoundation@cite.com.tw
發行／英屬蓋曼群島商家庭傳媒股份有限公司城邦分公司
　台北市 104 民生東路二段 141 號11 樓
　書虫客服服務專線：(02)25007718．(02)25007719
　24 小時傳眞服務：(02)25170999．(02)25001991
　服務時間：週一至週五09:30-12:00．13:30-17:00
　郵撥帳號：19863813　戶名：書虫股份有限公司
　讀者服務信箱 E-mail：service@readingclub.com.tw
　歡迎光臨城邦讀書花園 網址：www.cite.com.tw
香港發行所／城邦（香港）出版集團有限公司
　香港灣仔駱克道 193 號東超商業中心 1 樓
　電話：(852) 2508-6231 傳眞：(852) 2578-9337
馬新發行所／城邦（馬新）出版集團
　【Cite(M)Sdn. Bhd.(458372U)】
　11, Jalan 30D/146, Desa Tasik,
　Sungai Besi, 57000 Kuala Lumpur, Malaysia.
　電話：(603) 90578822　傳眞：(603) 90576622

封面內頁插畫／豆花
封面設計／宇陞視覺工作室
排　　版／極翔企業有限公司
印　　刷／高典印刷有限公司
■2018 年（民 107）2月5日初版一刷
■2024 年（民 113）4月10日初版10.5刷

售價／300元

國家圖書館出版品預行編目資料

都市傳說 第二部 4：外送／笭菁著.--初版.--台北市：奇幻基地出版；家庭傳媒城邦分公司發行；2018.02（民107.02）
面：公分.--（境外之城：76）
ISBN 978-986-95902-1-1（平裝）

857.7　106024027

ISBN 978-986-95902-1-1
Printed in Taiwan.

※ 本故事內容純屬虛構，如有雷同，純屬巧合。

廣　告　回　函
北區郵政管理登記證
台北廣字第000791號
郵資已付，免貼郵票

104台北市民生東路二段141號11樓

英屬蓋曼群島商家庭傳媒股份有限公司城邦分公司 收

請沿虛線對摺，謝謝

每個人都有一本奇幻文學的啓蒙書

奇幻基地官網：http://www.ffoundation.com.tw

奇幻基地粉絲團：http://www.facebook.com/ffoundation

書號：1HO076　　書名：都市傳說　第二部4：外送

請於此處用膠水黏貼

讀者回函卡

謝謝您購買我們出版的書籍！請費心填寫此回函卡，我們將不定期寄上城邦集團最新的出版訊息。

姓名：________________　性別：□男　□女

生日：西元________年________月________日

地址：________________

聯絡電話：________________傳真：________________

E-mail ：________________

學歷：□ 1.小學　□ 2.國中　□ 3.高中　□ 4.大專　□ 5.研究所以上

職業：□ 1.學生　□ 2.軍公教　□ 3.服務　□ 4.金融　□ 5.製造　□ 6.資訊

□ 7.傳播　□ 8.自由業　□ 9.農漁牧　□ 10.家管　□ 11.退休

□ 12.其他________________

您從何種方式得知本書消息？

□ 1.書店　□ 2.網路　□ 3.報紙　□ 4.雜誌　□ 5.廣播　□ 6.電視

□ 7.親友推薦　□ 8.其他________________

您通常以何種方式購書？

□ 1.書店　□ 2.網路　□ 3.傳真訂購　□ 4.郵局劃撥　□ 5.其他

您購買本書的原因是（單選）

□ 1.封面吸引人　□ 2.內容豐富　□ 3.價格合理

您喜歡以下哪一種類型的書籍？（可複選）

□ 1.科幻　□ 2.魔法奇幻　□ 3.恐怖　□ 4.偵探推理

□ 5.實用類型工具書籍

您是否為奇幻基地網站會員？

□ 1.是□ 2.否（若您非奇幻基地會員，歡迎您上網免費加入，可享有奇幻基地網站線上購書75 折，以及不定時優惠活動：http://www.ffoundation.com.tw/）

對我們的建議：________________

____

____

請於此處用膠水黏貼